光文社文庫

シェア
諍い女たちの館

真梨幸子

光　文　社

目次

シェア

諍い女たちの館

シェアハウス「さくら館」の住人たち

2階

1号室

緑川《みどりかわ》愛子《ラブ》
41歳
学生

神取《かんどり》純恋《すみれ》
40歳
ユーチューバー

2号室

大鳥《おおどり》幸《はつぴい》
43歳
コンサルタント

太田《おおた》美希《みき》
?歳
妊婦

3号室

宮台《みやだい》楓《めーぷる》
39歳
トレンドブログブロガー

崎本《さきもと》貴子《たかこ》
39歳
ライター

1階

鹿島《かしま》穂花《ほのか》
40歳
「さくら館」オーナー

お父さん。大変ご無沙汰しています。

覚えていますか？　私は、あなたの娘です。あなたが捨てた、あなたの娘です。

ずっと、捜していました。ずっとずっと捜していました。

お父さん、今までなにをしていたのですか？　どうやって暮らしていたのですか？

私は、この歳《とし》になるまで結婚もせず、たった一人で生きてきました。だって、結婚したくてもできなかったんです。私、傷ものですから。お父さん、覚えていませんか？　お父さんにつけられた傷が、今もくっきりと残っているんです。

　ところで、お父さん。もう長くはないんですってね。聞きましたよ、末期癌《がん》だって。余命半年だって。……お酒のせいですよ。お父さん、結局、最後までお酒をやめられなかったんですね。

　そうそう。あの家はどうされましたか？　新宿A町にある、あの古い家ですよ。お父さんの名義になっている、あの家ですよ。

お父さんが死んだら、あの家、私にくださいね。私、大切にするから。

だから、必ず、くださいね。

最初で最後の、私のわがままです。

松林《まつばやし》友昭《ともあき》様

あなたの娘より

事のはじまり

——お名前を訊《き》いていいですか？

「かしま……」

——どんな字を書きますか？

「鹿島《かしま》神宮の〝鹿島〟に、稲穂の〝穂〟、そして〝花〟で、鹿島穂花《ほのか》です」

——ありがとうございます。今日は、どのようなご用件で？

「インターネットが、使えないんです！」


つい、声を荒らげてしまった。これでも、かなり抑えた。本当は、はらわたが煮えくりかえるほど、イラついていた。

だって、このオペレーターにつながるまでに、すでに十八分が無駄に消費されている。

何回も何回も何回もたらい回しにされ、そのたんびに調子のはずれた「しばらくおまちください」という機械音声を聞かされ、耳障《みみざわ》りな保留サウンドをこれでもかと聞かされ。

イライラを増幅するありとあらゆるトラップをいちいち踏まされて、我慢も限界だった。手元のマグカップを壁に投げつけてやろうかと手を伸ばしたとき、ようやく、このオペレーターが登場したのだった。オペレーターはさらに私の我慢を試すように、馬鹿丁寧にゆっくりと、しかも軽快な調子で「お電話ありがとうございます。私、ヤマダと申します」と、いらぬ自己紹介をする始末。

本当は、もっと早く電話を取ることができたんじゃないの？　わざと、じらしたんじゃないの？　バカにしているでしょう？　と、つい、体が前のめりになる。

でも、この電話はすべて録音されている。サービス向上のためだとかなんとか説明があったが、そんなの嘘《うそ》だ。イライラが募《つの》った客の怒りを抑えつけるために違いない。あるいは、クレーマーだとかなんとかいって、逆にこちらを攻撃するための証拠にするのだろう。

その手には乗るか。

「……インターネットにつながらないのです」

さらに感情を抑えつけ、よそ行きの声で繰り返した。

――では、生年月日をお聞かせください。

は？　生年月日？　なんで？

いけないいけない。ここで逆らったら、クレーマーの烙印《らくいん》を押されてしまう。

「一九七九年……」

——昭和五十四年ですね。

「あ、はい。そうです。昭和五十四年七月十四日——」

——パリ祭の日ですね。

「は？」

——ですから、フランス革命です。バスティーユが攻撃された日で、今は記念日になっています。

「あ、……そうなんですか」

——繰り返しますと、昭和五十四年七月十四日生まれ、今年四十一歳ということでよろしいでしょうか。

「あ、はい。……いえ、まだ、四十歳ですが。誕生日がきてませんので」

——失礼いたしました。では、次の質問に移らせていただきます。……ご結婚は？

「は？」

なんで、そんなことまで。

——ご結婚は？

「してませんが」

しつこく訊かれて、本当のことを言った。ここで下手《へた》に嘘をついたら、あとあと辻褄《つじつま》が合わなくなる。嘘は苦手だ。

——なるほど。現在、独身でいらっしゃるのですね。ご結婚の経験はないのですか？

「は？」

なんとなくカチンときたが、やはり、ここも正直に言うべきだろう。

「はい。一度も、してません。それどころか——」

おっと、いけない。慌てて口を噤《つぐ》んだ。喪女《もじょ》であることまで白状してどうする。

——モジョとは？

心の声が筒抜けになっているのだろうか。オペレーターが唐突に訊いてきた。

「喪女とは、ネットスラングで、モテない女性のことを言います」

——なるほど。彼氏いない歴＝年齢……というやつですね。私と同じです。

「え？　オペレーターさんも？」

——はい。生まれてこのかた、彼氏がいたことはありません。

「本当ですか？　私もそうです。私も、この歳になってまだ処女なんですよ！」

——え？　……そうなんですか？

しまった。恋愛＝セックスとは限らない。彼氏はいなくとも、そういう関係になることはあるだろう。

嫌な沈黙が続く。

——失礼しました。

オペレーターが、バツが悪そうに沈黙を破る。

「いえ、こちらこそ。なんか余計なことを」

言ってはみたが、なにかムカついてきた。なんで、こんなにベラベラとしゃべっているんだ、自分。最高機密事項である処女であることまで、ベラベラと。

……このオペレーターが悪いんだ。相手からいろんな情報を引き出すように、常に訓練されているのだろう。とにかく、話を引き出すのが、上手《うま》い。これが警察ドラマだったら「落としのヤマさん」とか呼ばれているレベルだ。ほんと、ムカつく。これから先は、必要最低限のことしかしゃべらないからね！

——では、現在お住まいの住所をお教えください。

「東京都新宿区A町……」

——一軒家ですか？　集合住宅ですか？

「は？　そんな情報、必要ですか？」

つい、口答えしてしまった。きっと、今のもしっかり録音されていることだろう。声のトーンを下げると、

「……一軒家です」

と、ぼそっと言った。

――賃貸ですか？　それとも所有されているのですか？

だから、なんで、そんなことまで？

イライラと、マグカップを引き寄せた。中には、チャイ。底のほうに泥水のような色が僅《わず》かに残っている。それを飲み干すと、

「ええ、まあ。……一応、……持ち家です」

と、歯切れ悪く、答えた。

だって、都心に一軒家を持っている未婚四十女、しかも処女って、よくあるプロフィールではない。案の定、

――ご両親とお住まいなんですか？

とオペレーターが訊いてきた。……まあ、そうなるよね。

「いいえ。一人暮らしです」

自虐的に答えた。

都心の一軒家（しかも持ち家）に住む、未婚のお一人様四十女、しかも処女。

自分がそんな人と知り合ったら、気になる。どういう経緯で、そういうことになったのか。

――なるほど。……どういう経緯で、今の家にお住まいに？

ほら、やっぱり、訊いてきた。

ここで中途半端に答えたら、オペレーターはますます突っ込んでくるだろう。

「相続したんです」

きっぱりと言った。そして、先手を打つように、一気にまくしたてた。

「私が小さい頃、両親が別れまして。私は母に引き取られ、母の実家がある静岡県浜松《はままつ》で暮らしていたのですが、母とどうも折り合いが悪く、二十歳のときに上京したんです。中央線の立川《たちかわ》駅から徒歩十五分のところにアパートを見つけて。それからはずっとそのアパートに住んでいたんですが、ずっと音信不通だった父の件で、あるとき、新宿区役所から問い合わせがあったんです。空き家対策の部署とか言ってました。役所の人が言うには、新宿区A町に放置されている空き家の持ち主を探していると。登記簿では私の父が所有していることになっているとか。その父が亡くなり、所有者が宙に浮いた形になった。それで、父の戸籍をたどって、私に連絡を入れたんだそうです」

作戦成功。さすがのオペレーターも、突っ込みの入れようがないとばかりに、無言を貫いている。

とどめを刺すように、続けた。

「……父は、母と別れた後、ずっと独り身で子供も作らなかったので、父の財産の相続人は私一人だって言うんです。正直、〝相続人〟とか言われて、ちょっとときめいちゃったんですよね。だって、百平米越えの土地。しかも新宿区のA町。ネットで調べたら、飯田《いいだ》橋《ばし》にも神楽坂《かぐらざか》にも近い、まさに一等地。それまで、立川の安アパート住まいだったものですから、まるでロマンス小説のような展開に、大興奮したものです。宝くじに当たったような気分でした」

オペレーターの息遣いが、なにやらわざとらしい。なにか言いたげだ。

それを断固阻止する構えで、続けた。

「でも、私は父に捨てられた身。そんな父から相続するっていうのは、ちょっとな……と、躊躇《ちゅうちょ》もしたんですが、田舎《いなか》に住む母が、『もらっておきなさいよ。新宿の一軒家なんて、そうそう買えないわよ』なんて言うものですから、相続したんです。あ、相続税は、思ったほどかかりませんでした。父は、私に五百万円の死亡保険金も残してくれたので、それでなんとかなりました。こんな一等地なのに相続税がそれほどでもなかったのは、家にも土地にも値打ちがないからです。本当に、価値のないボロ家で。陽《ひ》はほとんど当たらないわ、窓を開ければ隣の家だわ。しかも、再建築不可物件。再建築不可物件、分かりますか？」

そして、逆に質問してみた。

突然の逆襲に、オペレーターは戸惑いを隠せない。息遣いが荒くなった。

立て板に水で続けた。

「まあ、簡単にいえば、建築基準法が今と昔とでは違っていて、昔の法律で建てられた家の中には、今の法律に違反しているものがあって、その場合、再建築はできない……ってことなんです。つまり、古い家を壊して、新しい家を建てることができないんです。その代表例が、家と接する道路の幅です。四メートル以上の幅を持つ道路と接してない家は、現在の法律ではアウトなんです。または、四メートル幅の道路から私道を延ばして建てた家の場合も、私道の幅が二メートル未満だとアウト」

——でも、そういう家は多いですよね？

オペレーターが、いよいよ口を挟んできた。

——いわゆる住宅密集地は、細い路地を挟んで、家がぎゅうぎゅうに建っていますよね。

「そうです。うちの周辺がまさに、住宅過密地で、道路から毛細血管のように細い路地があちこちに延びていて、まるで迷路のようになっています。そこに建っているほとんどの家は、古い法律の基準で建てられていますから、今の法律では軒並みアウトなんです」

――つまり、再建築不可物件？

「そうです。しかも、私が相続した家は、旗竿地《はたざおち》に建てられた家なんです。旗竿地、分かります？」

――「竿に旗がついているような形の土地」でしょうか？　道路から私道を延ばして、敷地の奥に建てられた家のこと？

「正解です。うちは典型的な旗竿地に建つ家で、四方を住宅に囲まれ、さらに再建築不可物件。住みづらいし、なにより売りたくとも売れやしない。いくら都心だとはいえ、ハズレくじもいいところです。こんな家、相続しなければよかったと、今はとても後悔しています」

――財産の放棄はしなかったのですか？

「しませんでした。というか、そんなことができるなんて知りませんでしたから」

――なるほど。その人の死亡を知ってから三ヶ月以内に裁判所に届けないと、そのまま相続することになりますからね。

「そうなんです。もうほんと、手を焼いてます。水道とガスはなんとか通っているんですが、電気と電話回線がなんだか怪しくて。引っ越してすぐに、光回線を引いてもらったんですが、これが、ちょくちょく切れて、本当に困っているんです。……ほんと、住みづらいったらありゃしません。なんで、こんな家に……」

——なぜ、その家に住んでいらっしゃるんですか？

「なぜって。……一軒家を相続して舞い上がった私は、うっかり、それまで住んでいたアパートを解約しちゃったんですよ」

——なるほど。早まりましたね。

「そうなんです。まさか、ここまで住みづらい家だなんて、思っていませんでしたから。こんなことなら、前のアパートのほうが百倍よかった」

——でも、家賃がいらないのですから、結果的に恵まれているんじゃないでしょうか。

「確かに、家賃がないのは助かりますが。……でも、本当に困るんですよ。インターネットの回線がちょくちょく切れて。さっきだって突然、切れたんですよ」

——なるほど。インターネットが。

「そうなんです！　今日は、そのことでお電話したんですよ。インターネットがつながらないんです。どうにかなりませんか？」

——お困りですか？

「困っているに決まっているじゃないですか」

——でも、インターネットがつながらないからといって、死ぬわけじゃありませんし。

「なに言っているんですか！　死にますよ！　だって、インターネットで仕事をしているんですから！」

——お仕事は、なにを？

「ユーチューバーです」

——ユーチューバー？

オペレーターの口調が、どこかバカにした感じで緩んだ。

失礼な。そんじょそこらの泡沫《ほうまつ》ユーチューバーと一緒にしないでほしい。なぜなら、

「登録者数はだいたい、三万人です」

私は、小鼻を蠢《うごめ》かしながら言った。

が、

——三万人？　トップクラスは、五百万とも一千万ともいわれますが。

そんなことを言われて、顔が、熱くなる。やっぱり、バカにされている。咄嗟《とっさ》に拳《こぶし》が上がったが、それをゆっくりと下ろすと、私は努めて冷静に答えた。

「確かに、億とか稼いでいるトップクラスには遠く及びませんが、コンビニのバイト代に匹敵するぐらいの稼ぎはあります。充分暮らしていけます」

――なにしろ、家賃はゼロですものね。その程度の稼ぎでも暮らしていけるなんて、やっぱり、恵まれてますよ。

「バカにしてます？」

――まさか！　羨《うらや》ましいな……って思っているだけです。……でも、どうしてユーチューバーを？　定職に就《つ》こうと思ったことは？

「ありますよ！　就活のときは、それこそ何百社も受けましたよ！　でも、お祈りされて終わり」

――お祈り？

「……これからのご活躍をお祈り申し上げます……という、例のメールですよ」

――ああ、不採用メール？

「そうです。何百社から祈られましたからね！　一生分、それどころか生まれ変わったあとの分まで、祈られましたよ」

――ははは。面白いですね。

「なにが、面白いんですか。私は、いわゆる、就職氷河期世代なんです。最も不運な世代なんです！」

――結局、定職には就けずに？

「逆に伺いますが、定職ってなんですか？」

――どこかの組織や会社に籍を置いて……。

「じゃ、芸能人や漫画家、ライターや芸術家は、定職に就いてないと？」

――まあ、世間的には、そういう職業に就いている方は、〝自営業〟と呼びますね。

「じゃ、私はその〝自営業〟ってやつです」

――なるほど。で、どんなコンテンツの動画を配信されているんですか？

「主に、政治について」

――政治？

「そうです。今の腐った世の中をどうにかしたいんです。今の政権もいけません。世直しが必要です」

――世直し……。

「地球温暖化、分断化、差別、格差、貧困、原発……。今、日本は……いいえ世界は様々な問題にぶち当たっています。特に、格差問題は深刻です。収入による格差はもちろんのこと、性別による格差、世代間での格差、家庭内格差。それらの格差を取り除いて、完全に公平公正な社会を作らないといけません。それには、革命が必要なのです」

――革命……。

「だから、インターネットがつながらないと困るんです。どうにかしてください！」

――そんなことを言われても……。

「だって、あなた、そのためにいるんですよね？　そのためのオペレーターですよね？」

――そんなことを言われても。

＋

「四の五の言わずに、とっととどうにかしてください！」

自分の声に驚いて、穂花の目がぱちりと開いた。

視界に広がるのは、見慣れた木目の天井。

「やっぱり、夢か」

穂花は、天井の染《し》みをぼんやりと眺めた。

「途中から、夢だとは思ったんだよね。オペレーターがあんなふうに根掘り葉掘り訊くわけないし。そもそも、私も私で、しゃべりすぎだし」

そして、考えた。どうして、あんな夢を見たのか。

そうだ。ライブチャット――動画の生配信で閲覧者とやりとりしているとき、やたらとしつこく質問してきたやつがいた。〝ポエム〟というハンドルネームの視聴者だ。それこそ根掘り葉掘り。そんなとき、ネットの接続がおかしくなって……。

「ああ、そうか。そのあと、寝落ちしたんだっけ」

穂花は、いまだ天井を眺め続けた。

というか、その姿勢を維持するしかなかった。頭が、信じられないぐらい、重たい。まるで、頭の中に磁石を埋め込まれ、鉄の枕に寝かされているようだった。それとも、頭からベッドに向かって、杭を何本も打ち込まれているような。いずれにしても、ちょっとでも頭を動かすと激痛が走る。

二日酔いだ。

夢の中ではチャイなんか飲んでいたが、実際には、ストロング系缶チューハイをがんがん飲んでいた。

何本、飲んだっけ？　一本、二本、三本……五本は飲んだ。もしかしたら、もっとかもしれない。

「なんで、こんなことになったかな……」

もともとは、お酒なんか好きではなかった。でも、コーラより安い値段で売っていたのだ。試しに買ってみたら、これがすこぶる美味《おい》しかった。アルコールの味はほとんどせず、甘い清涼飲料という感じで、喉越しが抜群によかった。が、気が付けば、意識が飛んでいた。ほんの一瞬かと思ったら、十二時間が過ぎていた。これほどの酩酊《めいてい》ははじめてだった。ヤバいな……と思いつつ、翌日もストロング系缶チューハイを買い込んでしまった。それからは、毎日だ。これなしでは眠ることも、もっといえばまともに起きていることもできなくなっていた。

「これじゃ、父親と同じだな……」

穂花は、相変わらず天井を見ながら、思った。

両親が別れた理由が、父の酒癖の悪さだった。普段は穏やかで優しい父が、酒が入ると豹変《ひょうへん》した。DVがはじまるのだ。が、母に蹴りを入れている最中に、父はいつでも気を失った。そして、死んだように眠る。翌朝、目覚めた父は、ゾンビのような感情のない表情で、「もう、飲まないよ」と泣く。が、その夜にはまた……。その繰り返しだった。

今なら、分かる。父もまた、お酒をやめたくてやめたくて、でも、やめられなくて、苦しんでいたのだと。

「でも、私は父親とは違う」

私の場合は、酔う前に、意識がなくなる。そう、寝てしまうのだ。だから、誰も傷つけてないし、誰の迷惑にもなっていない。……だから、父とは違う。

そう、あんな人とは全然違う！

「よし」

穂花は、勢いをつけて、体を起こした。

「ほら、大丈夫。ちゃんと起きられた」


が、時計を見て、全然大丈夫でないことを知る。

「十九時!?」

ライブチャットをしていたのが、深夜零時過ぎだったから、十九時間、寝ていたことになる。

「……十九時間って」

人って、そんなに眠ることができるんだろうか？　時計の表示がおかしいんじゃないか？　と、テレビをつけてみると、夜のニュースが流れている。

「マジか……」

と、頭をかきむしった拍子に、強烈な尿意がやってきた。

穂花は、トイレに急いだ。

「みなさん、こんばんは！　世直しバニー隊隊長こと、ほのぴょんです」

三脚で固定したカメラに向かって、穂花はその第一声を発した。

「今日は、開始が五分、遅れました。すみません」

——二日酔いですか？

早速、そんなコメントが入る。例の〝ポエム〟さんだ。

え？　なんで？

穂花は、ふと、斜め横にあるモニターに視線を移した。

配信中の自分の姿が映っている。

その姿はうさぎ。加工ソフトはちゃんと機能している。声も、エフェクトをかけて、うさぎキャラに相応《ふさわ》しい可愛《かわい》らしい声になっている。

完璧だ。

なのに、どうして二日酔いだと？

あ。穂花はようやく気が付いた。後ろにキッチンが映っている。そのシンクには、缶チューハイの缶。さっき、飲み干したやつだ。それが、三缶。

「あ、バレました？」

穂花はすかさず、認めた。

「こんな汚れた世界にいると、お酒でも飲まないとやってられない！　ってなりますよね。ああ、早く、世直ししないと、ほのぴょん、アル中になっちゃう！」

――ほのぴょんがアル中になる前に、世の中を変えなくちゃ！

――ほのぴょんのためにも、今度、デモをしようぜ！

――じゃ、ビラを作るよ！

――プラカードもね！

コメントが、いつもの調子になってきた。

デモ、ビラ、プラカード。そんなのは、口だけだ。ここに集まっている連中は口だけで、実行に移そうなんて人は一人もいない。

穂花もまた、その一人だった。

汚れた日本を変えるために、月からやってきたうさぎ……というキャラ設定じたいが、そもそもふざけている。

そう、これらは、すべて〝おふざけ〟なのだ。

そのはじまりも、まさに〝おふざけ〟だった。

それまでは、『ほのぴょんのブックレビュー』というタイトルだった。

うさぎキャラが、本の感想をちょろっと発言するだけの、箸棒《はしぼう》コンテンツだった。チャンネル登録は、二十とか三十とか。再生回数も、百に遠く届かない。

ところが、半年前。変化は突然やってきた。

バズったのだ。

再生回数はみるみる一万を超え、翌日には五万を超えていた。

はて。なんでバズったんだろう？

見ると、ある小説家が自身のＳＮＳに穂花の動画をリツイートしていた。

その小説家は、小説ではあまり有名ではないし売れてもいなかったが、タレント業では成功し、ツイッター上でもちょっとしたインフルエンサーだった。政治的な発言が目立ち、その内容は辛辣《しんらつ》で毒舌で、現政権を徹底的に叩《たた》きまくっている。その小気味良さが受けて、いわゆる左寄りの人たちから大変な人気だった。ツイッターのフォロワー数は、五十五万。

そんな人にリツイートされたのだ、穂花は震えた。

ブックレビューのついでに現政権に対して、ちょっと文句を言っただけなのに。消費税増税反対！　とか、そんなよくある批判だ。そんなことでバズられても。……正直、戸惑いしかない。

いや、でも。これはいいきっかけだ。これを機に、一気に人気ユーチューバーに。そうすれば、広告料もがっぽりと。バイトも辞められるかも。

そんな子供じみた欲が出て、次も、現政権を批判してみた。

すると、またもや例の小説家にリツイートされ、再生回数も十万まで迫った。しかも、チャンネル登録数もうなぎ上り。

「もしかして、政治批判って、受けるの？」

意外だった。今は、そういう時代ではないと思っていた。

団塊世代の両親は学生運動とかしていたみたいだが、その子供である穂花にとっては、政治なんて無縁のものだった。学生時代も、政治の話なんてしたことがない。したら、即、場がしらけてしまった。下手したら、八分《はぶ》られる。公衆マナーのひとつとして、「政治の話はしない」とまで言われていたはずだ。

今は、違うのか？

確かに、ネット右翼というのが流行《はや》っているというのは聞いたことがある。でも、それはもう十年ぐらい前のことだ。

試しに検索してみるとネット右翼はいまだ健在で、しかも、左寄りの人たちの発言もかなり活発だった。いや、むしろ、今は左寄りの人たちの過激な発言が盛り上がっている。

「へー、こんなことになっているんだ」

何百枚も履歴書を書き、なのに結局正社員にはなれず、なんだかんだとアルバイトに明け暮れているうちに、世の中はこんなに変化していたんだな……。

取り残されたような気分だった。穂花の中に、〝欲〟だけではない、何かが灯《とも》った。

「私も、有意義な発言をしていかないと。……世の中を変えるような」

そんな熱い思いで、早速、チャンネルのタイトルを変えた。

『世直しバニー隊』

それが、半年前のことだ。

が、熱く真剣だったのは、最初だけだ。一ヶ月経《た》った頃から、急速に熱も冷めていた。

個人がなにを言っても世の中はそうそう変わらないだろうし、なにより、今の世の中がそう悪いものだとも思っていなかった。

もちろん、就職氷河期という憂《う》き目にはあったが、仮に、正社員として就職できたとしても、きっとすぐに辞めていただろう。そもそも、組織が苦手で、他者のペースで動くのが苦手で、規則正しい生活も苦手だ。満員電車もまっぴらだ。そんな自分には、今のようなフリーターという立場が、結局は一番お似合いなのではないか？

四十になった今でも、探せばちゃんとアルバイトはある。もちろん、手取りは十五万円いくかいかないかだが、それでも、人並みの生活はできる。美味しいものだって食べられる。百均に行けば必要なものはだいたい手に入るし、ネットのフリマサイトに行けば、ブランドの服だって安値で手に入る。

……つまり、今の生活に、それほど不満はなかった。むしろ、こんな自分でも人並みに暮らせるこの国は、凄《すご》い……とすら思っていた。もちろん、文句はある。理不尽だな……と思うこともある。そんなときは、ＳＮＳでちらっと吐き出せば、溜飲《りゅういん》は下がる。

なのに、『世直しバニー隊』に集う人たちは、溜飲が下がらない人ばかりだった。

穂花には、そちらのほうが不思議で、そして恐ろしくもあった。

彼らは一秒を惜しむかのように、なにか文句を垂れている。の割には、行動には移さない。

なるほど。彼らが欲しているのは、〝はけ口〟なんだな。『世直しバニー隊』に期待しているのは、〝はけ口〟なんだな。報《むく》われない自分を癒《いや》すためのもの。

そう気が付いたのが、三ヶ月前。それからは、はけ口に徹しようと決心した。

が、これが思いの外《ほか》、辛《つら》かった。

他者のペースで動くのが苦手で、規則正しい生活も苦手なのに、他者のリクエストに振り回される羽目になり、そして決まった時間に配信する……という義務まで生じてしまった。一番辛いのは、視聴者の誹謗《ひぼう》中傷。特に、〝ポエム〟さんの辛辣なコメントは、切れ味抜群のメスのようだった。何かコメントがあるたびに、あちこちを切り刻まれているような感覚に陥《おちい》った。その痛みを和《やわ》らげるように、まるで麻酔を欲するかのように、ストロング系缶チューハイを握りしめる羽目に。

まさか、こんな展開になるなんて。

穂花は、カメラに向かいながら、今日こそは言わなくちゃ……と、拳を握った。

「今日で、配信をストップします」

今日こそ、そう宣言しなくちゃ。

が、ぐんぐん上がる視聴回数を見ていると、今日も、それを言う勇気が削《そ》がれてしまう。

この視聴回数は、すなわち、お金そのものだ。今更、これを手放すのは、辛い。

が、このままでは、この配信に自分の全生活が支配されてしまう。つまり、それは奴隷と同じだ。もちろん、お金を稼ぐには、ある程度、奴隷の身に甘んじなければならないところはある。労働とは、そういうものだ。お金を得る代償に、自身の時間と身を売るのだから。

――どうして、今日は、配信が遅れたんですか？　あなたのせいで、生活リズムが壊れました。

批判的なコメントが流れてきた。例の〝ポエム〟さんだ。

それを機に、

――もう少し、責任を持てよ！

――多くの人が、あなたの配信の遅れで、迷惑しています。無責任なことはやめてください。

――時間にルーズな人とは、もう付き合えない。登録はずすわ。

――俺の貴重な五分を返せ！

――責任とれ！

――賠償しろ！

などと、怒濤《どとう》のクレーム。

いや、待て。なんで、五分遅れたぐらいで、ここまで言われなくちゃいけないんだ？

そもそも、おまえら、ただで視聴しているだけじゃないか。なのに、なんなんだ、この上から目線は。

そうなのだ。穂花を苦しめてきたのは、この〝上から目線〟と〝圧力〟だった。

格差をなくそう！　公平な世の中を！　などと言っているくせに、こいつらは常に高みからこちらを見下している。

穂花の体がふるふる震える。そして、

——このアル中が！


というコメントに、穂花の堪忍袋の緒《お》が完全に切れた。コメントを投稿したのは、またもや〝ポエム〟さんだ。

なんなのよ、この人は！

あったまきた！　やめてやる、やめてやる、やめてやる！

穂花は、そのまま配信を中止。その手で、チャンネルそのものを削除した。

なんとも呆気《あっけ》ないものだった。

蜘蛛《くも》の糸に群がる罪人たちを一気に切り離したような爽快感もあった。

が、すぐに、後悔がやってきた。

「どうしよう……」


結局、その日は眠れなかった。ストロング系缶チューハイが切れていたこともあったが、それを飲んで意識を飛ばしている場合ではなくなった。

昨夜、動画チャンネルを削除したことにより、正真正銘の無職になってしまったのだ。

今月の動画収益の入金は、来月の二十五日。

そして、今日は三月三日。今月はたった二日しか配信していない。つまり、来月に入金される広告料は、雀の涙だ。

「ああ、なんで、カメラなんて買っちゃったかな……」

穂花は、いつもの定位置に佇《たたず》むカメラを恨めしそうに見た。

「だって、『画像が汚い。もっといいカメラを使え』って、コメントが」

だから、先月振り込まれたお金のほとんどは、高級カメラを買い替えることに消えた。

そのときは、まさか本当にチャンネルを削除するとは思っていなかったのだ。ストレスは溜《た》まっていたが、まだやる気満々だった。

「あんたの悪い癖ね」

母の言葉が、ふと思い出される。家出同然で上京したときだ。

その頃、穂花は地元の国立大学に通っていた。が、母と些細《ささい》なことで喧嘩《けんか》し、「東京に行く！」と着の身着のまま家を出、新幹線に飛び乗った。東京駅に着くと迷わず中央線に乗り、立川に降り立った。なぜ立川なのかは不明だ。たぶん、その電車が立川止まりだったからだ。衝動は止まらなかった。その足で駅前の不動産屋に行くと、アパートを仮契約。その日のうちに貯金をすべて下ろし、本契約まで進んだ。

結果、大学は中退。その後、専門学校に入学しなおし、無事卒業もしたが、その後が茨《いばら》の道だった。……お祈りメールの嵐。

「あんた、そういうところ、父親にそっくりね。後先考えないで、衝動に走るのよ。大学辞めてどうするの？　大学中退なんてしたら、このご時世、ますます就職なんかできなくなるわよ」

母の言う通りだった。が、ひとつ間違っているところがある。衝動的な性格は、父譲りではない。母譲りだ。

「あーあ。お酒に弱いところは父親から譲られ、衝動的な性格は母親から譲られ。……悪いところばかり、受け継いでしまった」

両親の遺伝子のカスで作られたような気分になって、穂花は、

「あーあ」

と、ほとんど叫ぶように、ため息をつく。

「貯金があるから、今月はなんとかなるとして。……来月から、どうしよう？　またアルバイトしなくちゃ」

あーあ。また、あのバイト三昧の生活か。決まった時間に起きて、他者の指示に従って、ときには、面白くもない話に笑ったりして。

ため息が、止まらない。

だめだ。……とりあえず、缶チューハイ買ってこよう。


コンビニに入ろうとしたその瞬間。

「ポケットティッシュ、いかがですか？」

と、白いコートを着た女が近づいてきた。

不意打ちすぎて飛びのいたが、女はしつこく距離を縮めてくる。穂花は、仕方なく、そのポケットティッシュを受け取った。

まあ、ただでもらえるものなら、ティッシュでも嬉《うれ》しい。

「あ、じゃ、もうひとつ、いいですか？」

と、穂花は図々しくも、さらにポケットティッシュを要求した。すると、

「もうひとつなんて言わず、三つでも四つでもどうぞ」

と、白いコートの女が、穂花の手に次々とポケットティッシュを握らせる。

ポケットティッシュには、

『シェアハウスオーナー募集』

という文字。

シェアハウス。

その言葉を目にした穂花は、足の先から下腹にかけて、ぞわぞわとしたものを感じた。

それはあっというまに腸に達し、蠕動《ぜんどう》運動を促す。

久々の、便意がすぐそこまできている。

穂花は、ポケットティッシュを上着のポケットに詰め込むと、コンビニには入らず踵《きびす》を返した。

「そうか。シェアハウスという手があった」

自宅のトイレ。和式のトイレに便座をかぶせて無理やり洋式にしたもので、座り心地はすこぶる悪い。また、床は冷たいタイル張りで、立て付けの悪い窓からは、隣家の換気扇から吐き出される濁《にご》った空気が容赦なく忍び込んでくる。入ってもすぐに出たくなるトイレだったが、今は、もう十五分はここにいる。

三日ぶりの便は、うっとりするほどのきれいなバナナ形。それもきれいに流したというのに、穂花の体は彫刻にでもなったかのように、便座の上に張り付いていた。

その手にあるのは、ポケットティッシュと一緒にもらったチラシ。

シェアハウスオーナー募集の記事を、もう何度も繰り返し読んでいる。

それは、古民家や空き家をシェアハウスにしたオーナーの体験談で、その様子はどれも楽しそうで、平和で、なによりお金になるようだった。

「そうか。シェアハウスという手があった」

穂花は、繰り返し呟《つぶや》いた。

さっそくの、つまずき

「では、確認させてください」

「……あ。はい」

鹿島穂花は、姿勢を正した。

目の前にいるのは、いやに礼儀正しい小柄な男だ。ブランドはよく分からないが、素人《しろうと》目にも高そうな三つ揃《ぞろ》いのスーツ。そして、頭はかっちりと固められたツーブロック。リップクリームでも塗っているのか、その薄い唇は、てかてかに光っている。

男の名前は、井上騎士《いのうえないと》。ないと？　……キラキラネームだ。きっと、小中学校の頃は、名前のせいでいじめにもあっていたんだろうな……。いや、それとも、その名前を武器にして、クラスの人気者の座を射止めていたのかもしれない。うん、たぶん後者だ。だって、名刺に印刷されたその名前は、金の箔押《はくお》しだ。名前にコンプレックスがあったら、こんな目立つ加工はしないだろう。

いずれにしても。

この名前のおかげで、客は「うん？」と名刺に目を留める羽目になる。穂花もまさにそうだった。つかみはＯＫというやつだ。

穂花が名刺に釘《くぎ》付けになっている間に、井上さんは仕事を開始した。

「この家を、シェアハウスにしたいと？」

井上さんが、部屋をぐるりと見回しながら、呟くように言った。

その手には、クリップボード。挟まれた紙には、「評価表」という文字が見える。

そう、まさに今、不動産会社の社員に家の査定をされているところだった。

ポケットティッシュとともにもらったチラシにつられ、シェアハウス専門の不動産会社「ガラスの靴」に電話したのが、昨日。そして、今日、早速、井上さんがやってきたというわけだ。

玄関先に現れたときは、にこにこ顔の、いかにも人の良さそうな男性……という印象だったが、居間に通したとたん、その顔は試験官のような厳しい表情になった。

「この家を、シェアハウスに？」

穂花の体にも、おのずと緊張が走る。

「はい。そうです。この家を、シェアハウスにしたいと思っています」

穂花は、蚊《か》の鳴くような小さな声で言った。

いかにも自信なさげだ、これじゃ、ツーブロック君に主導権を握られるぞ。もっと、自信をもって。ここは私の家なのだ。さあ、顔を上げて！　……そう思いながらも、どんどん、頭が垂れていく。一方、井上さんは居間を早々と後にすると、居間の奥にある客間、さらに台所、浴室、トイレ、そして駆け足で二階に上がり三部屋ある寝室を次々と見て回る。穂花も、そのあとについていく。

一通り見終わると、井上さんは穂花よりも先に居間に戻り、穂花が促す前にテーブルの椅子に座った。

「なるほど。……そうですか。ここをシェアハウスに……」

井上さんは、大袈裟《おおげさ》に頭を抱えた。比喩ではなくて、本当に、両手で頭を抱えた。

「あの……なにか、問題でも？」

が、井上さんは、応えない。

「あの……」

やはり、応えない。

……なによ、この男。

なるほど。これが、不動産屋の作戦ってことね。まず難色を示す振りをするのが、この人たちのやりかたなのだ。前に、立川のアパートを借りるときもそうだった。「無職ですか――」と、不動産屋はいかにも小馬鹿にするような表情で私を見て、そして、「敷金を二ヶ月、礼金一ヶ月をご用意いただければ」と、吐き出すように言った。敷金礼金ゼロ物件にもかかわらず。さらに、「保証会社と契約してください」と、バカ高い保証金をとることで有名な会社を紹介してきた。まさに、足下を見られた形だ。そのときはまだ若かったし、田舎者の引け目もあったので、全面的に不動産屋の言葉に従ったが。

でも、今は違う。立場が逆なのだ。

前のときは店子《たなこ》の立場だったが、今回は大家、つまりオーナーの立場だ。

「私のぼんやりとしたプランでは――」

穂花は、見取り図を広げた。今朝、速攻で描いたものだ。そして、はったりをかますように声に力を込めた。

「一階の水回りと居間は共用スペースに、二階の三部屋をそれぞれパーティションで二つに分けて、そこに入居者を。三部屋掛ける二で、六人入居することができます。私は、一階の客間に住む予定で――」

「うーん……」

井上さんは、相変わらず頭を抱えたポーズのまま、一向にそれを崩す様子がない。

「あの――」

穂花のはったりにも、影が射す。「……なにか、問題でも？」

「いえ。……立地はいいと思うのです」やおら、井上さんが視線を上げた。「立地は最高です。本当に素晴らしい。なにしろ、都心のど真ん中ですからね」

そんなことを言われて、穂花の顔も、ほぐれる。

「ですよね？　私もそう思います」

「ですが……」と、井上さんは、また頭を抱えた。

「……なんです？」

穂花の顔にも、緊張が走る。

「環境が……？」

「環境？」

「そう、環境が――」

穂花の中に、なにか怒りが湧いてきた。

この男はさっきからなんなのだ。もったいぶったり、言葉を濁したり。

そう、まさにこれが不動産屋のやりかたなんだ。こちらをなんだかんだと不安にさせて、自分たちの思い通りの契約に持ち込もうとする。

そんな手には乗るか。こっちは、この家の持ち主なんだ。オーナーなんだ！

穂花は、顎をくいっと上げると、

「環境だって抜群じゃないですか。駅に近くて、商店街も近い。そして、繁華街もすぐそこです。大きな病院だって、目と鼻の先。こんな立地、なかなかないですよ？」

「おっしゃる通りなんですが」

「だから、なんです？　はっきりおっしゃってください。さっきから、なんなんですか。ごにょごにょともったいぶって」

穂花が語気を強めてこう言うと、井上さんも負けじと、語気を強めた。

「はっきり申しましょう。おしゃれじゃないんです」

「は？」

「シェアハウスなんていうのは、そのおしゃれな響きが好まれているんですよ」

「は……」

「だから、店子《たなこ》は、おしゃれな物件を期待しているんです」

「は……」

いったい、なんのスイッチが入ったのか、井上さんは舞台役者のように声を張り上げた。

「僕から言わせれば、日本のシェアハウスなんて、ただの下宿屋みたいなものですよ。いいいえ、下宿屋ならまだいい。たこ部屋ですよ、たこ部屋」

「たこ部屋……」

「たこ部屋を、〝シェアハウス〟なんていうハイカラな言葉に変換して、無知な人間を騙《だま》しているようなものです」

「……………」

「トイレ・台所共同……というアパート、あなたなら、興味持ちますか？」

「いいえ、全然。というか、むしろ避けます」

「でしょう？　だったら、ソーシャルアパートメントは？」

「ああ。気になりますね。内見しに行きたくなります」

「でしょう？　ソーシャルアパートメントというのは、共用施設がある集合住宅のことをいい、つまり、トイレ・台所共同のアパートもこれに含まれます。僕が、なにを言いたいか、分かります？」

「……は？」

「つまり。日本人は、カタカナ語の外来語にからっきし弱いってことです。〝若葉荘《わかばそう》〟では人は興味を持たないけれど、〝メゾン・ジュヌフォイユ〟とすれば、途端に、問い合わせが増えます」

「……まあ、そうですね。〝メゾン・ジュヌフォイユ〟と聞くと、なんとなく、パリの高級アパルトマンを連想します。煉瓦《れんが》づくりのおしゃれな建物を。なんとも、わくわくした気分になります」

「でしょう？」

「……あの、それで、なにがおっしゃりたいのでしょうか？」

「つまり。シェアハウスという言葉につられた人が求めるのは、おしゃれな佇まい……ということです」

「は……」

「ところが、鹿島様のこの家は、おしゃれからほど遠い」

「まあ、それは否定しません」

「確かに、今は昭和レトロブームではありますが。レトロというには、中途半端。古民家というには、風格がまったくない」

「まあ、そうですね」

「要するに、なにもかもが中途半端なのです」

「……」

「それに、環境がすこぶる悪い」

「ですから、さっきも言ったように、駅からも近くて、買い物も……」

「いいえ。その環境ではなくて。……住環境のことです」

「……」

「僕がいちいち指摘しなくても、お分かりでしょう？　隣の家と密接しているわ、陽は当たらないわ、窓を開けたら隣の家の壁だわ。しかも、カビだらけの壁。さきほど台所で、Gも見かけました」

「ジー？」

「ゴキブリです」

「……」

「二階では、大きな蜘蛛《くも》も見かけました。五匹も」

「……まあ、二階にはあまり行かないもので……掃除が行き届いてないことは認めます」

「正直に申せば、環境があまりに悪い」

「……」

「さらに、全然おしゃれじゃないんですよ」

「……」

「ただ。どんなに欠点のある物件でも、なにかひとつは長所があるものです。その長所を最大限に引き出して、オーナー様の満足いく契約に結びつけるのが、僕たちの仕事です」

「長所……？」

「静かな点です」

「ああ、そうですね。うちは静かです。都心のど真ん中なのに、まるで静かなんです。奥まった場所にあるせいか、車も来ませんし……」

「そして、どこか秘密基地《アジト》の雰囲気があります」

「アジト……？」

「これは、結構、大きな長所ですよ。世の中の喧騒《けんそう》を離れて、ひっそりと隠れて暮らしたい……という人は結構います。そのくせ、そういう人ほど、便利な都会暮らしも捨てられない」

「は……」

「アジト。……そうだ、これをキャッチフレーズにしたらどうでしょうか？」

「アジトを……キャッチフレーズに？」

「そうです。都会のど真ん中、アジトに住まう……というのはどうでしょう？」

「住まう……」

「ああ、我ながらいい案だ。その路線で行きましょう。アジト。アジトですよ、アジト！」

「は……」

「とはいえ。やはり、最低限の修繕は必要でしょう」

「修繕？」

「修繕案をいくつかお持ちしました」

井上さんは、鞄《かばん》からＡ４のクリアファイルを取り出すと、そこから書類の束を三冊、引き抜いた。

そして、それをひとつひとつ、テーブルに並べていく。

いかにも、パワーポイントのテンプレートでさくっと作成しましたというような、文字ばかりがでかいレジュメが、三種類。

井上さんは、まず、左端のそれを捲《めく》った。

「案１　家全体をフルリフォーム。こちらだと、四千五百万円かかります」

「無理です！」

次に、井上さんは真ん中のそれを捲った。

「案２　共用部分と部屋をリフォームします。こちらだと、二千七百万円」

「無理です！」

最後に、井上さんは右端のそれを捲った。

「案3　台所、浴室、トイレの水回りだけをリフォームします。七百万円」

「無……え？　七百万円？」

穂花の視線が、ふと、レジュメに書かれた〝700万円〟という文字に留まる。……一千万円、切っている。

「お安いでしょう？　弊社が提携している工務店ですと、もっとお安くできます。六百万円まで値下げ可能です」

「六百万円……」

「水回りが綺麗《きれい》になれば、家の雰囲気はがらりと変わります。集客もしやすいでしょう。あっというまに、部屋は埋まります」

そして井上さんは、パンフレットを鞄から取り出した。施工例だ。さらに、パンフレットをこれ見よがしにテーブルに並べていく井上さん。

……どれも、うっとりするような仕上がりだ。まさに、モデルハウス。いや、高級ホテル。

穂花の目が、ランランと輝く。

が、ふと、現実に戻る。口座の残高が頭をよぎる。先日、記帳したら、十万円を切っていた。

「でも、六百万円は……」穂花は、自嘲気味に頭をゆっくりと振った。「無理ですよ、六百万円でも」

「弊社提携のローン会社をご利用になれば、月々六万円のお支払いで済みますよ？」

「月々六万円……？」

現実的な数字が出てきて、穂花の体が、自然と前のめりになる。

「お家賃程度ですよ」

確かに、家賃だ。前に住んでいた立川のアパートの家賃が、まさにそれだ。……そうか。家賃程度なら、私にも――。

「いやいや、私が貸すほうですよ？　家賃と比べられても」

「失礼しました。なら、一日に二千円と考えましょう。一日二千円、なにかを我慢すれば、最新式のキッチン、システムバス、そして洗浄トイレがゲットできるのです。今までの不便が嘘のように、便利でストレスフリーな生活を手に入れることができるのです。たった二千円で！」

いやいや。一日千円でやりくりしているのだ。我慢するもなにも。二千円我慢したら、マイナスになる。

穂花は、またもや、自嘲的に笑った。が、井上さんは、やめない。

「それに、六人の入居者が集まったとして。一人頭五万円のお家賃をとれば……」

「家賃、五万円もとれるんですか？」

「もちろん。キッチン、バス、トイレが最新式のものなら、むしろ、お安いほうです」

「今のままなら？」

「うーん。一万五千円が限度かな……」

「一万五千円？　六人集まったとしても、月に九万円？」

「最悪、六人も集まらない可能性もあります。今のままなら」

「………」

「でも、キッチン、バス、トイレを最新式のものにすれば、家賃五万円はとれますよ。六人で、月三十万円です。そこからローンの支払い六万円を差し引いても、二十四万円が鹿島様の儲《もう》けになります」

「二十四万円……」

「さあ、どういたしますか？」

「……あの。ローンの支払い、もう少し、値下げしていただけないでしょうか？」

「うん？」

「月に二十六万円は欲しいんです。奨学金の返済もありますし」

「まだ、奨学金の返済を？」

井上さんが、あからさまに怪訝《けげん》そうな顔をした。

穂花は、視線を逸《そ》らしながら、

「ええ、まあ。返済をストップしてもらった時期があるんで、その関係で」

「そうですか。僕も奨学金を返済していましたが、三十二歳で終わりましたけどね。一昨年のことです」

「……………」

「じゃ、こうしましょう。五百五十万円までの値下げを交渉してみます。そして、返済期間をもう少し延ばせば……月々、四万円の返済で済むはずです」

「四万円？」

「そうです。四万円なら、月々、二十六万円が、手元に残る計算です」

二十六万円が、手元に残る。なにもしなくても。仕事をしなくても。二十六万円が！

穂花の頭に、〝高等遊民〟という言葉が浮かぶ。

それは、なんともうっとりする響きだった。

よし、決めた。

穂花は、軽くテーブルを叩いた。

「ぜひ、それでお願いします！」

が、

「ただ、そうなると、鹿島様ご自身も、汗をかいてもらうことになります」

「は？」


ということで、今、穂花は汗をかいている。

汗が出過ぎて、干からびないか心配になるほどだ。

井上さんから紹介された工務店の担当がやってきたのが、一週間前。その見積もりを見て、驚いた。

合計、一千万円。

約束が違う！　騙された！

が、工務店の担当は、その見積もりに書かれた項目をひとつひとつ説明しながら、抹消線を引いていった。

「お客様がご希望の五百五十万円まで値引きするには、これらの項目を削る必要がありま す。それはほとんど人件費で、その人件費を節約するために、お客様自身にもお手伝いをお願いする次第でございます。

それでも、六百五十万円が精一杯です。そこからさらに百万円を引くとなると、あとは、設備のグレードを多少落とす必要があります。パンフレットに掲載された有名メーカーの新品ではなくて、ノーブランドのアウトレット、または中古品となります。ちなみに、弊社の倉庫に、中古のシステムキッチンのストックがありますので、そちらをおすすめします。中古品といっても、新品同然です。別荘を新築される予定のお客様がキャンセルなさったもので、ドイツ製の高級仕様です。これは、絶対、おすすめです」

と言われ、実物を見に行ったのが、一昨日。それが、まあ、みごとな高級品で、井上さんに見せられたパンフレットに載っていたものより、さらに素敵だった。

考えるより早く、

「これにします！」

穂花は、即決していた。

「では、納品は来週ということで。それまでに、今あるキッチンをすべて、撤去してくださいね」

「え？」

「本来はこちらで撤去をしたいのですが、なにしろ、五百五十万円に抑えなくてはなりません。撤去するとなると、五十万円はかかりますからね」

「撤去で、五十万円……」

「キッチンだけではありません。お風呂とトイレも、ご自分で撤去してください。それで、ようやくご予算内で収めることができます」

「は……」

「ということで、納品の日までに、撤去をお願いします」


……あれから二日。

穂花は、ネットであれこれと検索しながら、手探りで、古い台所を解体している。

今、ようやく半分まで解体が終わったところだ。

疲れ切っていた。とにかく、疲れ果てていた。

こんなことなら、ケチらずに、業者に頼むんだった。餅《もち》は餅屋……というではないか。

やはり、その筋のプロに頼んだほうが結局は、お得なのだ。

というのも、撤去するために購入した工具の数々。これだけで、三万円が飛んだ。

口座の残高は、いよいよ四万円とちょっと。光熱費だなんだと引かれて、いつのまにかそこまで目減りしてしまったのだ。

ああ。あと四万円で、どうしたら？　どうやって、生活する？

そんなことより。

穂花は、目の前の、台所をつくづくと眺めた。終わる気がしない。

ああ。もう、心底疲れた、寝たい。ずっと徹夜続きだ。

でも、納品は、明日。それまでに、終わらせなければならない。

無理だ。絶対に、無理だ。

ああ。もう、シェアハウスなんてやめだ、やめだ！　すべて、やめだ！

が、こんな状態でやめたところで、最悪だ。台所は半壊で、まさに台風の被害にでもあったような有様だ。

もう、引き返せない。

いや、今なら引き返せる。

そんなときだった。不動産会社の井上さんから電話が来た。

「お世話になっています！」

井上さんの明るい声が、穂花の気持ちをさらに沈ませる。

「で、どんな感じでしょうか？」

訊かれて、穂花は泣きそうになった。いや、実際、涙が出た。やめます。キャンセルさせてください！　そう言おうとしたとき、

「朗報です。内見をしたいというお客様が四人も。そして、詳しく話を聞きたいとお問い合わせがあったお客様が二人。これで、六人」

「え？」

「いやー、すごいですよ。〝アジト〟というキャッチフレーズが効果あったようですね。……で、早速、内見にご案内したいのですが」

「いえ、でも、今は台所の撤去中で――」

「ですよね。やっぱり、ビフォーより、アフターを見せたいですよね、お客様には。……工務店の担当からは、明日キッチンが納品され、その翌週にはユニットバスとトイレが納品されると聞きました。ということは、再来週には内見できますね」

「え、ちょっと待ってください。お風呂とトイレが、来週？」

「はい。工務店の担当さんからの言伝《ことづて》で、それまでには、お風呂とトイレも必ず撤去してください……とのことでした」

「……え？」

「いや、よかったよかった。ユニットバスとトイレも、いい中古品があったみたいなんですよ。中古といっても未使用ですので、ご安心ください……とのことです。画像をお送りしたと言ってましたけど……。もう、ご覧になりました？」

いや、パソコンなんて、見ている暇なんかなかった。

「僕も画像を見せてもらったんですけどね、最高級品でした。いやー、鹿島様はついてらっしゃる。本当に、運をお持ちですね」

「いや、あの、でも」

「なにか、お困りのことがありましたら、なんなりと」

「えっと、だから、その」

「そういうことなので、もう、後には引けませんね！」

井上さんは、脅しなのかそれとも冗談なのか、意味深な言葉を残すと電話を切った。

穂花の口から、糸を引くような長いため息が出る。

台所だけでもこんなに苦労してるのに、浴室とトイレも撤去しろだと？

……無理だ。絶対、無理だ。穂花は、放心状態で、久しぶりにパソコンを起動させた。

メールが来ている。工務店からだ。

「あ、もしかして、井上さんが言っていた？」

当たりだった。それは、トイレとユニットバスに関することで、画像も添付されていた。

画像を開いてみると、

「うわ……。なに、これ。素敵すぎるんですけど！」

穂花の頭の中に、ぱっとお花畑が広がる。

さらに、もう一通、メールが届いた。さっきまで電話で話していた、井上さんからだ。

開いてみると、

『言い忘れていたことがあります。弊社が扱うシェアハウスの場合、敷金礼金は発生しません。その代わりに、保証金を、入居者様に頂いております。一人頭三万円を想定しています。その三万円はオーナー様が管理し、入居者様が退去後の修繕費などに充てるものとなります。その他にも、前家賃、共益費などの初期費用見積もりを添付いたしましたので、ご確認ください』

添付されていた書類を開くと、穂花の目の前がぱぁぁっと明るくなった。

保証金、前家賃、共益費などを合わせて一人頭九万円、掛ける六人分で、五十四万円。

五十四万円！

そんな大金が、一度に手に入る？

穂花の中から、疲労と不安と不満が一気に消え去った。みるみる力が湧いてくる。

勢いをつけて立ち上がると、

「よっしゃ。やるか。まずは、台所を片付けなくちゃ！」

＋

うん？

現れたのは、汚れに汚れた、床。黒光りしている。

渾身《こんしん》の力を込めて、ガス台を撤去したときだった。

次の瞬間、穂花は悲鳴を上げた。黒光りした大量の黒い点が、一斉に飛び散ったからだ。

「おりゃーーー！」

そう、それは、ゴキブリの大群だった。

腰が抜けるとは、まさにこのことだ。穂花は、尻もちをつく形で床にへたり込んだ。

「ひぃ、ひぃ、ひぃ、ひぃ」

驚きすぎると、人間、呼吸も変になるようだ。穂花は、尻もちをついた形で、まるでラマーズ法で出産でもしているかのように、苦しげに息を吐き続けた。

「……私、あんな大量のゴキブリと暮らしていたんだ……というか、あのゴキブリたち、どこに散ってしまったの？」

あまり、深く考えたくない。

「そうだ。あれは、幻だったのよ。そう、幻覚」

現実逃避もまた、生きていく上での大切な知恵であり、本能だ。

穂花は、「気のせい、気のせい」と繰り返し呟きながら、よろよろと立ち上がった。

と、そのとき。

「あれ？　なにか、床がおかしい」

床の色が、なにか変だ。前々からある板の上から、さらに板を貼り付けたような。

もしかして、前に、工事をしているのだろうか。

……そりゃ、そうだよな。この家は、築七十三年。戦後すぐに建てられたらしい。でも、台所は、古いけれどシステムキッチンだ。昭和四十年代ぐらいに流行ったものじゃないかな？

穂花は、ふと、実家のキッチンを思い浮かべた。まさに、目の前のキッチンと同じデザインのものだった。実家のキッチンは、確か、昭和四十六年に新しく取り付けたものだと聞いた。両親が一緒に暮らしはじめた年だ。

つまり、この家のキッチンも、どこかの時点でリフォームをしているのは間違いない。

それにしても、工事が稚拙《ちせつ》だ。まるで、手抜き工事だ。下手な工務店に依頼したのだろうか。まるでパッチワークだ。素人がやったような。

もしかして、お父さんが？

穂花の頭に、父親の面影《おもかげ》が浮かび上がる。でも、それはすぐに消えた。昔すぎて、父の顔をほとんど覚えていない。

アルバムには父と写った写真もあるが、その顔はすべてマジックで塗りつぶされている。

……母の仕業だ。酒癖が悪く、酔うと暴力が出る父を、母はとことん憎んでいた。だからって、顔を消さなくても。

こうなると、どうしても気になる。せめて、顔を見てみたい。

そんな好奇心から、穂花は、写真に塗られたマジックを消してみようと試みたことがあった。が、失敗した。消すどころか、顔ごと穴があいてしまった。

一度、おばあちゃんが、こんなことを言ったことがある。

「穂花ちゃんは、父親似ね」

それを聞いて、自分の写真の顔だけを切り抜いて、マジックで塗りつぶされた父親の顔に貼り付けたことがある。……それも、失敗だった。まるで、心霊写真。子供の幽霊に呪われた若者……という感じになってしまった。

なぜ、ここまでこだわったのか。

それは、父の姿が、妙にかっこよかったからだ。肩までのびた長髪で、ＧジャンにＧパン。しかも、記憶では、ギターを弾いていたはずだ。もしかしたら、売れないシンガーソングライター？　それとも……。当時、ＴＨＥ　ＡＬＦＥＥの高見沢俊彦《たかみざわとしひこ》が好きだった。なんとなく、父の体型は、高見沢俊彦に似ているような気がする。それに、自分の顔も、どことなく、高見沢俊彦の面影がある。……ということで、穂花にとって、父親像とは、高見沢俊彦だ。高見沢俊彦が、本当の父親なのではないか？　と、妄想していた時期もあった。

一方、父のことを訊かれたら「父のことは嫌いでした。いい思い出はありません」と言うようにしている。母がそう仕向けたところがある。が、本音をいえば、穂花にとって父は、恋にも近い憧れの存在でもあった。酒を呷《あお》って暴れている父の記憶もあるにはあるが、それは年々薄れ、今では、いつでも優しくてギターが上手な父の記憶しかない。……そう、大好きなお父さん。だから、この家だって相続したのだ。……父の名残《なごり》を求めて。

が、その名残は、残念ながら、今のところどこにもなかった。もしかしたら、父は、ここに住んでいなかったのかもしれない。……そう思っていたところに、見つけた、ちぐはぐな板。

「間違いない。これは、お父さんが貼り付けたものだ」

なぜならその板に、うっすらと文字が見えたからだ。愛がどうとか。世界がどうとか。

……なにかの歌詞？　そして、その歌詞の終わりには、署名のようなものが。

松林友昭。

父の名前だ。

穂花の中に、なんともいえない切なさと、そして憧憬《しょうけい》が渦巻いた。

「……お父さんの字？」

一度、父親から手紙が来たことがある。中学校に上がってすぐの頃だろうか。母親も祖母も留守のときに、配達された一通の封書。見ると、「鹿島穂花様」と書かれている。そして、裏には、「松林友昭」と。開封して手紙を見ると、「お元気ですか。お父さんは元気です。短くてもいいので、お返事ください」というような趣旨のことが書かれていた。

それは、何度も何度も手紙を送っていることを示唆するものだった。

……なるほど。お母さんか、それともおばあちゃんが、お父さんからの手紙をどこかに隠しているんだ。私の手に届く前に。

怒りよりも、罪悪感のほうが先に立った。それほどまでして、私から父を遠ざける母と祖母。それが、愛情だということは分かっていた。

一方で、父からの愛情も嬉しかった。穂花は返事を書こうと、文房具屋に走った。悩みに悩み、穂花が選んだのは、桜の花が描かれたピンク色のレターセット。キャラクターが描かれたものも気になったが、中学生になって大人になったことを示したかった。が、家に戻ると、父からの手紙はどこにもなかった。迂闊《うかつ》だった。机の上に出しっぱなしにしていた。……たぶん、母か祖母がどこかに隠したのだろう。

それきり、父の手紙を見ることはなかった。母にも祖母にも、問いただすこともなかった。それをしたら、なにか大切なものを失う気がした。

……そんな記憶が、次々と蘇《よみがえ》る。

そして、父の字も。まるで、ペン習字のお手本のように、綺麗な字だった。

その文字が、今、目の前にある。

「絶対、お父さんの字だ」

猛烈な懐かしさがこみ上げてくる。

「でも、なんで？　なんで、お父さんの名前が」

強烈な好奇心が駆け巡る。

穂花は、その板に顔を近づけてみた。それは、ベニヤ板のようにも見えた。他で使用していたベニヤ板を再利用したというような。

「うん？　……ガムテープ？」

すっかり干からびてはいるが、ガムテープの痕跡もある。

そう、その板は、ガムテープで貼り付けられていた。とてもじゃないがプロの仕事じゃない。もっといえば、素人以下だ。

「……やっぱり、お父さんが？」

そう思うと、ひどく恥ずかしい思いがした。これを、明日来るであろう業者に見られたら。「こんな子供だましなこと、誰がやったんでしょうね？」なんて言われたら。

「よし。証拠隠滅しておかないと」

と、ガムテープを剝がそうとするも、これがなかなか剝がれない。

仕方なくバールを用いると、これが面白いように剝がれた。

バリッバリッバリバリ……。メリッメリッメリメリメ……。

すべて剝がし終えたところで、穂花は違和感を覚えた。

「うん？」

さらに、板が貼り付けられているのだ。バールを差し込むと、
バリッバリッバリバリ……。メリッメリッメリメリメ……。

「嘘」

さらに、板が貼り付けられている。それは、まるでミルフィーユ。無性にミルフィーユが食べたくなる。この作業が終わったら、コンビニに行こう。あのコンビニのミルクミルフィーユ、やけに美味しいんだよな……などと考えているときだった。

最後の板が、剝がれた。

「え？」

そこには、穴があいていた。

「床下収納？」

のはずがない。こんなところに収納があったとしても、まず気が付かないし、なにより使えない。

「じゃ、いったい、なに？　配線的なやつ？」

と、覗《のぞ》き込んでみると、どこか見覚えのあるものが見えた。

衣装ケースだ。プラスチック製の衣装ケース。

「やっぱり、床下収納なのかな……」

だとして。なぜ、何重にも板が貼られていたのか。まるで、絶対に開けるな……とばかりに。

「あ。もしかして。ここにゴキブリの巣があって、それを封じ込めたとか？」

だったら、なぜ、衣装ケースがそのまま放置？

いずれにしても。

明日、業者がくる。これを業者に見られるのは、ひどく恥ずかしい。なにより、見られてはいけない……という気がした。どうしてそんなことを思ったのかは分からないが、とにかく、見られてはいけない。誰にも見られてはいけない。そう、強く思った。

「こんなに厳重に隠してあるんだもん。きっと、エッチなビデオとか本とか、そういうものかもしれない」

それを隠したのが父だとしたら、なおさら、他者に見られてはならない。

穂花は覚悟を決めると、その衣装ケースを穴から引き上げた。

……思いの外、軽かった。

拍子抜けしていると、衣装ケースの中に、さらに箱のようなものが透けて見えた。

「なんだろう？」

恐る恐る開けてみる。

それは、見た目三十センチ四方の立方体の箱だった。プレゼント用の梱包箱《こんぽうばこ》のように見えた。……それが、五つ。

一つを持ち上げてみると、やはり軽かった。もしかしたら、空箱？　確認しないではいられなかった。処分するにしても、燃やせるものか、燃やせないものかはっきりさせないと、分別できない。

「ここ、ゴミの分別にめちゃ厳しいからさ」

と、開けてみたときだった。

「？」

はじめは、よく分からなかった。

褐色の塊《かたまり》。干物のようにも見えた。ビーフジャーキーにも似ている。

「？」

それを箱から取り出してみると……。

「ひぃぃぃぃぃぃぃぃ」

ゴキブリを見たときと同じ悲鳴が、穂花の口から溢《あふ》れ出た。そして、またもや、腰を抜かした。

目が合ったからだ。

そう、その褐色の塊には、目がついていた。鼻も口も。

それが、胎児のミイラであることに気が付いたのは、しばらくしてからだった。

見切り発進

「では、みなさん、いいですか？」

目の前で、若手MCのごとく声を張り上げたのは、例の小柄な男だ。

ブランドはよく分からないが、素人目にも高そうな三つ揃いのスーツ。そして、頭はかっちりと固められたツーブロック。リップクリームでも塗っているのか、その薄い唇は、てかてかに光っている……のだろう。マスクをしているので、分からないが。

男の名前は、井上騎士。

そう、シェアハウスを専門に扱う不動産会社の社員だ。

三月の末になっていた。

あれからトントン拍子で事が進み、キッチン、浴室、そしてトイレのリフォーム工事が行われ、その一方で、入居者も次々と決定した。

そして今、シェアメイトたちと顔合わせをしている最中だ。

話は遡《さかのぼ》る。

井上さんから、一つ屋根の下で暮らすのだから事前に顔合わせをしておいたほうがいい、シェアメイトとしての自覚をそれぞれ持たせたほうがいい……と提案された。

ごもっともな意見だったので、穂花は、それに従った。

井上さんが提案したスケジュールはこうだった。

全員の入居開始日を四月一日とし、その前日の三月三十一日に顔合わせのお茶会を開く。

お茶会？　そこまでする必要があるだろうか？　それにこのご時世だ。濃厚接触にならないか？　……とは思ったが、穂花は井上さんの提案を丸呑《まるの》みした。

というか、反論している暇がなかった。

キッチンの床から、とんでもないものが見つかり、それを処理することで頭がいっぱいだったからだ。しかも、浴室とトイレの工事も差し迫っていた。工事までに今あるものを撤去しなくてはならない。

……まさに、怒濤の二週間だった。しかも、世の中は、新型ウイルス騒ぎが加速していて、そのニュースを追うのにも忙しかった。入居者のことまで頭が回らなかった。だから、すべて井上さんに託した。契約はもちろんのこと、審査も井上さんに丸投げした。

そんな経緯もあり、どんな人が入居するのかまったく知らないまま、穂花は今このときを迎えた。

穂花は、すぅぅと姿勢を正した。

白い布をかぶせた長方形のダイニングテーブル。穂花が座っているのは、いわゆるお誕生日席。

そして、穂花から見て右側に二人、左側に三人の女性が並んでいる。合計五人。入居者は六人だが、一人だけ、どうしても今日は参加できないという。

穂花は、五人の顔ぶれを見ながら、そっと安堵《あんど》のため息を漏らした。

案外、普通でよかった。

というのも。

穂花が、井上さんから入居者のプロフィールを渡されたのが、昨日。その内容をじっくり読み込んでみると、六人全員が、フリーランス。

ユーチューバー、コンサルタント、ライター、ブロガー、学生、そして、家事手伝い。

家事手伝いって、無職ってこと？

……不安がよぎる。確かに、

「女性で日本人なら、どなたでもいいですよ。職業にはこだわりません」

と言ったのは、自分だ。だからといって、こうも不安定な職業ばかりで、大丈夫なんだろうか？　家賃、ちゃんともらえるんだろうか？　しかもだ。どの女性も、四十前後。

確かに、

「あまり歳が離れていると、私も気兼ねしますので、可能ならば、同世代がいいですね」

と言ったのは、自分だ。だからといって、アラフォーでユーチューバーとか学生とか家事手伝いとか。……そんなふわふわした人たちで大丈夫なのか？　……まあ、自分も、つい最近までユーチューバーだったから、あまり人のことは言えないが。

穂花の不安は、それだけではなかった。その名前。

「神取純恋《かんどりすみれ》」に「宮台楓《みやだいめーぷる》」に「大鳥幸《おおどりはつぴい》」って……。キラキラすぎやしないか？　ペンネームや芸名ならまだしも、すべて本名だ。

まさかと思うが、井上さんは、自分がキラキラネームだから、入居者もキラキラネームの人を選んだとか？

さすがに、それはないだろう。事実、あとの三人は普通の名前だ。緑川《みどりかわ》愛子、崎本貴《さきもとたか》子《こ》、太田美希《おおたみき》。

穂花は、改めて、テーブルに並ぶ顔を見渡した。

このご時世だ。みなマスクをしている。そのせいで、顔の全体像はよく分からない。が、一見、普通だ。服装も常識人という雰囲気だ。尖《とが》った感じの人はいない。

「みなさんは、縁あって、今、ここに集まっています」

井上さんが、まるで結婚式のスピーチでもするかのように声を張り上げた。

「みなさんはこれから、一つ屋根の下、協力しあって暮らすことになります。円満な共同生活を営むためにも、ここで、ルールを共有したいと思います」

そして井上さんは、修学旅行のしおりのような、手作り感満載の冊子を鞄から取り出した。

表紙には、『さくら館』とある。『さくら館』とは、この家の名称だ。

なにか引きのある名称をつけたほうがいいと井上さんに言われ、メゾン何とかとかコート何とかとか、カタカナ語のおしゃれな名称を色々と候補に挙げてみたのだが、

「いや、ここは、あえてジャパニーズテイストでいったほうがいいでしょう」

と、やんわり否定された挙句、

「『さくら館』でいきたいと思います」

と、押し売りのように提案された。

さくら館？

悪くはないと思った。確かに、小さな桜の木が、家の前にある。

「『桜』というワードは、かなり好まれるんですよ。実際桜の木もあるし、これを訴求ポ

イントにすれば、あっというまに契約まで漕《こ》ぎ着けられます。できれば、桜の開花に合わせて内見を実施しましょう」

井上さんの圧に屈する形で従ったが、これが功を奏した。桜の開花後、即、全室埋まったのだ。しかも、内見なしで。その頃、工事が立て込んでいて内見できる状態ではなかった。

「桜の花の画像を見て、みな、すぐに決めてくださいました。やっぱり、桜は引きがすごいですね。……というか、みんなちょろいですね」

ちょろい？

「外見ばかりに気を取られて、内面まで気が回らないんですよ。特に女性はその傾向があるんですよね」

井上さんが、いつになく、シニカルなことを言う。

「そんなことはありませんよ。女性は、細部が気になるもんですよ」

と、反論してみたが、

「そんな人は、そもそもうちのような会社にはこないですよ」

え？

「あなただってそうでしょう？　チラシに載っていた、うちのおしゃれな広告に惹《ひ》かれて、連絡を入れたのでしょう？」

……………。

「まあ、とにかく、桜のおかげで、全室埋まりました。おめでとうございます」

……そういうことなので、穂花が入居者と実際に会うのは、今が初めてというわけだ。

「では」井上さんが、さあ注目とばかりに、大きく手を叩いた。「まずは、『さくら館』のオーナーである、鹿島様から一言」

いきなり名指しされて、穂花の腋《わき》からどっと汗が噴き出す。

「えーと……」

とりあえず立ち上がってはみたが、そのあとが続かない。十二の目の視線が、痛い。

こういうの、昔から苦手なんだ。せっかく契約社員で入った会社を半年で辞めたのも、朝礼のスピーチが原因だ。その順番が回ってくるたびに、前日から下痢が止まらなかった。

今も、なんだかお腹《なか》がしくしくする。

「えーと」

言葉がなにも浮かばない。

「えーと」

突き刺さるような十二の視線。

「よろしくお願いします！」

穂花は、そう言葉を絞り出すと、早々に椅子に腰を戻した。

井上さんが、呆《あき》れたようにこちらを見た。そんなんでは、オーナーは務まりませんよ……とでも言いたげだ。が、すぐに笑顔を作ると、

「オーナーの鹿島様は、一階の奥の部屋にお住まいになります。シェアメイトの一人だと思って接していただければいいと思います。……ですよね？」

井上さんに促されて、

「え、まあ、そうです。……シェアメイトだと思ってください」

穂花は、か細い声で答えた。……緊張からではない。さっきから、なにか、喉が変なのだ。痰《たん》が絡んでいるような、粘膜がはりついているような。

そんな穂花をフォローするように、

「今日は、無礼講。みなさん、お茶とお菓子、お好きにどうぞ。ここはフランクな場ですから。お茶を飲みながら、わいわいと自己紹介しましょうよ」

と、井上さんが、どこぞの寿司チェーンの社長のように、テーブルの上で両手を広げた。

テーブルには、ペットボトルの烏龍茶《ウーロンチャ》、ペットボトルのジュース、そしてクッキーとチ

ヨコレート、紙コップが並んでいる。小学生のお楽しみ会のようだ。

「……では」

と言いながら、しずしずと烏龍茶を引き寄せキャップをとったのは、ショートカットの女性だった。

彼女は、手際よく紙コップひとつひとつに烏龍茶を注《つ》いでいく。

……なかなか気が付く人だ。頼りになりそうだ。

この人、名前はなんていうのだろう？

「私は、緑川といいます。よろしくお願いします」

そう言いながら、それぞれの紙コップに、なみなみと烏龍茶を注いでいく。

ああ。緑川……愛子さん。

「緑川愛子《ラブ》っていいます」
ラ、ラブ？　慌てて、プロフィールを見てみる。……あ、ほんとだ。小さく〝ラブ〟と読み仮名《がな》がふってある。
「でも、たいがい、そう読んでくれないんです。みんな〝あいこ〟って」

だろうね。

「小学校の頃は、いやで仕方なかったんですけど――」

それにしても、〝ラブ〟って。緑川さんは、何歳なんだろう？

穂花は、膝の上のプロフィールをそっと確認した。

一九七九年……昭和五十四年生まれ。……私と同い年だ。今年、四十一歳。職業、学生。

……学生？

穂花は、今一度、緑川愛子を見た。若作りはしているが、その手の質感は年相応だ。血管が浮きまくっている。

それにしてもだ。今でこそ珍しくないキラキラネーム。が、私たちの時代は、〝子〟がつく名前が多く、〝穂花〟ですら、珍しがられたものだ。そんな時代に、〝ラブ〟って。普通に〝あいこ〟でいいじゃないか。……どうして、親は、〝ラブ〟なんて読み方に？

「うちの父が、元ヒッピー族で。ラブ＆ピースに傾倒していたんです。それで、〝ラブ〟って。……昔は、親を恨んだこともあります。でも、今では、とても誇りに思っています。〝ラブ〟って、なんかいい響きじゃないですか？」

「そう思います！」

そう同意したのは、穂花の左斜め横に座る、やたらと髪の毛が長い女性だった。腰まである。

「私も、名前では色々と苦労しましたが、今では〝メープル〟って名前にとても誇りを感じているんです」

ああ、この人は、宮台楓さんか。

穂花は、プロフィールを確認した。昭和五十六年……一九八一年生まれ。今年、三十九歳。ブロガー。……この人もなんだって、こんなキラキラネームに？

「私、実は、クォーターなんですよ。おばあちゃんのいとこの奥さんが、カナダ人で――」

それって、クォーターなのか？

「だから、その人にちなんで、カナダのシンボルである〝メープル〟がいいんじゃないって、おばあちゃんがつけてくれたんです」

なるほど。

「でも、たいがい、〝かえで〟って読まれちゃうんですよね」

だろうね。

「いちいち訂正するのが面倒くさくて、高校生までは〝かえで〟で通していたんですが、今では、〝メープル〟ですって、胸を張って自己紹介しています」

「ああ、それ、よく分かります」

そう言葉を挟んできたのは、穂花の右斜め横に座る、茶髪のボブカットの女性だった。

「私の場合は、〝みゆき〟とか〝さち〟とか、読まれちゃうんですよ」

この人は大鳥幸さんか。穂花は、プロフィールを捲った。

一九七七年……昭和五十二年生まれ。今年、四十三歳。職業、コンサルタント。……うん、確かに、コンサルタントっていう雰囲気だ。なんのコンサルタントかは分からないが。

「私も、小さい頃は訂正するのが面倒で、〝さち〟で通していました。でも、高校生になって、ようやくこの名前の凄さに気が付いたんです。高校生のとき、アメリカに短期留学したんですが、そのとき、〝はっぴい〟っていい名前だね……って。でも、アメリカでは、オードリーと呼ばれてましたけど」

「大鳥だから、オードリーですか？」

そう声を上げたのは、穂花から一番遠い場所に座る、セミロングの髪をシュシュでまとめた女性だった。

「なんか、みなさん、かっこいいですよね……。私なんて、ただの〝たかこ〟ですもん。小学校の頃のあだ名も、〝タカちゃん〟」

この人は、崎本貴子さんか。

一九八一年……昭和五十六年生まれ。……今年三十九歳。職業、ライター。……ライターか。いいな、なんか、憧れてしまう。しかも、美人さんだ。〝貴子〟という名前にぴったりの、品のある美人さんだ。

「じゃ、呼び方は〝タカちゃん〟でいいですか？」

そう言ったのは、崎本さんの隣に座る、ぽっちゃりとした女性だった。この中では一番、尖っている。金色メッシュのウルフカット。

「〝タカちゃん〟？　うーん。もっと他の呼び方がいいけど。……まあ、いいか。うん。〝タカちゃん〟でお願いします。……えっと、あなたは？」

「あ、私のことは、〝すみれ〟でお願いします」

穂花は、プロフィールを捲った。

神取純恋。これまた、みごとなキラキラネームだ。

一九八〇年……昭和五十五年生まれ。……今年、四十歳。職業、ユーチューバー。……この人がユーチューバーか。何系のユーチューバーなんだろう？　職業としているからには、それなりの稼ぎなんだろうな……。チャンネル登録者数は十万はいっているだろうか？　一つの動画あたり、どれぐらいの閲覧者数なんだろう？

私の場合は、チャンネル登録者数は三万人で、ライブ配信では、毎回、二万を超える人が閲覧していた。

こうして考えると、二万人が閲覧って、凄いよな……。つまり、日本武道館でコンサートするアイドルとかより、集客していたってことでしょう？　やっぱり、アカウントを削除したのはもったいなかったかな……。再開しようかな……。

などと、つらつら考えていると、

「鹿島さんは、〝オーナー〟でいいですか？」

と、すぐそこの緑川さんに訊かれた。

どうやら、呼び方を決めあっているようだった。他の人の呼び方はほぼ決定し、あとは穂花のみ……ということらしい。

「あ、はい。……〝オーナー〟で結構です……」

「でも、〝オーナー〟だと、ちょっと、壁ができません？」

そう言ったのは、神取さんだった。

「鹿島さんも、シェアメイトの一人だと考えていいんですよね？　だとしたら、〝オーナー〟だと、一段、高い感じがしませんか？」

「確かに、そうね」

同意したのは、緑川さん。「大家さんと店子の関係って感じで、ちょっと感じが悪いわね」

……感じが悪いって。そもそも、私が大家で、あなたたちが店子なんですけど。私が、一段高いのが当たり前なんですけど。

「私も、そう思います。〝オーナー〟だと、なんか、とっつきにくいですよ」

そう言ったのは、大鳥さん。「もっとフランクな呼び方がいいと思います」

そして、あーだこーだと討論がはじまった。

ちょ、ちょっと待ってよ。勝手に人の呼び方を、俎上《そじょう》に載せないでよ。〝オーナー〟でいいじゃない。なんなら、〝大家さん〟でもいいわよ。

「じゃ……。下の名前をとって、〝ほのっち〟はどうでしょうか？」

そんなことを言い出したのは、不動産会社の井上さんだった。井上さんは、さっきから時計ばかりを気にしている。携帯電話にも、何度も着信があるようだ。時折、小さな着信音が聞こえてくる。見ると、足が小刻みに揺れている。いわゆる貧乏ゆすりだ。イライラしている証拠だ。

「〝ほのっち〟？　あ、いいんじゃないでしょうか？」

神取さんが、指を鳴らした。「シェアメイトって感じです。どうですか？　みなさん」

「いいと思います」「賛成」「異議なし」「右に同じ」などと、同時に声が上がる。

「じゃ、まとめますと」井上さんが、すっくと立ち上がった。「オーナー様は〝ほのっち〟、緑川様は〝ラブりん〟、宮台様は〝シロップ〟、大鳥様は〝オードリー〟、崎本様は〝タカちゃん〟、神取様は〝スミレ〟で、いいですか？　いいですね？」

と、井上さんが早口でしめくくった。見ると、その手には鞄が。とっとこの場を去りたい空気が、容赦なく漂っている。帰る気満々だ。

「みなさん、それでいいですね？」

井上さんの圧に押される形で、穂花たちは、こくりと頷《うなず》いた。

「では、そういうことで。……あ、僕、ちょっと他の仕事がありますんで、今日はこれで失礼します。では、みなさん、よい新生活を！」

またしても早口でそう言うと、井上さんは鞄を小脇に抱えた。そして脱兎《だつと》のごとく、玄関に向かう。

穂花は、後を追った。玄関先で井上さんを捕まえると、

「初期費用の入金の件なんですが……」

「……ああ、はい。その件ですね。入居者様の初期費用は、すでに鹿島様の口座に振り込まれているはずですので。ご確認ください。では」

それからしばらくして、静岡の母から電話があった。近況を訊かれたので簡単に話すと、

「え？　嘘。……本当に？　いやだぁぁ」

母は、いつものように、「いやだぁぁぁ」と、語尾をネバッと引き伸ばした。

相変わらず、イラッとくる。なんとも小馬鹿にされている気がするからだ。

「穂花が、大家さん？　しかもシェアハウスの？　嘘でしょうぉぉぉ。お母さん、全然聞いてないぃぃぃぃ」

「だって、言ってないもん」

穂花は、喉をさすりながら、言った。

「どうしたの？　なんか、声が変よ。……って、もしかして、これ、振り込め詐欺だったりする？　あなた、穂花じゃないの？」

……これだから、母は苦手だ。天然がすぎる。

「電話してきたの、お母さんのほうじゃない」

「あ、そっか。お母さんからかけたんだっけ」

「大丈夫？　ボケてきたんじゃないの？」

「あら、いやだ。私、まだ七十一歳よ。ボケるには、早いわよ」

……そうか。もう七十一歳になるのか。立派な高齢者。

が、母はそんな自覚はまったくないようだった。

「私は、絶対ボケないから、大丈夫。うちはボケない家系なのよ。その証拠に、おばあちゃんだって、ピンピンしているんだから。頭も冴《さ》えている。九十二歳とは思えないわよ」

そっか。おばあちゃんは九十二歳になったのか。

「最近、年下の彼氏ができたらしくて、ますます若返った感じ」

……おばあちゃんも、相変わらずだ。つい、笑みがこぼれる。

「で、お母さん、なにか用？」

「だって、心配だったのよ。ほら、今、新型ウイルスで大騒ぎでしょう？　東京は、たくさんの人が感染しているって。……穂花は大丈夫なの？」

「うん。大丈夫。ウイルスにもかかってないし、シェアハウスも順調。大丈夫、大丈夫」

本当は、全然、大丈夫ではなかった。

昼間、シェアメイトと顔合わせし、呼び名をつけあったところまではよかったが、そのあと、ちょっとした小競り合いがあったのだ。

不動産会社の井上さんが帰ったあとだ。

神取さんも帰ると言いだした。そして、実際帰った。大鳥さんも帰ると言いだし、帰り支度をしていたときだった。

「信じられない！」と、緑川さんが、叫んだのだ。「なんで、みんな、後片付けをしないの？　フツー、後片付けするでしょ？　そもそも、お茶を注いでいたのは、ずっと私。みんな、それが当たり前みたいな顔していたけど、それって、おかしくない？」ごもっともな意見だったが、「注いでくれなんて、頼んでないんですけど」と大鳥さんが反論した。

そして、喧嘩がはじまった。一時は、取っ組み合いになったが、「大丈夫です、後片付けは私がしますんで……！」と穂花が仲裁に入り、ようやく収まった。

そして、気が付けば、散らかったテーブルと穂花だけが残された。

……まさに、前途多難。

「本当に大丈夫なの？」

母の問いかけに、

「だから、大丈夫だって」

穂花は、イライラと返した。

「でも、その声。……掠《かす》れているじゃない」

「これは。……ちょっと色々忙しくて」

「忙しいから、喉が変になったの？」

「そう」

「……そんなこと、あるの？」

「あるんだよ。私は昔からそうなの」

「ああ、確かに、そうだったかも。扁桃腺《へんとうせん》、弱いんだよね。小さい頃は、すぐに声がガラガラになってた」

「でしょ？　だから、大丈夫」

「なら、いいけど」

「じゃ、もう切るよ」

「あ」

「なに？」

「あのね。……本当は、おばあちゃんの具合、あまりよくないのよ」

「え？　でも、年下の彼氏がなんとかって」

「年下の彼氏っていったって、八十歳のおじいちゃんよ。病院で知り合った、入院仲間」

「入院って。……おばあちゃん、入院しているの？」

「うん」

「いつから？」

「去年から。入退院を繰り返している」

「え、嘘。聞いてない」

「だって、言ってないもん。おばあちゃんが、言うなって。ほら、だって。……穂花、おばあちゃん子だったでしょう？　入院のことを言ったら、心配するからって」

「そりゃ、心配するでしょ。で、なんで入退院を？」

「はじめは、心臓がちょっと痛いってことで入院したんだけど」

「心臓……！」

「それは、大丈夫。薬でなんとか治療したから。で、一度は退院したんだけど、今度は肺をやられて、で、次は胃をやられて。……そんな感じで、次々と体調を崩していってね。で、いよいよ、癌だって」

「癌！」

「大腸癌。腫瘍《しゅよう》を摘出すれば治る可能性はあるとは言うんだけど。でも、歳が歳だから、手術はオススメしないって、お医者様が。……穂花は、どう思う？」

「おばあちゃんは、なんて？」

「おばあちゃんは、なにがなんでも治すって。穂花の子供……ひ孫を見るまでは、死ねないって」

「……………」

「穂花は四十歳なんだから、まだ希望はある。だから、頑張るって」

「……………」

「分かっている。私は、期待してないから、安心して。孫の顔は見られないって、とっくの昔に諦めている」

「………」

「まあ、それはそれとして。……どう考えても、手術は無理だと思う。だから、お医者様と相談して、ＱＯＬを優先しましょうって」

「クオリティオブライフってやつ？」

「そう。生活の質を落とさないことを最優先にして、人間としての尊厳をできるだけ尊重して、おばあちゃんの限られた時間を見守ろうって」

「うん。私もそのほうがいいと思う。下手に手術して、チューブだらけの寝たきりになったら、可哀想《かわいそう》」

「でしょう？　で、お医者様とも相談して、おばあちゃんを自宅で介護することになったんだけど」

「いいんじゃない？　おばあちゃんも病院にいるより、自宅のほうが安心するでしょう」

「そうすると、私が介護しなくちゃいけないのよ。ヘルパーさんを頼むとしても、結局、私が介護することになるのよ」

気のせいか、母の声に怒気を感じる。

「幸い、おばあちゃんは頭はしっかりしているけど、足腰がもうだめなのよ！　きっと、近い将来、寝たきりになるわ！」

気のせいではない。母は怒りをぶちまけている。しかも、涙声だ。

穂花は怯《ひる》んだ。母が泣くときは、相当、感情が昂《たか》ぶっているときだ。つまり、正気ではない。

「お、お母さん……？」

穂花は、探るように言った。「……大丈夫？」

「大丈夫じゃないわよ！　私、パートもやめなくちゃいけないかもしれない！　合唱クラブだって、やめなくちゃいけないかも！　パートもクラブもやめて、一日中、おばあちゃんの介護をしなくちゃいけないかもしれないのよ！　どういうこと？　私の人生、おばあちゃんに捧げろってこと？　ね、どういうこと？」

「……お母さん、落ち着いて」

「落ち着いている。私は、ずっと落ち着いている。……でも、情けないのよ。私の人生、なに？　って思ったら、気持ちが沈み込んで、死にたくなるの」

「死にたくなるって。……そんなの冗談でもやめて」

「冗談じゃない。本気よ。私、死んでやる！」

こうなると、もう、手に負えない。これは、昔からだ。が、対処方法はあった。母の興奮を取り除く魔法の言葉。

「……お母さんは、なにをしてほしいの？」

穂花が言うと、母の興奮が途端に鎮《しず》まった。

「私のお願い、きいてくれる？」

ほら、来た。

これも昔からだ。相手から「なにをしてほしいの？」という言葉を引き出すために散々わめき、思い通りの言葉を手に入れると、「お願いがあるの」とくる。はじめから、「お願いがあるんだけど」と言えばいいだけなのに。なんで、毎度毎度、こんな遠回りをするのか。……本当に、我が母ながら面倒な女だ。

「……お願い、きいてくれる？」母が、繰り返した。

本当は、お願いなんてききたくもない。が、

「うん。分かった。……お願いってなに？」

「お金を送って」

母からねだられたお金は、五十万円だった。すぐに必要だと。介護用ベッドのレンタル

代と、玄関をバリアフリーにするための工事費だという。そのほかに、月々十万円の仕送りが欲しいという。

とんでもないお願いだったが、穂花は、「分かった」と言うしかなかった。でなければ、「死ぬ」を何百回と聞かされる羽目になるからだ。

穂花は、頭を抱えた。

「ああああ。絶対、無理」

それでなくても、キッチンと浴室とトイレをリフォームして、六百五十万円の借金を抱えている。予算は五百五十万円だったが、浴室とトイレの撤去工事を追加したので、その額になってしまった。

だって。キッチンを撤去するだけで、もう一杯一杯だった。しかも、あ、あんなものがでてきて。……その処理にも時間をとられた。さらに浴室とトイレを自分で撤去するなんて、絶対に無理だった。タイムオーバーだった。だから、工務店に撤去工事を依頼したのだ。

結局、ローンの支払いは、月々六万二千円。

家賃収入が三十万円で、そこから六万二千を引いたら、二十三万八千円。そこからさらに十万円を仕送りしたら、手元に残るのは、十三万八千円。さらに、奨学金を返済したら……。ああ。無理だ。

さらにだ。母が五十万円をすぐに送れという。

確かに、保証金、前家賃、共益費などを合わせて一人頭九万円、掛ける六人分で、五十四万円の初期費用が入金される予定だ。だから、なんとかなるにはなるが。

「くれぐれも気をつけてくださいね。保証金と共益費をプライベートで使わないこと。あとで、痛い目にあいますよ」

と、井上さんからも、釘を刺されている。

でも、五十万円を送らないと、母は何度も電話をしてくるだろう。「死ぬ」と。

「死ねばいいんだ」穂花の口から、つい、本音が飛び出す。「死ねばいいんだ、あんなクソババアは！」

そう叫んだ途端、涙が溢れ出した。なんの涙だろう？　悔し涙？

違う。これは、おばあちゃんに対する憐憫《れんびん》の涙だ。

母があんなだった分、本当におばあちゃんには可愛がってもらった。何度も慰《なぐさ》められた。何度も助けられた。そんなおばあちゃんに、惨《みじ》めな最期を迎えてほしくない。できれば、生まれてきてよかったと、笑いながら安らかに逝《い》ってもらいたい。

五十万円でそれが叶《かな》うなら、安いものかもしれない。

「……まあ、なんとかなるでしょう」

穂花は、その足で、近くのコンビニに向かった。

が、ATMの前で、穂花は愕然《がくぜん》とした。

残高が、まったく増えていない。それどころか、限りなくゼロに近い。

井上さんの話では、すでに初期費用が振り込まれているはずなのに。

……どういうこと？

早速、井上さんの携帯に電話をしてみる。

が、出ない。

会社のほうにも電話してみる。

が、出ない。

時計を見ると、午後五時。もう、営業時間外なのだろうか？　いや、でも、前は夜の九時に会社に電話したこともある。そのときは、ちゃんと出た。井上さんの携帯からも、夜の十時過ぎに電話がきたことがある。

なのに今は、井上さんの携帯も、会社の固定電話も、留守番電話にすらならない。

「……どういうこと？」

心臓がばくばく言い出した。イヤな予感がする。めちゃくちゃ、イヤな予感がする。

後ろから、「ちぇっ」という舌打ちが聞こえてきた。見ると、マスクをしたおじさんが、こちらを睨《にら》みつけている。穂花は、ＡＴＭから静かに離れた。

そしてコンビニを一旦出ると、スマートフォンのブラウザを立ち上げた。次に、検索サイトを表示させると、「ガラスの靴」と入力。井上さんが勤める不動産会社の名前だ。すると、

『破産』

という言葉が大量に目に飛び込んでくる。心臓が、さらにばくばく言う。

「破産？　……どういうこと？」

穂花は、脂汗で濡《ぬ》れる指を服でぬぐうと、改めて、スマートフォンに指を滑らせた。

シェアハウス専門の不動産会社「ガラスの靴」は31日、新型ウイルスのパンデミック（世界的な大流行）で財政難が深刻化したことを受け、破産申請を行ったと発表した。

祭りのあと

東京都新宿区A町にある民家の床下から胎児とみられる5遺体が容器に入った状態で見つかっていたことが、警視庁への取材で分かった。

同庁捜査一課などによると、風呂場の床下からプラスチック製の衣装ケースが見つかり、中から5遺体が確認された。どの遺体もミイラ化しており、体の大きさから堕胎か死産だったとみられ、へその緒が付いている遺体もあった。

同課は遺体が置かれた経緯について調べている。


二〇二〇年も、残すところ二ヶ月。

「しかし、波瀾《はらん》万丈な一年だったな……」

生田夏海《いくたなつみ》は、卓上カレンダーに手を伸ばした。

カレンダーは、三月のままだ。

そう、三月の終わり、突然、自宅待機を命じられた。

そろそろお茶にしよう……と、マグカップを準備して、引き出し奥からサブレを取り出したそのとき。

「みんな、注目！」

と、手がパンパンパン……と鳴った。見ると、部長が神妙な面持ちで、仁王立ちしている。元ホストをしていたという噂《うわさ》もある、長身のちょいワルおやじ。その日も、ばりっと決まっていた。が、いつものクール顔はどこへやら、土色に染まった顔で、こんなことを言った。

「みんな、よく聞いてくれ。うちの会社にも、感染者が出た」

とはいえ、夏海はその時点では、まだ楽観的だった。

「ああ、いよいよ、うちにも……」という程度だった。予感はあったからだ。たぶん、営業部あたりの社員が感染したのだろう。夜な夜な、接待で銀座《ぎんざ》あたりを飲み歩いている連中だ。だから、この時点では、「でも、私には、関係ないし」と、まだ他人事《ひとごと》だった。

「今すぐ、全員、帰宅するように」

そう言われたときも、すぐには理解できなかった。

だって、締め切りが迫っている仕事は山積みだし、一時間後には会議だってある。そのあとは打ち合わせで、そのあとは……。

そんな夏海を置き去りにするように、周囲がばたばたと帰り支度をはじめる。いつもは、居眠りばかりしている昼行灯《ひるあんどん》のおじいさん社員まで。

「ほら、生田くん。なにをしている。君も帰るんだよ」

部長に名指しされて、夏海はやんわりと抵抗してみた。

「え、でも。仕事が……」

「仕事は、すべて、家に持ち帰ること。これからしばらくは、テレワークだ」

テレワーク……。テレビとかでよく聞く言葉だ。でも、自分には関係ないと切り捨てていた。だって、テレワークでできるような仕事ではない。家でなんて、絶対無理だ。

「そんなことを言っていられなくなった。うちも、今からテレワークだ。テレワークなんだよ！」

部長が〝テレワーク〟を繰り返す。さらに、

「さあ、とにかく、みんな帰って！　さあ、早く！　今すぐに！」

部長の声に急《せ》かされるように、夏海は、デスク上の書類をかき集めてそれらを紙袋に詰

め込んだ。そして、ノートパソコンを鞄に突っ込んだ。

それでも、夏海はまだ楽観的だった。来週にはまたいつも通りの生活に戻るんでしょう？　今だけでしょう？　だから、マグカップもサブレもそのままに、職場を後にしたのだが。

すっかり、秋だ。

でも、カレンダーは三月のまま。マグカップもサブレも、あの日のまま。

時間が止まった……とは、まさに、このことだ。


夏海は、七ヶ月ぶりに会社を訪れていた。

私物を取りに来たのだ。

というのも、部長からこんなメールが来たからだ。

「残念だが、会社が倒産した。来週には今のビルをひき払わなければならない。だから、私物を取りに来るように」

覚悟はしていた。なにしろ、四ヶ月前から仕事が止まっていた。そして三ヶ月前から給料も振り込まれていない。政府から支給された十万円はとうの昔に家賃に消え、今は、貯金を取り崩している。このまま無給で飼い殺しにされるぐらいなら、とっととクビにしてくれないだろうか。そうしたら、すぐにでも、失業保険がもらえるのに。そう思っていたところに、「会社倒産」の連絡。覚悟はしていたが、やはり、それが現実となると、色々とやるせない。

この会社に入社して、七年。それなりに愛着はあるし、なにより、やり残した仕事に未練があった。

「はぁぁ」とため息をついていると、

「久しぶりだね」

と、懐かしい声がした。

振り返ると、マスク姿の中年男。部長だった。……ちょっと痩せた？

「バイトをはじめたんだよ」

マスクを外しながら、部長が照れくさそうに言った。「ほら、例のデリバリーサービス」

ああ、あれか？　ウーバー……。

その通りだと言うように、部長が頷く。

とても信じられない。この部長が、あの大きなリュックを背負って、自転車を漕いでいるなんて。

「背に腹は替えられないからね」日焼けした顔をくしゃりと縮めながら、部長が屈託無く笑う。「社長も、バイトをはじめたってさ」

「え？　社長が？」

「そう。運送業。なんでも、大型免許をとって、トラックの運転手をはじめたってさ」

これまた、とても信じられない。社長はもともと大手出版社の社員で、二十代後半にそこを辞めて、この出版会社を立ち上げた。

編集者時代にベストセラーを連発していただけあって、その腕も運も抜きん出ていた。立ち上げたその年に、早速のミリオンセラー。各マスコミにも取り上げられ、「出版界の寵児《ちょうじ》」と称賛された。その後も順調に業績を伸ばし、二年前には六本木《ろっぽんぎ》に新しくできた大型オフィスビルに社屋を移し、創立二十年目にあたる去年は、有名老舗《しにせ》ホテルの一番大きな会場で記念パーティーを開いた。さあ、これからますます会社を大きくするぞ！　自社ビルを東京のど真ん中に建てるぞ！　と意気込んでいた矢先の、新型ウイルス。

「ほんと、信じられないよ。去年の今頃は、こんなことになるなんて、まったく想像してなかったよ」

部長が、おどけたように笑う。

「想像していた人なんて、世界のどこにもいませんけどね」

夏海も、つられるように笑って見せた。

「そうそう。このビルの最上階に入っていた不動産会社も、潰れたってさ」

「ああ、はい。新聞で見ました。『ガラスの靴』……でしたっけ？」

「そう。シェアハウス専門の不動産会社」

「羽振りが良さそうだったのに。社員なんて、みんなハイブランドのスーツを着て、車も高級外車。……収入もかなりのものだと聞きました。新入社員二年目で、年収一千万円を超える人もいたとか。来年はニューヨークに支店を出すんだ……って」

「詳しいね」

「はい。ときどき、ランチで、『ガラスの靴』の社員と相席になることがあったんです。そのときに――」

「もしかして、このビルの一階に入っている、エスニック料理店？」

「そうです」

「あそこも、閉店しちゃったみたいだよ」

「そうみたいですね。さっき寄ったら、テナントが軒並み、閉まってました」

「まさに、ゴーストタウンだよな」

「ほんとに。……新型ウイルス、人命だけじゃなくて、経済もめちゃくちゃに壊してしまいましたよね」

「でも、『ガラスの靴』に限っては、新型ウイルスとは関係ないみたいだけどね。なんでも、銀行とつるんで詐欺行為があったらしい」

「え？　詐欺？」

「そう。シェアハウスをしませんか？　と募集をかけて、応募してきた人に多額の借金を背負わせて……的な詐欺をやっていたみたい」

「で、計画倒産？」

「そ。阿漕《あこぎ》だよな、まったく。……そうそう、このビルにもさ、債権者が押し寄せて大変だったんだよ。俺、そのとき、たまたまこのビルのエントランスに来ていてさ。『ガラスの靴』の社員と間違えられて、ボコボコにされた」

「ボコボコに？」

「まあ、それは大袈裟だけど。……でも、問い詰められて、泣かれて、大変だった。違う、人違いだ！　って言っても、分かってもらえなくて」

「そんなことが……」

「結局は、分かってもらえたんだけど。……あの女性、気の毒だったな。なんでも、保証金やら前家賃やらをすべて、騙し取られたらしい。しかも、担当社員の口車に乗せられて、リフォームもしてしまったとかで、多額の借金が残ってしまったとか」

「借金まで。それは、本当にお気の毒ですね……」

「あの女性、あれからどうなったんだろう？　と思っていたところ、八月のはじめだったかな。あれ？　と思う事件を新聞で見つけてさ。新宿区A町にある民家の床下からミイラ化した胎児の遺体が見つかった……という事件なんだけど」

「あ、それ、覚えてます。民家の床下から五体の胎児のミイラが見つかった……とかなんとか」

「そう、それ。……で、俺を不動産屋と間違えた件《くだん》の女性が、確か、新宿区A町のシェアハウスだ……って言っていたような気がして。気になって調べたら、ビンゴだった」

「なんで、シェアハウスからミイラ化した胎児の遺体が？」

「さあね。なにしろ、事情を知っているであろうシェアハウスのオーナー、自殺しちゃったらしいから。新聞にそう小さく出ていたよ」

「え？　自殺したんですか？　部長を不動産屋と間違えた女性がですか？」

「そう。……つくづく、気の毒な話だよ。『ガラスの靴』に騙されなかったら、こんなことにはなっていなかったかもな……と思うとさ」

「つくづく罪が重いですね、『ガラスの靴』は。なにか、制裁はないんでしょうか？」

「社長含めて幹部は、今、海外にとんずらしているらしい」

「海外にとんずらって。……今は、どこに逃げても心休まるところはないでしょうに。特に欧米は、日本以上に新型ウイルスの感染が拡大して、大不景気だって聞きました。アジアだって」

「そのうち、音《ね》を上げて、日本に戻ってくるんじゃないか？　助けてくれー！　これじゃ、日本の刑務所にいるほうがマシだーって」

部長が、声を上げて笑った。……シワが増えたな。一方、髪は薄くなった？　なんだか、一気に何歳も老け込んだように見える。ちょいワルおやじどころか、ただのおっさんになってしまった。

夏海の視線を感じたのか、部長は、笑いを急ブレーキで止めた。そして、

「で、生田くん。君は、これからどうするの？」

「私ですか？　当分は失業保険で凌《しの》いで……」

「そのあとは？」

「失業保険をもらいながら、求職しようかと」

「ハローワーク、今、激混みみたいだよ」

「……でしょうね」

「引き続き、出版関連の仕事を？」

「ええ、そのつもりです」

「そうか……」

「やっぱり、厳しいでしょうか？　私、歳も歳ですし」

「生田くん、何歳になるんだっけ？　あ、こんなことを訊いたら、セクハラになるかな？」

「いえ、大丈夫です。……先月で、三十五歳になりました」

「そうか。三十五歳か」

部長が、意味ありげに腕を組んだ。そして、

「……あのさ。実は、アシスタントの仕事があるんだけど」

「アシスタント？」

「そう。とあるジャーナリスト先生が、アシスタントを探していてね」

「アシスタントって、どんな？」夏海の体が、自然と前のめりになる。

「主に、資料を集めたり、整理したり、時には取材したり……」

それなら、得意分野だ。夏海の体はますます前のめりになる。

「お給料は？」

「月五十五万円だと聞いた」

「五十五万円⁉」夏海の声が、裏返る。

「悪くないだろう？」

「ええ、悪くないです。というか、今までより、高いぐらいです。てか、破格です！」

「だろう？」

「ぜひ、詳しくお話を伺いたいです。……というか、ジャーナリスト先生って……どなたですか？　お名前は？」

「ミタカセイ」

「ミタカセイ？」


「ミタカセイじゃないよ。〝ミタ・カ・セイフ〟だよ」

その人物は、想像とはまったく違う印象の男だった。

ジャーナリストというから、なんとなく、尖ったおじさんを想像していたのだが。

目の前にいる人物は、華奢《きゃしゃ》な若い男だった。若い……というか、少年のようにも見えた。

マスクをしているせいだろうか？　……いったい、何歳なんだろう？

「僕のプロフィールは極秘事項。でも、一緒に仕事するからには、君だけには、簡単に教えておくよ。

年齢は……先月、十九歳になった。一応、大学生。でも、大学にはほとんど通ってないけどね。〝ミタ・カ・セイフ〟というのは、もちろん、ハンドルネーム。『家政婦は見た！』から拝借している。今の仕事をはじめて、六年目。つまり、はじめたのは十四歳のとき。最初の年で、年収は約一千五百万円。その後も順調に増えていって、去年の年収は約七千八百万円。

で、この部屋には去年、引っ越してきた。それまで住んでいた実家が手狭になったんでね。家賃は百三十万円。……おっと、ここまで明かす必要はないか」

その男は、夏海には視線も合わさず、滔々《とうとう》と言葉を並べていった。

「君へのギャランティーは、月五十五万円ってことになっているけど、それは最低ライン。働き次第ではもっと出してもいいよ。

あ、ちなみに、タイムカードとかないし、勤務時間というのもない。完全な成果主義。そして、保険関係もないから、自分で加入してね。

要するに、こういうこと。僕と君の間には雇用関係はない。あくまで、個人事業主と個人事業主の関係。

「……ああ、そうだ。これも言っておかなくちゃ。お金の振り込みは面倒なんで、現金手渡しでいいかな？」

ここまでしゃべって、男は、ようやくちらりと夏海を見た。

「君のことは、なんと呼べば？」

「あ。……生田でお願いします」

「生田さんね。ＯＫ。僕のことは、〝ハヤマ〟さんでいいよ」

「ハヤマ……さん？」

「ハヤマミサオ。これ、僕の本名。あ、これも極秘事項なんで、口外しないようにね」

「あ、はい」

「じゃ、早速なんだけど――」

「あの。……私、採用されたんでしょうか？」

夏海は、ようやく、質問を繰り出した。この部屋に入ってからというもの、質問されるばかりで、こちらの疑問点はなにひとつクリアになっていない。

まず、この部屋はなんなんだ。このリビングの広さ！

そして、ドラマでしか見たことがないような、全面はめ殺しのガラス窓。その向こう側には、見事な東京の景色が広がっている。東京タワーから東京スカイツリーまで。

いったい、なぜ、こんな若造がこんなところに住めるんだ？　いったい、なぜ、こんな若造に命令されるがまま、こんなところに私は突っ立っているんだ！

そう、夏海は、ドアを開けるやいなや、犬のように「待て」と命令された。男が座るワークデスクははるか向こうだ。いくらソーシャルディスタンスとはいえ、あまりに離れている。だから、必要以上に声を張らないといけない。

「あの、ですから、私、採用されたんでしょうか？」夏海は、ほとんど叫ぶように言った。

「そんなに大きな声を出さなくても、聞こえるよ。話すときは、もっと静かにできないかな？　いくらマスクをしているとはいえ、飛沫《ひまつ》が心配だよ」

人をバイキンのように言いやがって、ほんと、ムカつく若造だ。

「……私、採用されたんでしょうか？」

夏海は、今度は囁《ささや》くように、言った。

「採用？　だから、雇用するわけじゃないから、〝採用〟はおかしいよね」

ハヤマが、やはり視線を合わせずに言った。

「僕と生田さんは、あくまで、ウィンウィン」

「つまり、発注元がハヤマさんで、私が下請け……ということでしょうか」

「まあ、俗っぽくいえば、そういうことかな」

「では、……私は下請けに選ばれたってことでいいんでしょうか？」

「〝選ぶ〟とか〝選ばれる〟とかいうの、なんか嫌いだな。でも、生田さんがそういうことにしたいなら、それでもいいよ。……とりあえず、契約書はそれだから」

ハヤマの視線が、部屋の中央に置かれているリビングテーブルに飛んだ。夏海はテーブルまで進んだ。……このテーブルが、またすごい。……大理石？

そして、その上には、書類が置かれている。まるで、保険の約款のように、文字がぎっしりと。そして、最後のページには「葉山三佐雄《はやまみさお》」というサインが。

……「みさお」って、「三佐雄」って書くんだ。こうやって漢字にすると、途端に硬派なイメージになるから、面白い。

夏海は、東京のパノラマをバックに、何台ものデスクトップパソコンに囲まれた男を改めて見た。

チェックのネルシャツに、ボサボサ頭。

ぱっと見、そこらにいるちょっとオタクな大学生……という感じだ。しかも、虚弱体質の。

これが、トップユーチューバーの姿か。

そう、葉山三佐雄は、ジャーナリスト系のユーチューバーだった。ジャーナリスト系といっても、専門はゴシップ。

チャンネル名は、そのままずばり。

『ザ・ゴシップ』

そして、そのハンドルネームは、「ミタ・カ・セイフ」。

ありがちだ。

が、そう笑ってもいられない。そのチャンネル登録者数は五百万超え。年間総視聴回数は四億超え。

そういえば、自分も見たことがある。ある俳優の不倫をいち早くスクープし、その証拠動画をアップしたのが、『ザ・ゴシップ』チャンネルだった。

その動画は、よくいえばレトロな、悪く言えば古臭い作りだった。テロップもロゴも音楽もナレーションもベタで、センスのかけらもなかった。喩《たと》えるなら、おじさん向けのエロい夕刊紙のような感じで、しかも、時々動画に登場する「ミタ・カ・セイフ」は、顔はモザイクで隠しているが雰囲気も猫背もおっさんそのもの。だから、てっきり、中の人もおっさんだとばかり。

夏海は、今一度、葉山三佐雄を見た。本当に、この人が、中の人？　確かに、そのネルシャツもボサボサ頭も、動画に登場する「ミタ・カ・セイフ」と同じだけど……ああ、でも、間違いなく本人かもしれない。この猫背は、まさに「ミタ・カ・セイフ」。

「あ、ちなみに」葉山が、老人のように背中を丸めながらちらりとこちらを見た。「その契約書。たたき台だから。なにか気になるところがあったら、赤字入れて、返してくれる？　そしたら、正式なの作るから」

「は……」

しかし、なんで、こんなにタメ口なんだ。いちいち、ムカつく。

以前なら、ドアを開けた瞬間に、踵を返すところだ。いや、そもそも、以前なら、こんな話には乗らない。いくら、部長の紹介とはいえ。ユーチューバーのアシスタントだなんて。でも、今はそんなことを言っている場合ではない。新型ウイルスで、日本……いや世界の経済は大破した。世界中で失業者が溢れ、その様はまるで、終戦直後のそれだ。ハローワークには人が溢れ、以前だったら見向きもされなかったような仕事に人が群がる有様だ。とにかく、仕事がない。知人の中には、風俗の門を叩いた人もいる。

そんな中、月五十五万円の給料をくれるというのだ。今は、どんな理不尽にも耐えるしかない。

拳を握りしめていると。

「で、早速なんだけど、なんか、面白い事件、ないかな？」

と、葉山が意地の悪い目つきで訊いてきた。

「面白い事件？」

「そう。閲覧数がどっと増えるような、興味深い事件」

「興味深い……？」

「そう。みんなが喜ぶような不幸にまみれた事件、ないかな？」

人の不幸を商売にする人間とは、まさにこういう男を言うのだろう。

つくづく、気に食わない。ああ、虫唾《むしず》が走る。ああ、ムカつく！

……ダメだ、ダメだ。今はそんなことを言っている場合ではない。夏海は、さらに、拳をきりきりと握りしめると、

「事件ですか。……ああ、そういえば」夏海は、部長から聞いた話を思い出した。「新型ウイルスでゴタゴタしていたせいで、あまり大きな記事にはなっていなかったんですが、新宿のA町にある――」

いったん拳を開くと、夏海は鞄の中からスマートフォンを取り出した。そして、検索。

あった。これだ。

「東京都新宿区A町にある民家の床下から――」

夏海が、その記事の冒頭を読み上げると、葉山の視線がゆっくりとこちらに向けられた。

どうやら、興味を示したようだ。

夏海は、続けた。

「——胎児とみられる五遺体が容器に入った状態で見つかっていたことが、警視庁への取材で分かった。

同庁捜査一課などによると、風呂場の床下からプラスチック製の衣装ケースが見つかり、中から五遺体が確認された。どの遺体もミイラ化しており、体の大きさから堕胎か死産だったとみられ、へその緒が付いている遺体もあった——」

「ああ、その事件なら、なんか、記憶にあるな……。たしか、その民家、シェアハウスだったんだよね？」葉山が、身を乗り出してきた。

「そうです。……『ガラスの靴』っていう不動産会社が絡んでいるようなんですが」

「ああ。『ガラスの靴』。計画倒産した？」

「はい。その不動産会社、私が勤めていた会社と同じビルだったんです。それで、なんとなく気になって色々と検索してみたら、新宿のA町の事件にぶつかって」……本当は、部長から聞いたネタだが、それは言わないでおいた。

「計画倒産した不動産会社と、胎児のミイラが見つかったシェアハウスか。……うん。面白いじゃん。ね、早速、それ、調べてよ」

葉山がぱちんと指を鳴らす。そして引き出しから帯付きの札束を取り出した。……百万円の束だ。

「とりあえずの軍資金。今月のギャラの五十五万円と、さらに四十五万円。この四十五万円は、取材費に使って」

「は……」

「あ、でも、領収書はちゃんと貰ってきてね。うちの税理士、そういうのうるさいから」

「は……」

夏海は、葉山が投げおいた百万円を見つめた。

なんだか、しゃくにさわる。十九歳のガキに、金で買われたようで。が、今はそんなことは言っていられない。稼がなくてはならない。来月の家賃も払わなくては。

それに、このガキは私のクライアントで、私は下請け。対等な関係だ。

買われたわけじゃない。

夏海は葉山がいるデスクまでそろそろと駆け寄ると、百万円をそっと引き寄せた。

メープルの独白

封筒の中を確認すると、その女は、明らかにニヤリと笑った。

封筒の中には、一万円札が五枚。

自分も、葉山から札束を見せられたとき、こんな顔をしていたのだろうか？　そう思った途端、口の中になんともいえない苦みが充満した。

夏海は、その苦みを打ち消すように、目の前のグラスを手にすると中身を飲み干した。ジンジャーエールのパチパチとした感触が、なんとも気持ちがいい。口の中をリセットしてくれるようだ。

目の前の女も、札束の入った封筒を素早くトートバッグにしまうと、自身のグラスを引き寄せた。

夏海は、八王子《はちおうじ》駅からほど近い、カラオケボックスに来ていた。無論、カラオケをするためではない。取材するためだ。

取材相手は、宮台楓《めーぷる》。例のシェアハウスの、住人の一人だ。

なんとも形容が難しい女性だ。

腰まである長い髪を結びもせずに、あるがままにしている。そのせいか、髪の先があちこちに触れて、見ているだけで、ヒヤヒヤする。先ほどは、髪のひとふさが、グラスの中に浸かっていた。今も、そのひとふさは、濡れたままだ。もしかして、手を洗ったあと、髪で拭くタイプだろうか？　だとしたら、ちょっと苦手だ。

ちなみに、宮台楓を探し出すのに、手間はかからなかった。

宮台楓は、いわゆる「トレンドブログ」のブロガーだ。

「トレンドブログ」とは、時事ネタや事件そしてゴシップを、あちこちからコピペしたようなうすっぺらい記事に仕上げたブログのことで、主な目的は、アフィリエイト収入だ。うすっぺらい割には、検索サイトの上位に表示されるので、うっかりクリックしてしまう。

例えば、「新宿A町、シェアハウス、ガラスの靴、胎児の死体」と検索したら、数え切れないほどのトレンドブログがヒットした。

夏海は、ヒットしたブログをひとつひとつ確認してみたが、どれも、判で押したように同じような内容で、お決まりの、「〜について調べてみました。いかがでしたか？」で終わる。

が、宮台楓のブログだけは違った。やけに詳しく書かれていた。当事者でないと知りえないようなことまで。例えば、シェアハウスが『さくら館』という名前であったこと、そしてそのオーナーの名前が『鹿島穂花』であったこと……などなど。もしかしたら、『さくら館』の元住人か？　と、メッセージを送ってみたら、正解だった。

「ぜひ、お話を聞かせてください。謝礼はいたします」と切り出すと、宮台楓は、乗ってきた。そして、このカラオケボックスを指定してきたのだった。

カラオケボックス……と言われて、正直、躊躇した。なにしろ、〝三密〟の最たるものだ。この数ヶ月ずっと〝三密〟を叩き込まれているのだ。その強迫観念は、体の隅々に刻まれている。そう、あのウイルスは、人命、経済だけでなく、人のメンタルも壊したのだ、人類総強迫性障害といってもいい状態だ。

それだけじゃない。あのウイルスは価値観も大きく変えた。

夏海は、マスク越しに軽くため息をついた。が、すぐに姿勢を正すと、ボイスレコーダーを取り出す。

宮台楓もそれに気が付いたのか、すうぅぅっと背筋を伸ばした。

「気が付けば、〝シェアハウス〟という言葉、死語になりつつありますよね」

手帳を開きペンを握りしめると、夏海は、とりあえずはそんな話題から取材をはじめた。

「死語？」宮台楓が、長い髪の先を弄《もてあそ》びながら、言った。「死語って、どういうことです？」

その語気が少々尖っているような気がして、夏海の体に緊張が走る。

「いえ、なんて言いますか。〝シェア〟という言葉が、前ほど価値を持たなくなったな
……と」

「まあ、確かに、それはありますね。それまでは、〝所有〟するより、〝シェア〟するほう
が、なんとなく格好いい……という空気でしたからね」

宮台楓が同意してくれたので、夏海の緊張も、ふと解ける。

「ですよね？　でも、新型ウイルスのせいで、なにかを誰かと共有するのが怖くなったと
いうか。私、電車のつり革に、摑《つか》まることができなくなったんです」

「へー」

「もちろん、手すりも。ちょっと前までは全然平気だったんですが、今はダメです。ウイ
ルスがいるかもしれない……と思うと、恐怖で手が出せなくなりました」

「私は、全然、平気ですけどね」

「え？」

「そもそも、なんでマスクなんでしょうね？」

「え？　だって、それは……」夏海は、自身のマスクに左手を添えた。

「マスク依存症って、知ってます？」

「マスク……依存症？」

「そういう病名があるわけではないんですけどね。マスクをずっとしていると、マスクをしないと不安になる……って人がいるんですよ」

まさに、私のことだ。

「今のうちにマスクから卒業しないと、死ぬまでマスクをする羽目になりますよ？」

「……………」

「私、思うんですけどね。マスクなんて、ただのお守りに過ぎないんですよ。実際には、まったく役に立たない。ＷＨＯだって、一般の人がマスクを着用する意味はない……的なことを言ってましたよ？」

「は……。でも、マスクはそれなりの効果があるって、最近の研究結果では……」

「私から言わせれば、マスクなんて宗教ですよ。マスク教。イワシを信じているようなものです」

「イワシ……」

「そう。だから、お守りに過ぎない……って言っているんです。なのに、あの女は、マスク、マスクって。毎日のようにうるさくて。これ見よがしに、自分でマスクを作って、みんなに配る始末。それだけならまだしも、人にもマスク作りを強要するんだから、たまったもんじゃありませんよ。ほんと、あの女は、最初から気に食わなかった」

「……あの女って？」

「緑川ですよ」

「ミドリカワ？」

「そう、緑の川って書いて、緑川」

言われて、夏海は、手帳に〝緑川〟と書いた。

「下の名前は、なんて？」

「ラブ」

「いえ、ニックネームではなくて――」

「だから、愛子って書いて、〝ラブ〟って読むんですよ」

言いながら宮台楓は、テーブルに指を滑らせると、「愛子」と書いた。

夏海も、「愛子」と、手帳に書き記す。

「バカみたいな名前でしょう？　愛子って書いて、〝ラブ〟なんて」

　いやいや、楓と書いて〝メープル〟と読ませる名前も、〝ラブ〟に負けず劣らず、なかなかのものだ。……というか。なんで、キラキラネームの人が、二人も？

「ちなみに。『さくら館』には、他に、どんな人がいたんですか？　人数は？」

「ほのっちを入れて、七人」

「ほのっち？」

「オーナーですよ」

「ああ、鹿島穂花さんのことですね」

　夏海は、手帳に〝鹿島穂花〟と書くと、その横に、〝ほのっち〟と書き添えた。

「では、オーナーを除いたシェアメイトは、六人だったんですね？」

「そう。さっき言った緑川愛子の他に、〝オードリー〟、〝タカちゃん〟、〝スミレ〟、それから……」

　宮台楓の早口に追いつかず、もたもたとペンを動かしていると、

「ちょっと、貸して」と、宮台楓が、手帳とペンを奪い取った。そして、

『緑川愛子↓ラブりん　大鳥幸↓オードリー　崎本貴子↓タカちゃん　神取純恋↓スミレ
太田美希↓ママ』

と、書き加えた。

「ちなみに、私は、〝シロップ〟って呼ばれていたっけ」

「みんな、ニックネームで？」

「そう。バカバカしいでしょう？　いい大人が、ニックネームで呼び合うなんて。これも、この女が言い出したんですよ」

宮台楓は、〝緑川愛子〟と書かれた部分に、ペン先を突き立てた。

「この女は、いわゆる仕切り屋。なんでもかんでも、仕切らないと気が済まないんですよ。で、みんながそれに従わないと、機嫌が悪くなる。面倒くさい女だった。この緑川愛子のコバンザメだったのが、この女」

そして、今度は、〝神取純恋〟という文字にペン先を突き立てた。

「……スミレって読むんですか？」

「そう。その名前とはまったく不釣り合いな、ヤンキー風な女だったけどね」

「ちなみに、緑川さんと神取さんは、どんなご職業を？」

「緑川愛子は、学生」

「学生？　じゃ、若いんですか？」

「ううん。確か、オーナーと同い年で、四十一歳」

「四十一歳で……学生？」

「自称ですよ。だって、どこの学生か、絶対に言いませんでしたから。訊いても、すぐに話をはぐらかすし。緑川愛子のコバンザメ、神取純恋もなんか怪しい人でした。職業は、一応ユーチューバーってことになっていたんですが」

「ユーチューバー？」

「そう。職業にするからには、それ相応の登録者数を持ったチャンネルを運営しているのかな……と思って、チャンネル名を訊いたんですけどね。これも、絶対に教えてくれないんですよ。訊いても、すぐに話をはぐらかす。ほんと、揃いも揃って、怪しい人ばっかでしたね。あの『さくら館』の住人は」

「……ちなみに、宮台さんはなんで、『さくら館』に？」

質問すると、宮台楓の顔が、ぱぁと赤くなった。と、思ったら、さぁぁと青くなった。

そして、しばらく、髪の先を弄ぶと、

「私が『さくら館』の住人になったきっかけは。そう、あるとき『君の名は』というハンドルネームの男からメールがきたんです」

メープルなんてキラキラネームをつけられたせいで、今も昔もずっと苦労続き。

仕事が行き詰まったのも、名前のせいです。

ずっとずっと名前をいじられて、そしてとうとう、私、キレちゃったんです。

取引先の営業にコーヒーを出したら、「僕は、甘いコーヒーが好きなんだよね。とびっきり甘いコーヒーが。なんなら、君の甘いシロップを、今すぐ味わいたいなぁ」なんて、セクハラ紛《まが》いのことを言われたんです。だから、つい、コーヒーを……。その営業は顔に火傷《やけど》を負ってしまいました。会うたびに、私の名前をいじるそいつが許せなくて、あえて煮えたぎるお湯でコーヒーを淹《い》れたんです。皮がべろんと剝《む》けるほどの火傷。ざまあみろと思いましたが、後悔も押し寄せてきました。

だって、私、その場で解雇されてしまったんです。警察に突き出すか、それとも私が辞めるか。そんな二者択一を迫られて、後者を選ぶしかなかったんです。

とはいえ、その時点で私はまだ楽観的でした。これを機に、結婚しようって。

でも、当時つきあっていた男性とも別れる羽目になりました。彼は、とても優しい人でした。私の名前をいじることはなく、敬意をもって、「メープルちゃん」と呼んでくれていました。

でも、あるとき彼が言ったのです。

「子供が生まれたら、フツーの名前にしよう」

何気なく言ったんだと思います。だからこそ、本音なんだろうな……とも思いました。つまり、彼は、心のどこかで私の名前をバカにしていたんです。それで大喧嘩になって。……そのときも、熱々の味噌汁をぶちまけてしまいました。彼は右手に火傷を負い、病院に行くと言って家を出たきり、戻ってくることはありませんでした。

ほとほと、疲れ果ててしまいました。私の不幸は、すべて名前のせいだと思いました。それで、私と同じような苦しみを味わっている人が他にいないだろうか……とネットで検索していたら、匿名掲示板の「キラキラネームさん集まれ！」というタイトルのスレッドに辿《たど》り着いたというわけです。

匿名掲示板は、たいてい罵詈雑言《ばりぞうごん》が飛び交う荒れた場なのですが、そのスレッドは違いました。キラキラネームをつけられたせいで背負わされた苦労を吐き出し合い、そして慰め合う、そんな癒しの場でした。

そのスレッドを立てたのが「君の名は」というハンドルネームの男です。男だ……っていうのを知ったのは、オフ会で会ったときです。

ちなみに、そのときのオフ会にいたのが、神取純恋と緑川愛子と大鳥幸だったんです。

もう、お分かりですね？

＋

「もう、お分かりですね？」

そう訊かれて、夏海はきょとんと視線を漂わせた。そして、しばらく考えたあと、

「ああ、なるほど。そのオフ会に出席していた神取純恋と緑川愛子と大鳥幸も、のちに『さくら館』の住人になったんですね」

「その通りです」

「ということは、つまり。あなた方は、もともとの知り合いだと？」

「知り合いっていうのはちょっと違うかな。会ったのはそのオフ会がはじめてでしたし。特別な関係にはありません」

「でも、匿名掲示板では、やりとりしていたのですよね？」

「やりとりって。……みんな匿名で書き込んでいるんですよ？　誰がなにを書き込んでい

るかなんて、分かりませんよ。成りすましや冷やかしだっているだろうし」

「まあ、確かに、そうですね……」

「でも、スレッド主の『君の名は』だけは、別でした。投稿するときは、必ず固定のハンドルネームで」

「スレッド主というのは、つまり、そのスレッドを立ち上げた人？」

「そうです。『君の名は』がスレッドを立ち上げて、そして、スレッドを仕切っていました」

宮台楓の唇が、どういうわけか、綻《ほころ》んだ。それは、大切な思い出を懐かしむ……というふうにも見えた。もしかして、宮台楓と、「君の名は」の間に、なにかあったのだろうか？

「『君の名は』とオフ会で会ったとのことですが、オフ会だけですか？」

夏海は、思い切ってカマをかけてみた。案の定、宮台楓は「え？」と、過剰に反応した。

「なんなんですか！　突然！」そして、ソファーから腰を浮かせた。

なるほど。やはり、なにかあったようだ。

「あ、すみません……」

夏海は、メニューを引き寄せると、「なにか、注文しますか？」

そんな夏海の言葉を無視し、宮台楓は、あからさまに帰り支度をはじめる。が、その手がトートバッグに届いたとき、そっと、ソファーに身を沈めた。トートバッグの中には、協力金が入った封筒が仕舞われている。

さすがに、ここで帰ったら、取材にならない。協力金も返さなくてはならないだろう……そう思ったのかもしれない。一見、自己中心的なところがあるが、常識的な判断はできる人のようだ。

「……一回だけです」宮台楓は、吐き出すように言った。「『君の名は』と、個、人、的、に会ったのは、一回だけです」

「個人的に……？」

「オフ会のあと、メールが来たんです。二人だけで会いたいって。それで――」

宮台楓は、もじもじと体をよじった。それは、「そのあとは察しろ」とでも言いたげだったので、

「なるほど。で、そのあとは？」

「だから、一回きりです！」

宮台楓が、イライラと語気を強めた。そして、自分のグラスを引き寄せると、その中身をすべて飲み干した。

話題を変えたほうがいい。そう判断した夏海は、

「……ところで、宮台さんは、会社を辞められたあとはなにを？」

「ですから、派遣の仕事をしながらブログをはじめたんです」

「例のトレンドブログ？」

「そうです。あるとき、ネットサーフィンしていたら、ブログで月に五十万円稼いでいる主婦……という記事を見つけまして。記事には、副業で儲かるノウハウ教えます……とありましたので、連絡してみたんです」

もしや、それは、いわゆる〝情報商材詐欺〟というものではないだろうか？「儲ける方法教えます！」とか「彼女ができるコツを伝授します」とか「ダイエット成功の秘密を知りたくないですか？」的な魅惑的な文言で客の気を引き、高額なお金を振り込ませて後は梨の礫《つぶて》……という例の——。

「詐欺ではありませんよ。ちゃんとしたやつです。だって、テキストも届きましたし。それに従って、ブログを立ち上げたんです」

「それで、トレンドブログを？」

「あの。先ほどから、トレンドブログ、トレンドブログって。なんか、その言い方、ちょっとバカにしてません？」

「いえ、そんなことは……」

「いいえ、バカにしているんです。分かります。私もバカにしていましたから」

「え？」

「だって、そうでしょう？　コピペでパッチワークしたようなもので荒稼ぎして。まさに、人の褌《ふんどし》でなんとやら……ですよ」

「確かに」

「だから、誰にでもできる」

「確かに」

「じゃ、あなたもやってみたら？」

「え？」

「そしたら、全然稼げないことに、愕然とするはずですよ」

「………？」

「私も、最初は舐《な》めてました。だから、ちょっと小遣い稼ぎでもしようと、軽い気持ちではじめてみたんです。テキストもありましたし、簡単でした。……でも、全然アクセス数が伸びない。何度やっても同じです。なぜ？　と思いました。テキスト通りにやっているのに。なぜだと思います？」

それは、そのテキストが、情報商材〝詐欺〟だからだろう。思ったが、それは口に出さず、

「……なぜですか？」

「努力をしてなかったからですよ」

「努力？」

「そう。トレンドブログのトップクラスの人たちは、かなり努力をしています。目に留まりそうなトレンドのニュースをいち早くキャッチし、ついクリックしたくなるようなタイトルをつけて、そしてなにより、検索サイトで上位にくるように工夫も惜しまない。トレンドブログは副業でやっている人が多いので片手間でできると思われがちですが、違います。本業をしのぐエネルギーを注がないと、稼げるレベルにはいけないのです」

「は……」

「それを知ったから、私も努力しました。派遣の仕事を辞めて、トレンドブログ一本に絞りました。年中無休、一日に十二時間もパソコンに向かってます。休みもありません。そうして、ようやく、トレンドブログだけで生活できるようになったのですが。……それでも、稼ぎは、月に十五万円ほど。時給にしたら、コンビニのバイトより割が悪いです」

「は……」

「それでも、私がトレンドブログに精を出しているのは、結局のところ、性に合っているからだと思います」

「どういうことです？」

「トレンドブログは、いうまでもなく一人親方。自分ですべてやります。一方、それまでの私は、眠い目をこすりながら決まった時間に起きて、行きたくもない職場に行って、誰かの指示でしたくもない仕事をして、愛想笑いを浮かべて。まるで、囚人《しゅうじん》のようでした。自分というものが一切ありませんでした。いくら、安定した収入が得られようとも、窒息しそうでした」

「……ああ、それは分かります」夏海は深く頷いた。

「だから、私、トレンドブログ一本でこれからも生きていこうと決めていたんです。……でも」

「でも？」

＋

今年の二月、アパートの契約更新の時期を迎えました。もちろん、私は更新する気満々で、更新料とかも準備していたのです。

だって、いい部屋なんです。新宿区にありながら、１ＤＫ三十五平米六万五千円。破格です。築年数は経っているし、大家さんが階下に住んでいるのは気になりましたが、今風にリフォームもされていたし、環境もいいし、駅近だし、なにより相性がよかったんです。だから、このまま数年は住むつもりでした。

そしたら、「契約更新はできません」という知らせが。

なんで？　と、仲介している不動産屋に問い合わせてみたら、「申告している職業に虚偽があったので、更新はできない」と。

確かに、私がそのアパートに入居したのは、六年前。前の会社に在籍していたときでした。不動産屋の担当曰《いわ》く「大家さんは、あなたがちゃんとした会社の正社員だったから、部屋を貸すことにしたのです。でも、今はその会社を辞めて、なにをしているかよく分からない。そんな不安定な職業の人に部屋を貸し続けることはできない。それにあなたは、一度、家賃を滞納している。それもペナルティだ」って。

確かに、一度滞納をしてしまいました。うっかりしていたのです。予定外のローンが引き落とされてしまったので、残高が足りなくなっただけです。すぐに入金しました。なのに、不動産屋の担当によると、滞納のペナルティは大きいと。それ以上に、職業の虚偽申告が問題だと。

でも、入居したときは間違いなく会社勤めだった。正社員だった。それを虚偽って言われても……反論しましたが、「契約書をお読みください。職業を変更する際は、その都度申告すること……とあります。あなたは、それを怠《おこた》りました」

確かに、契約書にはそう書かれていました。だからって……。そんな人、世の中にはたくさんいますよね？　転職や結婚で、職業が変わる人なんて。それをいちいち申告します？

「じゃ、裁判しますか？」不動産屋は、冷たく言い放ちました。「裁判するとしても、その部屋に住むことはできません。来月中にお引き払いください」

むちゃくちゃな話です。出て行けというなら、引っ越し代と次の住まいの初期費用ぐらい補償しろよって。でも、不動産屋も引き下がりません。

「そんなの、お支払いできません。契約違反したのは、そちらなのですから。大家さんは、それでも契約期間中は大目に見ていてくださったのです。……それとも、やはり、裁判しますか？　裁判費用、とてつもなくかかりますよ。もちろん、時間もかかります。うちはかまいませんよ。だって、どうせ勝ちますから」

いったい、どこからそんな自信が。

「言っておきますが、あなたには一ミリも勝ち目はありません。契約違反の他に、名誉毀《めいよき》損《そん》もおかしているんですからね」

……名誉毀損？

「あなた、大家さんの悪口を、ブログに書いたでしょう？」

あ。

思い当たりました。去年……騒音がすると大家さんから注意を受けたんです。身に覚えがなかったので、それをブログに書いてしまいました。……ちょっと盛ってしまいました。大家さんのことをロリコンだ禿《はげ》だ変態だって。

でも、そんなことぐらいで……。そんなの、誰でもやってますよね？

っていうか。なんで、大家さん、私がブログをやっていることを知っているんだろう？ハンドルネームでやっているのに。そもそも、どうして私が会社を辞めたことを知っているの？　もしかして、私、盗聴とかされている？

「まさか」不動産屋が蔑《さげす》むような視線を投げつけてきました。「大家さんに、ブログのことを言ったのはあなたのほうじゃないですか。大家さんが言ってました。あるとき、ポストにメモが投函されていたって。そのメモには、『ブログをはじめました。ぜひ、覗きにきてください』って」

あ。そういえば。アクセスがあまりに少ないので、思い余って、そんなことをしたかもしれない。でも、仕事を辞めたことまでは言っていない。

「一日中、あなたの部屋からテレビやラジオの音が聞こえてくる。他の住人からも苦情が来ている。つまり、一日中、家にいるということだ。どういうことだ？　仕事は？　……と、大家さんは不安になったそうです。で、あなたからもらったメモに記されたアドレスにアクセスしたら、そのブログには、仕事を辞めたことが綴《つづ》られていました。しかも、大家さんの悪口まで」

あ。大家さんがブログにアクセスするなんて一ミリも考えてなかったから、言いたい放題、書き込んでいた。あれを、全部、読まれたのか……。

だからって……！

いずれにしても、私は住処《すみか》を失いつつありました。引っ越しするにしても、初期費用だなんだ考えたら、そんなお金の余裕はなく。なにより、そのときは二月の終わり、その翌週は三月。いうまでもなく引っ越しシーズンのまっただ中。いい部屋なんてすべて押さえられています。残っているのは、カスばかり。事故物件とか欠陥物件とかぼったくり物件とか、そんなのばかりに違いありません。これを機に田舎に戻ろうか？　とも思いましたが、地元を捨てた人間には冷たいのが田舎。きっと、八分にされてしまうでしょう。そもそも、あんな田舎に戻る気はさらさらありませんでした。

じゃ、どうする？　ああ、どうしよう。

悩んでいたときです。

あの男からメールがきたんです。「君の名は」から。

＋

ああ、ようやく話が最初に戻った。夏海はほっと息を吐き出した。

「メールがきたんです」からはじまり、そのあとは、延々と話が逸れていき、いったい、どこまで逸れるのだろうか……とイライラしていた。これじゃ、いくら時間があっても足りやしない。私が訊きたいのは、なぜ、『さくら館』に住むことになったのか……ということなのに。

「で、『君の名は』さんのメールには、なんて？」

夏海は、急かすように訊いた。それが気に入らなかったのか、宮台楓が、とたんに口を噤んだ。そして、ひたすら、メニューを捲っていく。見ると、彼女のグラスは空だ。

「あ。なにか、追加しますか？」

「喉は渇いてないんだけど……お腹がちょっと空《す》いたかな？」

「あ、じゃ、なにか、食べ物を……」

「あなた、タカちゃんに似ている」

「え？」

「だから、シェアメイトだった、崎本貴子よ。彼女もまた、人の話が終わらないうちに、すぐに言葉を挟んできてね。ほんと、イライラさせられた」

……。イライラしているのは、こっちだ。そんな本音はもちろん喉の奥に押し込んで、

「すみません」と、夏海は素直に謝った。

「言葉を挟まれると、途端にやる気なくすんですよね」

「すみません」

「普通の会話ですらそうなんですから、インタビューだったらなおさらだと思いませんん？」

「おっしゃる通りです」

「それとも、あれかしら。都合のいいように誘導するってやつ」

「は？」

「インタビューとか取材とか言いながら、結局、あらかじめストーリーを用意しているも

のでしょう？　マスコミって。そのストーリーに沿って話を聞き、逸れそうになったら、誘導する。違いますか？」

「いえ、そんなことは……」

「だから、今日だって本当は、お断りしようと思ったんです。どうせ、なにを言ってもそちらの都合のいいように切り貼りされて、捏造《ねつぞう》されちゃうんでしょうから」

「それは、ありません」

「じゃ、私が話したこと、一字一句削除することなく、採用するんですか？」

「それは……」

「別に、編集するな、とは言ってないんです。ただ、変なミスリードはしないでほしい……と言っているだけなんです」

「もちろん、ミスリードなんて……」

「ああ、ほんと、こんな取材、受けなきゃよかった」

「………」

「でも、仕方なかったんですよね。だって、私、お金に困ってますから。千円でも百円でも、くれるというならＯＫするしかない。……そう、あのときも、まさに、こんな危機的状況でした。背に腹は替えられない……というやつです」

住処を追われそうになっていた私に助け船を出そうとでもいうのか、「君の名は」は、メールでこんな提案をしてきたのです。

「シェアハウスに住みませんか？」

シェアハウス？

ちょっと引いてしまいました。だって、シェアハウスって、あまりいいイメージがなくて。

ちょうどその頃、貧困層をターゲットにしたシェアハウスを特集した番組を見ていたものですから、特にイメージが悪くて。

その番組では、保証人敷金礼金が必要ないという謳《うた》い文句で家出同然で上京してきた若い子を誘っては、劣悪なたこ部屋に住まわせる悪徳業者……というようなことをやってました。窓もないような狭い部屋に、六人ぐらいを押し込めたシェアハウス。そのくせ、家賃は七万円。七万円もあれば、都内だって、風呂付きのワンルームを借りることができます。でも、保証人敷金礼金を用意できないばかりに、こんな割高な部屋に住まざるをえない。まさに、人の足下を見た貧困ビジネスです。

もちろん、ちゃんとしたシェアハウスもあるんでしょう。でも、そういうところはなかなか空きがないとも聞きます。……いずれにしても、私には無関係だと思っていました。シェアハウスなんて。

でも、そのときの私は、まさに崖っぷち。三月中には部屋を出なくてはいけない。でも、できれば新宿は出たくない。

だって、新宿、とても気に入っているんです。これほど住みよい街もないと思っています。高級なものから低俗なものまで、とにかく色んなものが詰まっている、まるで福袋のような街。だから、次の部屋も新宿がいい。できれば、今までと同じ家賃で。

でも、新宿で六万五千円の部屋なんて、そうそうないんです。もちろん、探せばありますよ。でもそれは築五十年とか、和式トイレとか、風呂なしとか、十平米もないような極狭部屋とか、地下部屋とか。我慢ポイントがたくさん。

最低でも、それまで住んでいた部屋ぐらいのクオリティはほしい。でも、時期が悪い。そんな掘り出し物の部屋は、とっくの昔に誰かに押さえられてしまっている。

だからといって、シェアハウスは……。それだけは、無理。

メールの文面を眺めながら、虚《うつ》ろに首を横に振っていると、

「新宿A町のシェアハウスです」

という文言に目が留まりました。

新宿A町？

A町といえば、最寄駅は飯田橋駅。私、あの辺をぶらぶらするのが大好きで。神楽坂あたりをウォーキングしていると、色んな憂いも吹っ飛びます。

いやいや、それでも、シェアハウスなんて……。

「飯田橋駅から程近い、昔ながらの住宅街にある古民家です。桜のシンボルツリーが素敵な家です。リフォームも予定しています。しかも、女性限定のシェアハウス。オーナーも四十代の女性です。外観の画像を添付しました。ぜひ、ご覧ください」

見ると、添付ファイルがありました。まず、一つ目のファイルをクリックしてみると……。

「うあー」

思わず、感嘆のため息が出ました。なんて桜の綺麗なこと！　こんな桜を眺めながら暮らすことができたら……。すかさず、二つ目のファイルをクリックしてみました。

「うわー」

今度もまた、感嘆のため息。それはまるで、北欧アンティークのようなキッチンに、そしてシティホテルのようなバス、トイレ。

それまで引いていた体が、自然と前のめりになります。

「このクオリティで、家賃は五万円！　共益費込みです。初期費用は、保証金、前家賃を合わせて九万円となります」

初期費用が、九万円！　安っ！

「今は未公開ですが、募集がはじまったら、あっというまに埋まると思われます。なので、興味がありましたら、募集がはじまる前にご連絡ください。……ご連絡をもらっても、埋まってしまっている場合があります。そのときは、すみません」

気が付けば、私は、「君の名は」に返信していました。

「興味があります。ぜひ、内見させてください！」

……今思えば、下心もあったんだと思います。「君の名は」に会いたいという下心が。

未練というのじゃないのですが。……一言、文句言ってやりたかった。

金返せ！　って。

そう、私は「君の名は」に、お金を貸していたんです。二人きりで会ったとき、「お金を貸してくれないか。十万円でいい」と言われて。「すぐに返す」とも言われて。

……ベッドの中でそんなことを言われたら、「うん、いいよ」って応えてしまうのが女ってもんじゃないですか。……だって、すごくよかったから……。このままおつきあいするとも思っていたから……。結婚も視野に入れていたから……。だから、私、コンビニに走ると、十万円を下ろして彼に渡したんです。

＋

宮台楓は、ストローの端をキリキリと嚙《か》みしめた。

先ほど届けられた、二杯目のドリンクだ。

「それで、『君の名は』さんとは会えたんですか？」

「はい。今すぐに伺いますって、その日のうちに、私の自宅に来たんです。そして、十万円を返してくれて――」

宮台楓が、肩を落とした。そして、「別に、返してくれなくてもいいのに」と呟くと、ストローをそっと咥《くわ》えた。

「あの……。もしかして、『君の名は』って、シェアハウス専門の不動産会社『ガラスの靴』の関係者なんですか？」

「そうです。そのときはじめて、私は『君の名は』の本名を知りました。名刺に書かれていたその名前は、『井上騎士』」

「……ナイト？」

「そう。彼もまた、キラキラネームです。……で、井上は、『君の名は』を名乗っているときとはまったく別の顔で、こう言いました。……今、『さくら館』に興味ある人が他にも何人かいる。とりあえず、申し込みだけしておいたほうがいい。でないと、埋まってしまう……って。それでなくても、新型ウイルスで世の中がどうなるか分からない状態。今のうちに、住まいだけはちゃんと確保しておいたほうがいい。でないと、最悪、ホームレスになりますよ？　……って。そんなことを言われたら、焦るじゃないですか。実際、私、三月末には部屋を追い出される身でしたから」

「焦らせるのは、不動産屋の常套《じょうとう》手段ですよね」

「ほんと、私、バカでした。だって、結局、その場で、申し込みどころか契約してしまったんですから。初期費用の九万円も入金しました。井上から返してもらったお金の大半を、再び井上に支払った格好です」

「その場で、契約までしてしまったんですか？」

「だって、本当に、口が上手いんですよ、あの井上は。しかも、人をその気にさせるテクニックも凄い」

「でも、契約するには、住民票だのなんだの必要ですよね？」

「今は、コンビニからも取り寄せることができるじゃないですか。あの男、コンビニまでついてきて、住民票を取り寄せて、しかも、九万円も入金させたんですからね」

「まるで、振り込め詐欺のようですね」

「ですよね？　私も、はっと我に返って、なんか大丈夫かな……って心配になってきて。それでも、引っ越し準備ははじめてました。不用品をリサイクルショップに売ったり、粗大ゴミの引き取りを手配したり、荷物を段ボール箱に詰めたり。そんなとき、井上から連絡が来て、『入居前に、オーナーさんを交えて、シェアメイトさんたちとお茶会を開きたいと思います。いわゆる、顔合わせです。ぜひ、参加してください』って」

「お茶会？」

「はい。三月三十一日のことです」

＋

『さくら館』の実物を見て、驚きました。

あの画像と全然違うんですから。確かに桜はありましたが、すっかり散ったあと。しかも、小さくて細い桜です。いったい、どうやって撮ったら、あんなに素敵な画像になるのか。盛りすぎもいいところです。

家も、古民家というよりは、ただの古い昭和の家。玄関も内装もいちいち古臭くて。でも、水回りは、画像の通り綺麗でした。新品の匂いもしました。

安心したのもつかの間、通された居間が、これまた古臭くて……。白い布をかぶせた長方形のダイニングテーブルを見たときは、絶望のため息が出てしまったほどです。……小学校のお楽しみ会かよって。

「お茶会」っていうからには、お菓子やらケーキやらサンドイッチやらがのった三段スタンドに、ティーセットが並んでいるのを想像するじゃないですか。

並んでいたのは、コンビニで売っているような安いスナック菓子と、ペットボトルのお茶とジュース。

しかもです。見た顔が、三人も！　マスクをしていましたが、すぐに分かりました。

そう、神取純恋と緑川愛子と大鳥幸。

すぐに、理解しました。彼女たちにも、「君の名は」、つまり井上から連絡がきたんだって。ということは、この三人も、あの男と……？

頭の中が、ぐちゃぐちゃになりました。

そうこうしているうちに、緑川愛子と大鳥幸が喧嘩をはじめて……。

お先真っ暗……というのは、まさにこのことです。

だからといって、後には引けない。だって、それまでの部屋にはもう住めないのだし、初期費用だって入金してしまったのだから。

……『さくら館』に住むしかなかったんです。

そして、翌日の四月一日。

私は、引っ越し業者の軽トラックで、『さくら館』に引っ越してきました。

不用品や粗大ゴミは処分しましたが、それでも結構、荷物がありまして。冷蔵庫、洗濯機、掃除機、ベッド……。だって、どれも買って六年ぐらいしか経ってないし、そもそも、シェアハウスには長く住むつもりはありませんでしたから。

そう、私は、すでに、シェアハウスを出ることばかり考えていました。ここはとりあえずの、つなぎ。ここに住んでいる間に部屋を探して、すぐに退去しよう……という心づもりでした。だから、家電も家具も捨てるわけにはいかなかったのです。

そういう考えの人は私一人ではありませんでした。

『さくら館』の前には、家具と家電と荷物が溢れかえっていました。

その前で途方に暮れていたのは、オーナーのほのっち……鹿島穂花さんでした。

後で知ったのですが、この人もまた、井上騎士の口車に乗って、衝動的にシェアハウスのオーナーになってしまったようです。しかも、借金までしてリフォームして。中途半端な覚悟のまま、シェアメイトを迎えることになり、不安だったのでしょう。

鹿島さんが途方に暮れていたのは、それだけではありません。

これも後から知ったのですが、彼女は、初期費用六人分を「ガラスの靴」に踏み倒されてしまったんだとか。

お気の毒な話ですが、でも、私たちにはどうにもできない。私たちが払った初期費用がどこに行こうと、私たちには関係ないことですから。

そんなことより、とりあえず、それぞれの荷物を部屋に入れなくては。

私たちシェアメイトの部屋は、二階の三部屋をそれぞれ二つに仕切ったもの。

つまり、一部屋に二人。それぞれの部屋は六畳ですから、一人に与えられたスペースは三畳。……三畳！　これで五万円って、よくよく考えたら、ぼったくりじゃないの？　っていうか、荷物が全然入らない！

「なんで、シェアハウスなのに、冷蔵庫とか洗濯機とか持ち込むわけ？　バカじゃないの？」

そう言ったのは、〝タカちゃん〟こと、崎本貴子。私のルームメイトです。

ちなみに、部屋の割り当ては、お茶会のときにくじ引きで決めました。私と同じ部屋を引いたのが崎本貴子で、最初はホッとしたんですが。だって、一見、優しくておとなしそうでしたから。

ところが、実際は、とんでもない毒舌女で。

＋

「崎本貴子さんは、どんな職業を？」

夏海は、慎重にタイミングを選びながら、質問を差し込んだ。

「ライターです」宮台楓が、顔をひん曲げて苦々しい調子で言った。

「他の部屋は、どんな振り分けに？」

「えっと」宮台楓は、眉間にしわを寄せると、「一号室が緑川愛子と神取純恋、二号室が大鳥幸と太田美希、そして三号室が私と崎本貴子です。そして、オーナーの鹿島穂花さんが、一階」

「なるほど」夏海は、手帳に滑らせていたペンをいったん止めると、書き込んだ名前を眺めた。

「緑川愛子さん、神取純恋さん、大鳥幸さんは、『君の名は』つまり井上騎士が集めた人員だったとして――」

「ええ、それは間違いないでしょうね。あの男、カモネギを物色するために『キラキラネームさん集まれ！』のスレッドを立てたに違いありません。私たちはまんまとあの男に騙されてしまったんです」

「では、崎本貴子さんと太田美希さんは？　キラキラネームではなくて、普通の名前です」

「それも、やっぱり、『君の名は』こと井上じゃないでしょうかね。あとで聞いた話なんですが、あの男、とんだナンパ師らしいです。だから、他の人たちもどこかでひっかけた女じゃないでしょうかね」

「……なるほど」夏海は、手帳に書かれたその名前を改めて見つめた。そして、

「太田美希さんは、どんな職業を？」

太田美希の名前を口にしたとたん、宮台楓の顔が引きつった。まるで、幽霊でも見たかのように。そして、そわそわとトートバッグを抱きしめると、

「……あの、すみません。私、これから用事があるんです。もう行かないと」

「え？」

「……もう、一時間話しました。だから、謝礼はいただいていいんですよね？」

「ええ、もちろんです。……でも」

肝心なことはまったく聞けていない。これじゃ、いったい、なんの取材なんだか。宮台楓の愚痴を聞かされただけじゃないか。

「太田美希さんのことなら、ルームメイトだった大鳥幸が詳しいと思います。彼女に訊いてください」

「え、でも。……大鳥さんの連絡先が――」

「連絡先ならこれです」

と、宮台楓が、財布の中から一枚の名刺を取り出した。

「前にもらったやつです。私、もういらないんで、それ、差し上げます」

と言いながら、名刺を投げつけるようにテーブルに置いた。そして、

「本当に、もう行かなくちゃ。……じゃ、失礼します」


「で、なにか収穫はあった？」

葉山三佐雄が、視線も合わさずに冷たく言い放つ。

相変わらずのマスクに、相変わらずのボサボサ頭。そして、チェックのネルシャツ。

年収七千万円超えの高額所得者なのだから、もう少し身の回りに気を使えばいいのに。

それとも、スティーブ・ジョブズやマーク・ザッカーバーグでも気取っているのか。

夏海は、葉山の住居兼オフィスに来ていた。都心の一等地にそびえるタワーマンション。その最上階。家賃は確か百三十万円だったか。

「……昨日、『さくら館』の元住人だった女性に会ってきました。そして――」

夏海は、昨日の取材で得た情報を簡単に説明した。

が、葉山は、「へー」と気のない返事。そして、しばらくの静寂。いたたまれず、視線をむやみに巡らせていると、巨大な大理石のリビングテーブルの端に週刊誌を見つけた。

『新宿A町の怪――胎児ミイラの謎』という見出しが読み取れる。

「え？」

夏海の鼓動が、速くなる。

もしかして、私より先に、その謎を解いた人が？

夏海は、恐る恐る週刊誌に手を伸ばした。パラパラ捲ると、その記事はすぐに見つかった。

「崎本貴子っていうライターが、書いた記事のようだよ」

葉山が、やはり無表情で言った。

見ると、確かに「崎本貴子」という署名が。

「無名のライターが、この事件をきっかけに一躍、署名ライターになった。ラッキーな人だよね」

確かに、署名入りで記事が出るのは、一流と認められたライターだけだ。書籍を何冊も出し、テレビのワイドショーでコメンテーターを務めるような、そんな一握りの一流。

……っていうか、崎本貴子って？　記憶が反応する。

夏海は、バッグから手帳を取り出した。が、手帳を捲る前に、

「例の『さくら館』の住人の一人だってさ」

と、葉山が物知り顔で言った。

……ああ、そうだ。宮台楓のルームメイトだった女性だ。

なるほど。崎本貴子は、『さくら館』の住人だったことを武器にして、署名ライターに成り上がったというわけか。

一方、自分は。

なんだかよく分からない、二十歳そこそこの若造のために働く身。しかも、お金に釣ら

れて。なんだか情けなくなり、自然とため息が出る。

「とりあえず、その記事、目を通しておいて」

葉山の言葉に従い、夏海は渋々とページを捲っていった。

六番目のシェアメイト

【新宿A町の怪――胎児ミイラの謎】

この夏、ショッキングな事件が各新聞の紙面を飾った。

新宿区A町の住宅で、ミイラ化した胎児の遺体が五体発見された……というニュースだ。

本来ならば、地上波の報道番組やワイドショーでも取り上げられるようなニュースだった。が、新型ウイルス感染拡大にある今、そのニュースはひっそりと新聞の片隅に掲載されただけで、特に話題になることもなく、埋もれてしまった。

私も、このまま忘れられたほうがいいと思った。あんな胸糞悪いニュースは、人々の記憶に残らないほうがいいと。

が、私の記憶にはしっかりと残っている。その遺体が発見されたシーンは、死ぬまで忘れることはできないだろう。たとえ、記憶喪失になったとしても。

そう。私こそが、遺体の発見者の一人なのだ。

はじめは、人形かなにかかと思った。古く汚れた人形かと。だから、私は素手で、それに触ってしまったのだ。しかも私はいつもの癖で、それを鼻に近づけて臭いを嗅いでしまった。

あの感触。あの臭い。

……それ以来、私はすっかり不眠症となった。寝てしまったら、あの胎児のミイラの夢を必ず見るからだ。

起きていても、胎児のミイラから解放されることはなかった。ふとした瞬間に、あの感触が蘇る。あの臭いが蘇る。

日々衰弱し続ける私に、アドバイスをくれる人がいた。

「その記憶に食い潰される前に、こちらが食べて栄養にしなさい」

そして、私は決心した。あの事件の一部始終をルポルタージュとして残そうと。

＋

私は、今年の四月一日から七月の終わりまで、新宿区A町にあるシェアハウス『さくら館』に住んでいた。

私が『さくら館』の住人になるきっかけは割愛《かつあい》するが、私にとっては人生最悪の四ヶ月間であったことは間違いない。

さて、『さくら館』には、私を入れて六人のシェアメイトと、そしてオーナーのKさんが住んでいた。

いずれも女性で、年齢も三十代後半から四十代前半。いわゆるアラフォーと呼ばれる女性たちだった。同じような年代で、女性、そして日本人。これはオーナーが出した条件で、そして、私たちが選ばれたのだった。

そう、私たちは選ばれたのだ。決して、自ら応募したわけではない。計画倒産した「ガラスの靴」に足下を見られた、というか騙された格好だ。……「ガラスの靴」の阿漕《あこぎ》な手口についても、ここでは割愛する。また機会があったら、詳しく触れたい。

それでも私は、シェアハウスに漠然とした期待を抱いていた。そして、できれば長く暮らしたいとも。というのも、私は大学生の頃は寮暮らしで、これがとても充実した日々だったからだ。助け合い、励まし合い、ときには討論し合い。もちろん、揉《も》めることも喧嘩することも多々あったが、大概、二日後には「仲直り」の印のアンドーナツを囲んで、大団円。近くに美味しいアンドーナツを売る店があり、そこのアンドーナツを食べれば、どんなに険悪な空気も途端に春の暖かいそよ風に変わったものだ。……まさに青春そのものだった。あの頃のような青春をまた味わいたい。私はそんな期待に胸を膨らませて、『さくら館』の初日を迎えた。

が、私の期待は、しゅぅーと空気が抜けていくようだった。

まず、大量の荷物。他のシェアメイトが持ち込んだ物で、家電やら家具やら段ボール箱やらが『さくら館』の前に氾濫《はんらん》していた。さらに、どのシェアメイトも浮かない顔で、早く次のところに引っ越そう……という魂胆がその表情に色濃く滲《にじ》み出ていた。シェアハウス暮らしを楽しもうなどという人は、私以外には一人もいなかった。

さて、初日に大量に積まれていた家電と家具の数々であるが、これは一週間もしないうちに、ほとんどがなくなった。というのも、みな、売っぱらったからだ。

最初に電子レンジを売ったのは、Sさんだった。「ネットのフリーマーケットで、一万円で売れた」と、鼻息荒く触れ回っていたことをよく覚えている。それに気を良くしたSさんは、冷蔵庫、照明器具、電気ポットと次々と売り、なんだかんだで五万円にはなったと思う。それを見ていた他の人たちは、ただ指を咥えて見ているだけではなかった。我もとネットフリマを利用して、自身の家電や家具を売却していった。はじめは躊躇していた私のルームメイトのMさんも、追従した。

つまり、みな、お金がなかったのだ。「こんなところから早く引っ越そう」という本音とは裏腹に、明日の生活にも事欠くような人たちだった。たぶん、誰も彼も、前に住んでいた部屋をなんらかの理由で追い出されたのだろう。そして、「ガラスの靴」の餌食《えじき》になったのだ。

さらに言うと、誰も彼も、定職に就いていなかった。ユーチューバーだの自称学生だのブロガーだの、なんだかふわふわした職業の人たちばかりで、蓄《たくわ》えもなさそうだった。バイトに出たくても、緊急事態宣言が出され、ステイホーム中。家にいるしかない。そもそも、バイトもない。生活費のために、家電を売るしかなかったのだ。

そんな中、「マスクを作って、ネットフリマで売ろう」と言い出した人がいた。自称学生のLさんだ。学生といっても立派なアラフォーで、いったいどんな学校に行っていたのかは、今もよく分からない。そんなLさんは仕切り屋なところがあり、なんだかんだと提案してくる。大抵、それはみんなに無視されるのだが、マスク作りにはみな賛成した。

とにかく、お金を稼がなくてはならない。

一番乗り気だったのは、オーナーのKさんだった。Kさんは「ガラスの靴」に騙されて、多額の借金を背負わされていた。しかも、私たちが支払った初期費用もかすめ取られた。まさに、崖っぷち。いつ自殺してもおかしくないような状態だった（実際、Kさんはのちに自殺している)。

が、そのときのKさんはまだ、生きることを諦めてはいなかった。家中から布を集め、ネットでマスクの作り方を探し出し、そして、一階の居間に私たちを集めた。

「さあ、これから、この布でマスクを作りましょう。耳にかける紐《ひも》の部分は、タイツで代用できます。いらないタイツがあったら提供してください」

Kさんが言うと、

「布とタイツで手作りマスク？　そんなの、役に立つわけないじゃん。聞いたことあるよ、布マスクに効果は全然ないって」

と、すかさず反論したのは、Mさん。

「でも、政府が布マスクを配布するぐらいですから、ある程度の効果はあるんじゃないですか？」

と、さらに反論したのは、仕切り屋のLさん。いつもは無視されがちなLさんの意見だが、このときばかりは、

「うん、確かに。政府がまったく効果がないものを配るわけない」「その布マスクだって、いつ配られるか分かったもんじゃない。今は布マスクですら、貴重品。この時期だったら、バカ売れする可能性もある」

と、賛同の嵐。

「では、早速、マスクを作りましょう」オーナーのKさんが、音頭をとった。「ノルマは、一日一人十枚。一枚五百円で売るとして、日給五千円の計算です」

五千円と聞いて、みな、「ごくり」と唾を呑み込んだ。五千円×三十日で、一人頭月に十五万円。

「そうです。十五万円、稼ぎましょう。ピンチをチャンスに変えるんです」

もちろん、それはマスクがすべて売れた場合だが、それでも、私たちのやる気スイッチを入れるには「十五万円」は充分なパワーワードだった。最初は反対していたMさんまで、

「十五万円と言わず、二十万円、三十万円を目指そうよ」

などと、言い出す始末。さらに、

「『さくら館』のロゴを作って、それを刺繍したらどうかな？　『さくら館』特製マスクとして売ったら、ブランドみたいな感じになって、売れるんじゃない？」

誰かがそんなことを言い出し、

「だったら、マスクを作っているところを撮影して、動画配信サイトにアップするのもいいかもね。今、世界中から手作りマスクは注目されているから、結構、アクセス数稼げるかも」

「お金」という同じ目標を持っていると、どんなに相性が悪い者たちでも、気持ちはひとつになるものだ。私たちは、いつのまにかワンチームになっていた。

ようやく、シェアハウスらしくなってきたと、私は嬉しくなったのをよく覚えている。協力し合い、助け合い、なにか障害にぶつかったらみんなで解決する。

そう、これこそが、私が思い描く「シェアハウス」の姿だ。

私たちは、時間も忘れて、マスク作りに没頭した。初めてマスクが売れたときは、みんなで狂喜乱舞した。

たかが五百円の売り上げに私たちは涙し、コンビニで買ってきた一本三百円のロールケーキをみんなで分け合ってお祝いした。


マスクは、案外よく売れた。

そうすると、やはり問題になってくるのが、生産性の差だ。

まったくノルマを果たせない人もいれば、枚数はこなせても雑すぎて商品にならないものばかり作ってしまう人もいる。

一番器用でスピードも速かったのはHさんで、売れるのは彼女のマスクばかり。まさに稼ぎ頭で、いつのまにか彼女がシェアハウスを仕切るようになっていた。その態度は往々にして横暴で、「なんでこんな簡単なことができないのかな?」などと、できない人たちを見下しもした。

ちなみに、一番スピードが遅く出来上がりもイマイチだったのが、言い出しっぺで仕切り屋のLさんだった。Lさんのマスクは一週間経っても一枚も売れることはなく、部屋の隅っこに追いやられた。

そう、いつのまにか、『さくら館』には目に見えないヒエラルキーが生まれていた。そのヒエラルキーがさらに、ギクシャクした空気を生む。

もっとも、はじめからギクシャクはしていたが、そのときのギクシャクは、対等な関係での〝ギクシャク〟だった。が、マスク作りが発端となって生まれた〝ギクシャク〟は、もっと深刻で根深くて、抑圧されたルサンチマンだった。喩えるならば、地下に埋まっている水道管に亀裂が入り、今にも破裂しそうな。カウントダウンははじまっているのに、でも、誰もそれには気が付かない。……そんな危うい黒い予感が『さくら館』全体を覆っていくようになる。

ちなみに、オーナーのKさんは、マスク作りには参加しなかった。もっぱら、配送の手配や事務作業ばかりで、それはそれで重要な仕事なのだが、生産性という点からみれば、ヒエラルキーの最底辺。

が、Kさんはあくまでシェアハウスのオーナーであり、ヒエラルキーのトップに位置する、不動の存在だ。実際、Kさんはトップのように振る舞った。ノルマ達成が一目で分かるように、営業部のオフィスに貼ってあるような棒グラフを作ってみたり、デザインが悪いとか出来が悪いとか作業が遅いとか指導したり。Kさんのそんな振る舞いが、私たちをさらにギクシャクさせた。なにより、マスクの売り上げのすべてを自分の口座に入金させていることに、納得がいかなかった。

それでも私たちは、Kさんの監視のもと、マスク作りに専念するしかなかった。緊急事態宣言下、日本中がステイホームを強いられている中、私たちにできることは、マスク作りしかなかったのだ。どんなにKさんが気に食わなくても、どんなにHさんの傲慢《ごうまん》な態度が許せなくても。私たちはマスクを作るしかなかった。

まさに、社会の縮図だった。

生産性の優劣という点でまずジャッジされ、階層が生まれる。さらに、その階層のトップには、自分ではなにも生み出さない〝オーナー〟が踏ん反り返っている。

そう、資本家と労働者のそれだ。または、特権階級と一般市民。あるいは、上級国民と下級国民。

いったい、なんだってそんな格差ができるのだろう？　と私は常々不思議だったのだが、案外、そんなに難しいことではないのかもしれない。

持つ者と持たざる者。それだけの違いだ。

Kさんは金銭的に逼迫《ひっぱく》していたが、『さくら館』の所有者であることには間違いなく、一方、私たちは、『さくら館』を借りている身。どんなに足掻《あが》いても、この立場が逆転することなどない。

……が。ある人物の登場で、私たちの危ういヒエラルキーは、大いに揺さぶられることになる。

その人物は、六番目のシェアメイトだった。

本来は、私たちと同時期に『さくら館』に入居するはずだった、Oさん。が、彼女はなかなか姿を現さず、なので、私たちはその存在をすっかり忘れていた。

Oさんが姿を現したのは、四月の十六日だった。

私たちは、その姿に唖然《あぜん》とした。

お腹がまるまると膨らんでいる。そう、妊婦だったのだ。

妊婦が、シェアハウスに？　なぜ？　私たちはみな同じ疑問を抱き、彼女の自己紹介に耳をそばだてた。

「遅くなりました。色々と解決しなくてはいけないことがありまして――」

Ｏさんは、大きなお腹をさすりながら、どっこらしょっと、ソファーに座った。そのソファーはＨさんが持ち込んだものだった。「これはドイツ製のお高いものだからどうしても売りたくない、だからといって自分に与えられた狭いスペースには置けない」……ということで、共有スペースの居間に一時的に置かれていたものだった。そのソファーに座ることができるのは、持ち主のＨさんと、そしてオーナーのＫさんだけで、他のみんなは遠慮していた。暗黙の了解というやつだ。

なのに、妊婦のＯさんは、当たり前のようにソファーに体を沈めた。そして、

「見ての通り、今、妊娠中です。七ヶ月になります」

七ヶ月？　ということは、あと二ヶ月ちょっとで出産？

みな、同じことを思ったようで、みな、同じような表情になった。お口あんぐり……というやつだ。

「みなさまには色々とご迷惑をおかけするかもしれませんが、よろしくお願いします」

そう言いながら、軽く会釈するＯさんに向かって、みんなを代表するかのようにＫさんが質問を切り出した。

「ご結婚は？」

「結婚？　してませんけど？」

「あ……、じゃ、シングルマザーというやつですか？」

「シングルマザー？　その言葉、あまり好きじゃないんですよね。というか、差別的じゃないですか？」

「差別？」

「だって、結婚している人が子供を産んだ場合、わざわざマリッジマザーとかダブルマザーとか言います？　言わないですよね？　つまり、子供を産むのは結婚している女性こそが本筋で、そうでない人は亜流。本来あってはいけないこと……ということを暗に示しているように思うんです、シングルマザーという言葉は」

「それは、ちょっと考えすぎでは」

「そうでしょうか？　……いずれにしても、これから先、私のことをシングルマザーなんて呼ばないでくださいね。呼んだら、差別主義者として認定し、出るところに出ますので」

「差別主義者……？」

「まあ、今のは冗談ですので」

「……………」

「でも、半分、本気です。だから、言葉には気をつけてくださいね」

さすがのKさんも、言葉を失ったようだった。

Kさんの代わりに、次の質問をぶつけたのは、この頃にはすっかり影が薄くなっていたLさんだった。

「なんで、妊婦さんがシェアハウスに？」

「どうしてそんな質問をするんです？　それとも、妊婦がシェアハウスに住んではいけないと？　それ、マタハラじゃないですか？」

そう言われてLさんは一瞬怯んだが、質問を続けた。

「赤ちゃんが生まれたあとは、どうするんですか？」

「もちろん、ここに住み続けますよ。そのために、ここに来たんですから」

「ええ！」

そう声を上げたのは、Hさんだった。HさんはOさんと同じ部屋が割り当てられていて、つまり、ルームメイトとなる。Hさんは微笑みながらも、明らかに納得がいかないという様子で言った。

「いやいや、ちょっと待ってください。……赤ちゃんと一緒に、ここに住み続けるんですか？」

「はい、そうです。……なにか問題でも？」

「問題って。……私たちに割り当てられた部屋は、六畳。それをさらに二つに区切っているので、実質、一人三畳しかありません。とっても狭いです。……その三畳で、子育てできます？」

「ええ、できると思います。みんなで協力しあえば」

「えええ」

みんなの声が同時に上がった。

「どうしたんです？　子連れがシェアハウスに住んではいけないと？　それもまた差別的な考えだと思うんですけど。それに、入居条件に、妊婦NGとか子供NGとかありませんでしたけど。……ですよね、オーナーさん」

「ええ、まあ、確かに……」続けて、

「でも、さすがに、ここで子育てというのは……」

しどろもどろで応えるKさん。すっかり、Oさんの勢いに押された形だ。

それでもKさんは、ここのオーナーだ。『さくら館』では一番の権力者だ。「ここで子育ては認められません」とはっきり言うべきである。……私たちは、そんな期待を込めて、対峙《たいじ》するKさんとOさんを見つめた。が、

「……Oさんのおっしゃる通りです」と、Kさんはあっさりと折れた。

まさに、この瞬間だった。下克上が起きたのは。

Kさんは形だけのオーナーと成り下がった。まさに、戦国時代の足利《あしかが》将軍家のようなものだった。

一方、Oさんは、実力者の織田信長《おだのぶなが》。

そう、Oさんは、あっというまに『さくら館』を掌握し、トップへと上り詰めたのだ。

その期間、たった一日。

今でも不思議なのだが、どうして私たちは、まんまとOさんの配下に置かれることになったのか。天性の才能なのか、それともそういうテクニックをどこかで身につけたのか。

いずれにしても、Oさんがやってきて二日目には、私たちは、Oさんの指示に従い、オムツを作っていた。そう、本来はマスクを作るはずの布で。

あんなに夢中になっていたマスク作りを、どうして私たちは止《や》めたのか。

理由は簡単だ。Oさんが、こんなことを言ったからだ。

「マスクなんて作らなくても、お金なら手に入りますよ。……緊急小口資金を知らないんですか？　今なら、無利子無担保で二十万円まで借りることができます。もちろん、保証人もいりません」

一斉に、マスクを縫う手が止まった。

「それだけじゃありません。ここにいらっしゃるみなさんは、ほとんどが個人事業主ですよね？　だったら、最大で百万円が給付されます」

百万円！　一斉に、声が上がった。

「学生の場合は、どうなんですか？」

Lさんがすかさず、質問した。

「学生さんの場合も、たぶん、給付金が出ると思います。まだ、閣議決定はされてませんが、まず、大丈夫でしょう。さすがに百万円とはいきませんが」

「よかった……」Lさんは、手にしていた作りかけのマスクを放り投げた。

「それと、お家賃助成という制度もあります。三ヶ月間、お家賃を自治体が支払ってくれる制度です」

えええ、家賃まで!?　その時点で、もう誰もマスクなど手にしていなかった。

「しかも、日本に住む人全員に十万円を給付しよう……という動きもあります。これも、今日明日に、発表されるんじゃないでしょうか」

これは、いわゆる特別定額給付金だ。が、その時点ではまだ明らかにされてはいなかったのだが、Oさんは、それを見事言い当てた格好だ。

さらに、Oさんは言った。

「政府も今回ばかりは大盤振る舞いをするでしょうから、安心していいと思いますよ。だから、マスクなんて作る必要はないんです」

私たちは、ソファーに座るOさんを救世主でも見るかのように、仰ぎ見た。

そんな私たちを見下ろすように、Oさんは言った。

「でも、せっかくこんなに集めた布、もったいないですね……。じゃ、こうしましょう。この布で、オムツを作りませんか？」

そんな提案にも、私たちは素直に頷いた。

「ああ、みなさん、賛同してくれるのですね。ありがとうございます。きっと、お腹の子も喜んでますよ。……みんなで、この子を育てましょうね。この子をシェアしましょうね」

子供をシェアする。なんとも異常な言葉だ。が、そのときの私たちは、各種給付金のことで浮ついていた。だから、深く考えもせずに、「一緒に育てましょう」などと、頷いていた。

これが、地獄のはじまりだとも知らずに。（後編につづく）

「なんだ。ここで終わり？」

なんとも中途半端な形で「つづく」となり、夏海は怒りと安堵を含ませたため息を吐き出した。

それから手帳を広げると、ペンを握りしめた。

……オーナーのKさんは言うまでもなく、鹿島穂花。そして家具家電を最初にフリマで売ったSさんは、神取純恋。崎本貴子のルームメイトのMさんは、先ほど取材した宮台楓。仕切り屋のLさんは緑川愛子で、マスク作りナンバーワンのHさんは大鳥幸。

そして、六番目のシェアメイトとして現れた妊婦Oさんは、太田美希。

太田美希。記事では、かなり怪しい人として登場している。『さくら館』の人々をあっというまに掌握し、トップに駆け上った、謎の人物。

そういえば、宮台楓も、この人の名を出した途端、様子がおかしくなった。

太田美希はいったい何者なのか。

――太田美希さんのことなら、ルームメイトだった大鳥幸が詳しいと思います。彼女に聞いてください。

宮台楓の言葉が蘇る。夏海は、宮台楓から譲り受けた名刺を取り出した。

『ハッピーコンサルタント　大鳥幸』

ハッピーコンサルタント？　なんじゃ、そりゃ。

夏海は、首を傾《かし》げながらも、スマートフォンを取り出すと名刺に書かれた電話番号をタップしていった。

食い違い

そのオフィスは、予想していたものとはまったく違った。

武蔵野《むさしの》市は吉祥寺《きちじょうじ》。井《い》の頭恩賜《かしらおんし》公園横にある、上品な低層マンション。

部屋からの眺めも素晴らしかった。公園の緑が、絵画のように広がっている。

夏海が予想していたのは、エレベーターもついていないような雑居ビル、社員の一人や二人首吊り自殺していてもおかしくないような、ブラック企業や怪しい店舗が入っているビルだった。どうしてそんな予想をしたのかというと、それまで、あのシェアハウスに住んでいた人なのだ。手作りマスクでお金を稼ごうとしていた人なのだ。オフィスを構えていることと自体不思議で、構えることができたとしても、相場よりも格安の、訳あり物件だろう……と、勝手に想像してのことだった。

が、夏海が訪れたそこは、いわゆる富裕層を対象にした分譲マンションだった。

「自宅兼オフィスにしているんです」

大鳥幸が、優雅にティーポットを傾けながら言った。

「今はここをオフィスにしていますが、手狭になりまして。そろそろ本格的にオフィスを構えようかと。今、南青山《みなみあおやま》あたりで物件を探しているところです」

ティーポットから注がれる黄金色のそれは、とてもいい香りがした。

「台湾《たいわん》のお茶です。なかなか手に入らないものですが、友人から分けてもらいました。……さあ、どうぞ」

そう言いながら、器をこちらに差し出す大鳥幸。その仕草は板についていて、まさに有閑マダムのそれだ。

いったい、この人はなんで、『さくら館』に？

ひどく気になったが、今はその疑問は封印。夏海は、手帳を取り出すと、ペンを握りしめた。そして、差し出されたお茶はそのままに、

「では、早速なのですが、太田美希さんのことについて、お話を伺いたいのですが――」

夏海が言うと、

「……太田美希？」

と、大鳥幸の表情があからさまに固まった。凍《い》てつくような無表情。が、その唇はかすかに笑っているような気もする。これは、いったい、どういう意味なのか？　やはり、思

い出すだけでも虫唾が走る……という意味なのだろうか？

気まずい無言が続く。夏海は、咄嗟に話題を変えた。

「ああ、その前に。大鳥さんは……なぜ、『さくら館』に？」

言ってすぐに後悔した。封印したばかりなのに。

が、その質問は吉と出た。大鳥幸の表情が、少し緩む。夏海は、その隙を狙って改めて質問をぶつけた。

「大鳥さんは、なぜ、シェアハウスに住むようになったんですか？」

「私がシェアハウスに住むのは、おかしいですか？」

右眉毛が不快を表すようにひょいと跳ね上がる。

夏海は、構えた。そして今度は少し弱気な調子で、

「ま……。なんといいますか。お見受けしたところ、シェアハウスにお住みになるような感じではないような……」

「では、訊きますが。あなたが想像する、シェアハウスに住む人って？」

「ま……。なんといいますか。……経済的に困っているとか？」

「なるほど。そうですね。そういうケースも多いでしょう」大鳥幸の表情が、またもや緩んだ。「でも、経済的なことばかりではありません。精神的な理由で、シェアハウスに住

む人もいるんです」

「精神的な理由？」

「私の場合は、まさにそれです」

「どういうことでしょうか？」夏海は、身を乗り出した。

「簡単なことですよ。……失恋をしてしまったのです」

「は？」

「だから、振られちゃったんです。婚約者に」

「は……」

「というか、結婚詐欺にひっかかってしまって。馬鹿でしょう？　結婚するつもりで、このマンションも買ったんですが――」

＋

お察しの通り、私はお金にはまったく困っていません。生まれてこの方、衣食住に不自由したことなんて一度もないのです。たぶん、これから先も。

父方が代々地主で。母方も、由緒ある家柄。言ってみれば、お嬢様なんです、私。蝶《ちょう》よ花よと育てられました。

それがいけなかったのか、まったくの世間知らずで。異性に対しても、奥手でした。気が付けば、四十路《よそじ》。

さすがに両親が慌てまして。見合い話を毎日のように持ってくるのです。

でも、私は頑として、見合いは断り続けました。遅い反抗期ってやつです。一生の伴侶ぐらい自分で探すって、大見得《おおみえ》を切ったのです。

でも、どうやって見つける？　途方に暮れた私は、とりあえず、ネットで色々と検索してみました。そしたら、結婚相談所が主宰する出会い系サイトを見つけまして。一年以内に結婚が可能……なんていうキャッチコピーにつられて、登録してしまいました。

……馬鹿でしょう？　出会い系に登録するなら、見合いだって同じなのに。むしろ、お見合いのほうが安全だし確実だというのに。でも、そのときの私は、出会い系にこそ、運命の人がいるって、思い込んでしまったのです。

でも、登録したはいいけど、全然、相手が現れなくて。たぶん、年齢で引っかかったのでしょう。アラフォー女なんて、誰も見向きもしませんよね……。あと、年収でも引っかかったのかもしれません。ご覧の通り、私、事務所を構えています。一応、経営者です。といっても、父の会社のトンネル会社のようなもので、大した仕事はしていないのですが、それでも、年収は三千万円ほど。しかも、学歴もそこそこ高いものですから……あ、私一応、アメリカの有名大学を卒業しているんですよ。その後は、K大の大学院に入って、博士号もとっています。……これが男だったら、引く手あまたなんでしょうけど、女となると、逆なんですよね。むしろドン引きされてしまう。または、詐欺師の標的になる。

今ならそう考えますが、当時の私は本当に無知でした。

私、頭はいいほうだと思うんですが、とにかく、世間に疎《うと》いのです。……そう、頭でっかちなんですよね。高収入で高学歴で頭でっかち。……男の人が、敬遠する要素が三拍子。なのに、当時の私ったら、それが武器になると思っていた。だから、高収入、高学歴をことさらアピールしまくったんです。

でも、私に興味を持ってくれる人はゼロ。毎日、何度となくサイトを覗くのですが、コメントすら来ない。いったいどういうこと？　なんで？　私がブスだから？　……と、美容整形外科の門を叩こうとすら思いました。

私にしてみれば、人生ではじめての挫折でした。それまでは、どちらかというと、ちやほやされるほうでした。でもそれは、父の財力と母の家柄があってのことなんです。出会い系サイトでは、そんなのまったく役に立たない。むしろ、邪魔になる。

そう言われたことがあります。私の非モテ振りに同情してくれた、サイトの主宰者です。

「プロフィールの情報が多すぎるのが気になります。特に、学歴や収入のことを外してはいかがでしょうか。あと、ご両親の紹介も不要だと思われます。プロフィールは、むしろ、素っ気ないほうが相手の心を摑みますよ。男性は、ミステリアスな女性が好きなのです。その謎を知りたくて、男性は女性を追いかけるのです。小説と同じです。最初にすべて謎解きをしてしまったら、最後まで読む気が失《う》せるものです」

そうか、謎か。謎めいた女でいけばあるいは……と、忠告に従い、プロフィールの記述を半分にまで減らしました。

すると、早速、男性からコメントが届きました。顔写真はあまり好みではなかったのですが、でも、実際に会えば印象が変わるかも……と思い、会うことにしました。で、ころっとやられてしまいまして。顔は相変わらず好みではなかったのですが、良い香りのする、優しい人でした。で、会ったその日に肉体関係を持ち、プロポーズもされ、私は二つ返事で受け入れました。

……ふふふ。いかにも、怪しいでしょう？　そう、実際、怪しかったんです。その男は、なんやかんやと私からお金を引き出していきました。

私、それまで、男性にお金を貸したことなんてありません。そんな無心をされたことだって。だから、男は女にお金を無心する生き物ではない……と勝手に思い込んでいたのです。父がそうなので。父は、女のためにお金を使うことはあっても、女からお金を引き出すようなことはしたことがありません。そんな父を見てきたので、すべての男がそういうものだと思っていたのです。

だから、男が女にお金を無心するというのはよほどのこと。または、その女に心を許した証拠だ……と、都合のいい解釈をしてしまい、言われるがまま、男にお金を与えました。

その額、一億円とちょっと。

馬鹿でしょう？　本当に馬鹿。

その男から連絡がなくなって、半年ほどして、ようやく、気が付きました。

あ、私、騙された……って。

あのときは、本当に落ち込みました。でも、誰にも相談できなかった。

そんなとき見つけたのが、某匿名掲示板のスレッドです。「キラキラネームさん集まれ！」的なタイトルだったと思います。

私も、いわゆるキラキラネーム。〝はっぴい〟という名前がどうしても嫌で、〝さち〟って名乗っていたほどです。この名前をつけたのは父です。しゃれ好きの父が、酔っ払った勢いでノリでつけちゃったみたいです。アメリカにいたときは、この名前を面白がってくれる人はたくさんいましたが、日本では、やはりどうしても名乗る気になれず。出会い系サイトでも、〝さち〟で登録していました。父には悪いけれど、いつか、名前を変えようって考えていたほどです。

で、「キラキラネームさん集まれ！」的なスレッドを発見したとき、なんとなく、同志を見つけたような気分になったんですね。それまでの憂いがふぅぅっと消えていくようでした。オフ会にも参加しました。そのオフ会にいたのが、神取純恋と緑川愛子と、そして宮台楓です。

＋

「そのオフ会を主催した――」

夏海が言葉を挟むと、

「ああ、『君の名は』さん？」

と、大鳥幸は、なんとも複雑な表情でその名前を口にした。その右眉毛も困惑気味に下がっている。そして、しばらく考え込んだあと、

「違いますよ！　私たち、なにもありません！」

と、突然、声を上げた。

ぎょっとする夏海を尻目に、

「宮台楓になにか言われたんでしょう？　私と『君の名は』さんができているとかなんとか⁉　そうでしょう？　あの女でしょう⁉」

と、大鳥幸はまくしたてた。

首を横に振ることも縦に振ることもできず、夏海が固まっていると、

「あの人、ずっと疑っていましたからね、私と『君の名は』さんのことを。一度なんか、みんながいる前で、『あなた、彼とやったでしょう？』なんて言ってきたりして――。

宮台楓は、本当に不思議な人でした。……というか、ムカつく人でした。普段はじっと黙って他者を観察しているような人でしたが、ときどき、とんでもないことを言い出して、その場の空気を乱すような人でした。本当に面倒な人でした――」

＋

お話を変えましょう。

私が、なぜ、シェアハウスに住むようになったか……ですよね。

結婚詐欺にあって意気消沈していた私は、匿名掲示板で「キラキラネームさん集ま

れ！」的なスレッドを見つけます。そこでひとときの安寧を得、オフ会で「君の名は」さんとも知り合うんですが、その「君の名は」さんから、あるとき、直接連絡がありました。

オフ会の一ヶ月後ぐらいでしょうか。

「シェアハウスに参加してみないか？」と言われたのです。

正直、そのときは、「はぁ？」でした。このマンションを買ったばかりだし、実家だってある。住むところにはまったく困っていない。なのに、シェアハウス？

「お見受けしたところ、あなたは詐欺師から受けた傷をまだ引きずっているように見えます。結婚するために買ったマンションだって、本当は近づきたくもないのでしょう？実家にだって、戻りづらい。だって、お見合いを蹴って自分から探した相手が詐欺師。これほどバツが悪いこともありません。だからあなたは、今はホテルを転々とされている。違いますか？」

その通りでした。私は、詐欺にあった後遺症から抜けられずにいて、家族との間もギクシャクしていたのです。

振り込め詐欺の被害者にとって一番辛いのは、家族から責められること……というのを聞いたことがあります。家族からの責め立てに耐えきれず、自殺を選ぶ人も多いと。

私もまさに、そんな状態でした。

父も母も特に何も言いませんでしたが、それがかえって、私には居心地が悪かったのです。両親に何か弱みを握られているような、そんな被害妄想まで。

両親が私の名前を呼ぶたびに、私は鰹節《かつおぶし》のようにかちんこちんに固まったものです。何か言われる、何か言われる……って。

いっそ、何かを言ってほしかった。そしたら、笑い話で済んだかもしれません。でも、結局、両親は詐欺のことにはまったく触れず。……それが、私には針の筵《むしろ》でした。だから、自宅に戻るのも億劫《おっくう》になり、だからといって、結婚のために購入したマンションに住むなんて。傷口に塩をすり込むようで耐えられなかった。

……そんな状態を「君の名は」さんにはしっかり見抜かれてしまっていた。

心の奥底にそっと隠していたヘドロが、一気にかき回された感じがしました。体中が灰色のヘドロまみれになるようでした。だから、はじめは「君の名は」さんに抵抗していたんです。でも、「君の名は」さんの言葉を聞いているうちに、灰色のヘドロがどんどん浄化されていくような感覚に陥ったのです。「君の名は」さんの言葉は、まさにフィルターでした。

「他者につけられた傷を癒すには、他者とのふれあいしかありません。どうですか？　ちょっとした療養のつもりで、シェアハウスに入居してみませんか？」

そう言われたとき、私は頷いていました。「はい、シェアハウスに、入居します」と。

もちろん、心のどこかでは、私、また騙されている？　とも思いました。

でも、その費用を聞いて、その安さに、私は確信めいた安心を得たのです。

だって、月々五万円、初期費用だって十万円もいかないんです。そんな端《はし》た金《がね》を狙う詐欺師なんていますか？

それに、『さくら館』の画像を見せられたとき、なんとなく、心がほっこりしたんですよね。私が今まで住んだことがないような家。でも、なぜか懐かしさを覚えました。ああ、そういえば、昔、こういう古い家が舞台のホームドラマを見たことがある。あれは、心温まるドラマだったな……と、私の心は躍りました。それに、シェアハウスって、私の憧れでもあったんです。やはり昔見たドラマで、素敵なシェアハウスが出てくるものがあって……。

そう、私にとって、『さくら館』は、非日常を楽しむファンタジーに他なりません。

私は、迷いませんでした。

傷心旅行にいくような心持ちで、「君の名は」さんの提案を呑みました。そして、初期費用とともに、一年分のお家賃をお支払いしました。

……でも、後で分かったことなんですが、オーナーの鹿島穂花さんは、初期費用をすべて騙し取られてしまったみたいですね。お気の毒な話です。できれば、お助けしたかったんですが、他のシェアメイトさんの目もあり、それはできませんでした。

　というのも、私以外のシェアメイトさんたちは、みなさん本当に金銭的に切羽詰まっていた感じでしたから、私もみなさんに合わせる必要があって……。

　だって、そうでしょう？　みなさんお金に困っているのに、私だけ「お金ありますよー」ってなったら、場が白けるじゃないですか。下手したら、八分にされる。私、そういうの、一度経験していて。

　……高校時代に、夏休みを利用してアメリカに短期留学に行ったことがあるんですが、いったいどういう手違いがあったのか、子だくさんの労働者クラスのお宅にホームステイすることになったんです。ご夫婦ともはじめはとても親切で、子供たちともすぐに仲良くなったのですが、私がお金を持っていると知られてからが、大変でした。お金を無心する……というならまだしも、なんていうか、敵視されちゃったんですよね。ほんと、あれは地獄でした。そして、学習しました。周りのレベルに合わせることの大切さを。これは、日本だけではありません。アメリカでもです。たぶん、世界中そうだと思います。

　だから『さくら館』でも、みんなの真似をして私物をネットフリマで売ったりして。はじめての経験でしたが、色々と勉強になりました。どうしたら高く売れるか……なんて、みんなで色々アイデアを出したりして。

マスク作りも楽しかったなぁ……。

あんな楽しい時間、初めてでした。喧嘩したり、意見が食い違ったりすることもありましたが、それはそれで、楽しかった。……私自身の意外な才能も発見できたし。私に、マスク作りの才能があったなんて。

……私、誰よりも速く、誰よりも多く、誰よりも高品質のマスクを作っていたんですよ。一番売れたのも、私のマスク。自分でもびっくりです。自分が作ったものが次々と売れていくあの快感は、たまりませんでしたね。

ほんと、充実していたなぁ。

なんていうんでしょう。みんなで一丸となって同じゴールを目指す……ということを、私、今までやってこなかったものですから。どちらかというと、個人プレー的なことばかりやってきました。だから、人の意見を聞いたり、人に意見したり……というのに慣れてなくて。でも、それは案外、とても楽しいことだと分かっただけでも、あの『さくら館』での生活は、無駄ではありませんでした。

だって、住みはじめてから半月もしないうちに、私の心の傷もヘドロも、すっかり消えていましたから。

でも――。

＋

「四月十六日に、最後のシェアメイト、太田美希さんが現れたんですよね？」

夏海は、いよいよ本番とばかりに言った。「ライターの崎本貴子さんは、週刊誌で、太田美希さんが現れたことによって『さくら館』の空気ががらりと変わった。それまでの序列が覆《くつがえ》され、いつのまにか、太田美希さんが頂点に立っていた……と」

「ああ、タカちゃん。……崎本貴子さんの記事、私も読みました」

大鳥幸は、苦笑しながら肩を竦《すく》めた。「タカちゃんも、チャンスを摑みましたよね。……でも、ちょっとやり口は汚いけど」

「汚い？」

「だって、シェアメイトを売るような真似をして。いくら仮名だからといって、見る人が見たら、すぐにバレるんじゃないかしら」

大鳥幸は吐き捨てた。さらに、

「記事では、自分のことにはほとんど触れてませんでしたけど、崎本さんは、とんだトリックスターだったんですよ」

「トリックスター？　……引っかき回し屋ってことですか？」

「そうです。引っかき回すだけならまだしも、マスク作りにも参加してなかったんですからね。バカバカしいって言って」

「そうなんですか？」

「あの人は、汚れ仕事は一切、しなかったんです。しかも、オーナーの鹿島穂花さんに取り入って、まるで自分がオーナーのように振る舞っていましたっけ」

「……そうなんですか？」

「それで、みんなムカついてました。で、誰かは忘れましたが、崎本さんの素性を調べまくった人がいて。調べるっていっても、ネットで検索しただけですけど。……で、分かったんです。崎本さん、もとは業界紙のライターだったんです」

「業界紙……ライター？」

「業界紙の記事を書く人ですよ」

「ええ、まあ、それは分かりますが」

「しかも、かなりいかがわしい業界紙です」

「風俗関係とか？」

「違います。お医者さんとか不動産屋とか、そういう業界の人をターゲットにして、取材させてください……と依頼、で、お金を巻き上げる……というやつです」

「……取材対象者に謝礼を払うのではなくて、逆に、お金をとる？」

「そうです。つまり、広告費ですね。業界紙に載せてやるので、金を払え……ってやつです」

「なるほど」

「昔からある、詐欺の典型的な手口です。崎本さんは、そのライターをしていたようです」

「詐欺……」

「つまり、崎本さんも、詐欺師ってことですよ」

「でも、それは、業界紙を作る側の責任であって、崎本さんは……」

「それを知っていて仕事を請けたんなら、立派な詐欺の共犯です。違いますか？」

「……ですね」

「しかも、崎本さんは、そこそこの美人。きっと、それを餌に、すけべな業界人を釣っていたんじゃないでしょうか。実際、崎本さんが書いた記事の取材対象者は、どれも、いかにもエロそうなおじさんばかりでしたからね」

「お読みになったんですか?」

「もちろん。だって、ネットにありましたから。〝崎本貴子〟って検索すれば、ぞろぞろ出てきますよ。見てみます?」

と、大島幸は、テーブルの隅に置いてあったタブレットを引き寄せた。

「あ。今は、結構です。あとで、検索してみますので」

「あ、そうですか」

「で、太田美希さんのことなんですが……」

「ああ、そうですね。ママの話でしたね」

「ママ?」

「美希ちゃんのニックネームです。……私は、〝美希ちゃん〟って呼んでましたけど」

大島幸は、どんな意味なのか、ふと笑った。

+

そりゃ、私も最初は度肝を抜かれましたよ。だって、美希ちゃんは、妊娠七ヶ月。ぱんぱんのお腹で、『さくら館』にやってきたのですから。

しかも、子供が生まれたらみんなで子供をシェアしましょう……だなんて。面食らいましたよ。何言ってんだ、この人は……って。私のルームメイトでもありましたから、お先真っ暗な気分にもなりました。先払いしたお家賃はもういらないから、『さくら館』を出て行こうとすら考えました。

でも。妊娠七ヶ月の美希ちゃんを見ていると、なんだか、自分まで母親のような気分になってきたんですよね。あれは、本当に不思議です。母性というやつなのでしょうか？

それに、美希ちゃんは、確かにちょっと癖のある子でしたが、でも、根は素直で純粋な子なんです。私には、聖母マリアのようにも映りました。

まあ、シェアメイトの中には美希ちゃんの物言いにムカついていた人もいたんですが、少なくとも私は、美希ちゃんの助けになりたいと心から思いました。

オムツも、率先して作りました。おくるみやベビー服やぬいぐるみも。

マスク作り以上に楽しかったなぁ。

子供のためになにかを作るって、こんなに幸せなんだな……とも思いました。

……え？　地獄？

ああ、そういえば、崎本貴子さんの記事に、そんなことが書いてありましたね。

ええ、確かに、地獄だったかも。でも、それは、美希ちゃんが理由ではありません。

美希ちゃんは――。

＋

「あ、お茶、淹れなおしましょうか？」

大鳥幸は、話の途中で、わざとらしく立ち上がった。

「いえ、結構で――」

言ってはみたが、彼女には届いていないようだ。まるで何かから逃げるように、キッチンのほうに消えていく。

夏海は、いったんペンをテーブルに置くと、手帳を捲った。

それにしても、ずいぶんと、崎本貴子と食い違う。いくら、主観の違いとはいえ。

崎本貴子は、太田美希のことを冷酷な織田信長に喩え、一方、大鳥幸は、聖母マリアに喩える。

一人の人間を、ここまで真逆に喩えることってあるんだろうか？

真逆？　いや、違う。織田信長と聖母マリアには共通点がある。

それは、「カリスマ」という点だ。

なるほど、太田美希が「カリスマ性」を持っていたのは間違いなさそうだ。そのカリスマ性で『さくら館』の住人たちを翻弄したことも。

夏海は、手帳にペンの先を当てた。そして、「太田美希」と大きく書くと、その横に「カリスマ」……と書き添えた。

「ああ、そうだった！」

キッチンから、なにやらわざとらしい声が聞こえてきた。

「これから、人に会わなくちゃいけないんだった！」

そう言いながら、パタパタと、大鳥幸が戻ってきた。

「ごめんなさい。このあと、約束があるんですよ。今日は、ここまででいいでしょうか？」

あからさまに追い出された格好の夏海は、仕方なく葉山三佐雄の住居兼オフィスに戻った。

「……大鳥幸に会ってきました。大鳥幸と崎本貴子の言葉を総合すると、どうやら太田美希は『カリスマ』だったようです」

夏海が報告すると、

「へー」と、相変わらず気のない返事。そして、しばらくの静寂。

……まったく、なんなんだ、この人は。こっちを見ようともしない。まだまだガキのくせして、その偉そうな態度。ほんと、ムカつく。

が、夏海は、気を取り直して、さらに言葉を重ねた。

「太田美希のカリスマ性によって、『さくら館』は不協和音を奏《かな》でることになります。つまり、太田美希が……」

「ね、どうしたの？」

葉山に質問されて、夏海は、「へ？」と素っ頓狂な声を出した。

「さっきから、太田美希、太田美希って」

「それは……」

「あんたまで、カリスマに毒されちゃった？」

「……」

「あんたがやるべきことは、『さくら館』の床下から発見された、ミイラ化した五体の胎児の件でしょう？　その謎を解くのが、あんたの仕事でしょう。違う？」

「あ……」

夏海は、言葉を呑むと、深く息を吸った、そして、

「でも、太田美希は、妊娠していたんです」

「で？」

「七ヶ月だったんです」

「へー」葉山が、ちらりと夏海を見た。そして小馬鹿にするように、「もしかして、その太田美希が五つ子を産んで、それを床下に隠したとか、そんな馬鹿馬鹿しいこと考えてる？」

「……」

本音を言うと、ちらっとそう考えていた。確かに現実味のない話だが、でも、まったくあり得ないとも限らない。五体とも太田美希の子供でなくても、なにかしら関係があると。見ると、葉山が、憐《あわ》れむようにこちらを凝視している。マスクで分からないが、きっと、笑っている。

夏海の首元に、屈辱の汗が流れる。

そんな夏海をさらに甚振《いたぶ》るように、葉山は早口で言った。

「ある筋の情報によると、床下に隠された胎児のひとつは、約五十年前のものだって」

「五十年前？」

「そう。一九七〇年代初頭のものらしい。元号でいえば、昭和四十年代後半のものだろうって」

「ということは……」

「胎児の遺体は、その頃『さくら館』に住んでいた人が関わっている可能性が高いってこと」

「あ……」夏海の首に、またもや汗が流れる。

「登記簿見たら、当時の所有者が分かるんじゃない？」

時計を見てみると、午後三時十二分。

「私、今から法務局に行ってきます！」

「馬鹿なの？」

「え？」

「今時、法務局まで行って登記簿を閲覧する気？　……昭和じゃないんだからさ」

言いながら、葉山が、リビングテーブルの隅を顎でさした。

見ると、Ａ４のクリアファイルが置かれている。

「さっき、登記簿データのＰＤＦを取得しておいた。それは、プリントアウトしたもの」

あ、そうか。オンラインか。

またもや、汗が流れる、敗北の汗だ。

葉山が、勝ち誇ったように、さらに顎をくいっとしゃくった。さっさと中身を確認しろという意味だろう。

夏海は、汗を手の甲でぬぐうと、クリアファイルから用紙を引き抜いた。

登記簿を見ると、『さくら館』が建てられたのは、一九四七年。もっともそのときは、病院として建てられたようだ。そのときの所有者は、「松林一郎《いちろう》」。そのあと、「松林友昭」に移り、そして鹿島穂花に相続されている。

「……松林友昭って、鹿島穂花の親戚かなにか？　例えば、父親とか？」

時計を見てみると、午後三時三十五分。

よし。ちょっと現場に行ってこよう。そしたら、なにか分かるかも。

葉山のほうを見ると、すでに興味は他に移ってしまったようだ。パソコンに集中している。

夏海は、「新宿A町に行ってきます！」と一応声をかけると、部屋を後にした。

証言

「ここが、『さくら館』か……」

なんで、もっと早く来なかったのか、悔やまれる。というのも、取り壊しがはじまっていたからだ。

道路に面した隣の家と、その隣の家も取り壊しがはじまっている。

『さくら館』だけなら再建築不可だが、隣と合わせて土地を拡大すればその縛りもなくなる。マンションでもビルでも建てることができる。そういえば、ここに来るまでに、所々、空き地が見えた。もしかしたら、大規模な再開発が予定されているのかもしれない。

「ああ、ここが『さくら館』か……」

夏海は、惜しむように繰り返した。

そこに、かつてシェアハウスがあったことなど想像もできない。土台と骨組みだけを残した無残な姿。シンボルツリーの桜の木も見当たらない。

ぼんやり眺めていると、背後に視線を感じた。その方向を見やると、一人の老女が窓から覗いている。

が、夏海の視線に気が付くと、ぴしゃりと窓を閉めた。

あ、そうだ。

夏海は、その家に向かって声をかけてみた。

「すみません！　ちょっとお訊きしたいことがあるんですが！」

が、老女は応えない。窓のところにいるはずなのに。だって、影が見える。

「すみません！　松林友昭さんのこと、ご存じですか？」

夏海は、登記簿に記入されていた、前の所有者の名前を出してみた。

すると、

「え？」と、老女がひょっこり顔を出した。

「あなた、誰？」

「私は、記者でして」

「キシャ？」

「はい。記事を書く者です」

「ああ、そっちの記者。……ちょっと待ってて」

しばらくすると、老女が玄関ドアを開けた。

「記者ってことは、取材かなにか？」

「ええ、まあ、そんなところです」

「なんだ、あなた、記者さんだったのね」

老女は、お茶を出しながら、愛嬌のある笑いを作った。

夏海は、老女の家にお邪魔していた。はじめはひどく警戒していたが、名刺を差し出した途端にフレンドリーになり、「まあまあ、おあがんなさいよ」と、家に招き入れてくれたのだ。

「へー、記者なの」老女は、名刺を手にすると、

「あたし、てっきり、警察の人かと」

「警察？　なぜですか？」

「ええ、まあ、それは……」老女は言葉を濁しながら、話題を変えた。「で、どこの記者さん？」

老女……山崎《やまさき》さんが、夏海の名刺をまじまじと見つめる。

どこの記者って。ユーチューブのニュースチャンネルといっても、理解してくれないだ

ろう。

「ええ、まあ……テレビ的な？」

夏海は、曖昧な嘘をついた。でも、テレビのようなものであることには間違いない。なにしろ、どちらも動画だ。

「テレビ？」

山崎さんの顔が、強張《こわば》った。そして、「……なにかのニュース番組？」

「ええ、まあ、ニュースといえば、ニュースですね……」

「ニュース……」

山崎さんの顔が、強張ったり緩んだりを繰り返す。そして、「うーん」と頭を垂れるとしばらく唸《うな》っていたが、覚悟を決めたように、やおら頭を上げた。

「匿名でお願いできるかしら？」

そして山崎さんは、どこに隠していたのか突然マスクを顔に当てた。続けて、やけに高いトーンの声を作ると言った。「音声も変えてね。ほら、よくテレビの隅に表示されるじゃない。音声を変えていますって」

ああ、エフェクトをかけろってことか。……っていうか、なぜ？

「だって、あなた、取材でしょう？」

「ええ、まあ」

「テレビのニュース番組に、流れるんでしょう？」

「いや、それは……」

「個人が特定されないように、本当にお願いね。それを約束してくれるなら、あたし、証言しますよ」

山崎さんは、観念するように言った。

「あたし、もう、ずっとずっと、びくびくしながら暮らしていて。耐えられなくなっちゃったのよ。あたし、何も悪くないのに」

「……？」

「警察にも何度も行こうとした。でも、この歳で警察のお世話になるなんて、あまりに惨めじゃないの。あたし、それまでは真面目に生きてきたのよ。税金だってちゃんと払ってきたし、人様に後ろ指をさされるようなことは一度だって！　なのに、最後の最後で、こんな罠《わな》にハマるなんて……」

「罠？」

「そうよ、あたし、罠にハマったの、あたしだってある意味被害者なんですからね！」

そう、あたしは、罠にハマったの。あの女の罠に。

だって、仕方ないじゃない。新型ウイルスでパートを雇い止めになって。……ああ、娘のことだけどね。娘は出戻りで、孫を二人連れて、この家に戻ってきたのよ。孫は小学生と中学生、まあ、お金のかかること。

それまでは、年金と、十年前に亡くなった夫が残してくれた保険金で、贅沢《ぜいたく》はできないけれど人並みに暮らしていたのよ。

ところが、二年前、嫁に行ったはずの娘が突然離婚、子供たちを連れて戻ってきたものだから、てんやわんや。まあ、それでも、子供の父親から振り込まれる養育費、それと娘がパートに出て自分たちの食い扶持《ぶち》は確保していたからなんとか暮らしていたんだけど。この新型ウイルスでしょう？　養育費が振り込まれなくなり、パートまでクビになって。で、頼りは、あたしの年金と保険金。その保険金だって、中学生の孫の学費でほとんどがぱぁ。……なんだって、あんな馬鹿高い私立なんかに通わせるのかしらね……。公立だって、いい学校はたくさんあるのに。この辺の子たちは、小学校から高校まで、ほとんど公立よ。中には、東大に進む子だっている。それだけ優秀な学校揃いなのよ。なのに、娘は全然分かってくれなくて。公立への転校を何度も勧めたのに、全然分かってくれなくて。養育費もパートも失ったというのに！

で、残るは年金。あたし一人で暮らすには充分だけど、四人ともなると、まったく無理。無理、無理、無理、無理！

特別定額給付金の十万円？　もちろん、もらいました。家族四人で四十万円ね。でも、それじゃ、全然足りないわよ。二ヶ月もしないうちに、ぱぁ。なのに、娘ったら、下の子も私立の中学に入れるんだぁって、中学受験の塾に通わせはじめて。オンライン授業っていうの？　あれのために、馬鹿高いパソコンまで買って。

みるみる、お金がなくなっていったのよ。あたしがコツコツ貯めてきたへ、そ、く、り、もとうとう底をついてしまった。

ああ、いったいどうなるの？　と頭を抱えていたときよ。

声をかけられたの。

そう、鹿島さんに。

それまでは全然お付き合いはなかった。ときどき回覧板を回しに行くぐらい。顔だって、よくよく見たことがない。

鹿島さん、変な人だったわ。仕事をしている様子は一切なし。ずっと、家にいて。そもそも、なんで、あの人、あの家に？　買ったのかしらね？　それとも、借りていたの？　ね、その辺のこと、知ってる？

＋

質問されて、夏海は慌てて手帳を開いた。手帳には、登記簿の写しが挟まっている。それを広げながら、

「たぶん、ですが。鹿島穂花さんは、あの家を相続されたんじゃないかと」

「相続？」

「はい。詳しくは分からないのですが、鹿島穂花さんの前は、松林友昭という人が所有していたようです」

「松林さん……」

山崎さんの頬がぴくっと反応した。

が、山崎さんはお茶を手にすると、それをずるずると啜《すす》った。そして、

「で、鹿島さんのところ、突然騒がしくなってね」と、あからさまに、話題を引き戻した。

「あれは、今年の三月の中頃かしら。そう、感染感染と言われはじめた頃。でも、世の中はまだのんびりしていて、あたしもお友達三人と巣鴨《すがも》に買い物に行ったの。すごい人出だった。へとへとになりながら帰宅すると――」

＋

トラックが停《と》まっていてね。

ここの道、ご覧の通りとっても狭いから、トラックなんか停まっていたら、人も通れやしない。抗議のひとつでもしようかと覗いてみたら、……なんともおしゃれなキッチンが積まれていて。海外ドラマに出てくるような、西洋風のおしゃれなやつ。「まあ、素敵」と、作業員に声をかけたら、「奥さんも、リフォーム、いかがですか？」なんて言われちゃった。

「リフォーム？　どの家がリフォームしているんですか？」

と訊いたら、

「鹿島さんのお宅です。キッチン、浴室、トイレをきれいにするんです。見違えますよ。……奥さんもどうですか？」

どうですか？　と何度も言われて、あたし、ついその気になって、パンフレット、もらっちゃったの。で、娘にも見せてみたら、娘も大乗り気。

「この家、思い切って、リノベーションしない？」なんて言い出して。

「リノベーションって？　リフォームとは違うの？」

「リフォームは、一部だけをきれいにすること。リノベーションというのは、大がかりな工事を入れて、部屋をがらりと変えること」

「へー」

「子供たちにも専用の部屋を作ってあげたいし、私もきれいなキッチンで料理を作りたい。玄関に、今流行りの土間を作って、自転車なんかはそこに停めるのよ。それからそれから……」

と、娘の妄想は広がるばかり。

娘は「赤毛のアン」ばりに妄想家で、昔からそれがはじまると止まらないの。

娘の妄想を目の当たりにして、あたし、変に冷静になっちゃってね。だって、パンフレットに書かれたその価格。

百万円とか三百万円とか。とにかくすごい数字が並んでいて、安いのでも六十万円。

……うちでは、とても無理。冷静さを取り戻すどころか、背筋が寒くなった。と、同時に、ちょっと妬《ねた》ましい気分にもなって。

鹿島さん、こんな高い物を買ったんだ……って。仕事をしている様子もないのに、旦那がいる様子でもないのに、どこからそんなお金が？　そもそも、あの人、何者？

それから、鹿島さんのことが気になって、気になって。鹿島さんちを監視するのがあたしの日課になっていったのよ。

ストーカーじゃないわよ？　ご近所としては、当然のこと。町内会の和を乱すような人がいないか監視しあうのが、あたしたちの務め。

この辺って、昔ながらのご近所付き合いが残っているのよ。とっても濃厚なの。みんなで協力しあってきた。だから、少しでも足並みを乱す人がいたら、ただしてやらないといけないの。でないと、また、昔のような事件が……。

＋

「事件？」

夏海が言葉を挟むと、山崎さんは、

「え？　なに？」と、あからさまに惚《とぼ》けて見せた。そして、

「お茶、お代わりいかがです？」

と、立ち上がった。

「いえ、大丈夫で――」

が、夏海の言葉は届かず、山崎さんはキッチンのほうに消えていった。

大鳥幸のときと同じ。また、「あ、用事を思い出した」とかなんとか適当に誤魔化されて、追い出されてしまうのだろうか？

その予想は、幸運なことに外れた。山崎さんは、お盆に大量の大福を載せて戻ってきた。

「昨日も巣鴨に行って来てね。塩大福をたくさん買ってきたのよ。ご近所さんにもお裾分けしたんだけど、まだまだこんなに余っちゃって。娘も孫も食べてくれないの。どうしようかと思っていたんだけど、ちょうどよかった。……どうぞ、召し上がれ」

「は……」

目視だけでも、六個はある。さすがに、そんなには食べられない。

でも、一つぐらいなら……と、手を伸ばしたところで、

「で、あたし、鹿島さんちを監視していたんだけどね――」

と、突然、山崎さんは話を続けた。

で、監視していたら、やけに騒がしくなって。

なんだかいろんな人がぞろぞろと家を訪ねてきたのよ。全員女の人。鹿島さんと同じような年頃の人たちばかり。

もしかしたら、変な商売でもはじめたんじゃや。いわゆる、マルチ商法ってやつ。鍋だの水だの売りつけるやつ。あたしも、前に被害にあってね。五十万円の布団を買わされちゃった。そのときの集会になんだか感じが似ていたのよ。女性の集団の中に、背広姿の、妙にぱりっとした男性が一人いて。……あの男が、マルチの首謀者？　と監視を続けていたんだけど。

でも、違った。

「シェアハウスですよ」

鹿島さんちから出てきた一人の女性をとっ捕まえて訊いてみたら、そんなことを言ったの。

「シェアハウス？　それって、民泊ってこと？」

警戒した。この近所でも、民泊が問題になっていてね、裏のそのまた裏の人が民泊をはじめたんだけど、一日中、不特定多数の人間が出入りするようになって、しかも、騒音を立てるわ、ゴミもそこらじゅうに捨てるわで、町内会で問題になったのよ。だから、

「困るわ、民泊は」

って、言ってやったの。そしたら、

「民泊じゃないですよ。シェアハウス。まあ、昔風にいえば、下宿屋ってとこでしょうか」

「下宿屋？」

「そうです。鹿島さんの家で、六人の女性が共同生活をするんです」

「つまり、定住するってこと？　不特定多数の人が出入りするのではなくて」

「そうです」

「あなたも？　あなたも下宿するの？」

「そうです」

なんとなく、違和感を覚えたわ。

だって。鹿島さんちは、うちと同じ頃に建てられた古い家、しかも空き家だった時期が長いから、うちより劣化している。簡単にいえば、ぼろ家。そんなところに下宿するよう

な人にはとても思えなくて。確かに、ぱっと見は、控えめで地味な様子だったんだけど。あたしの目は誤魔化せない。

だって、その人のコートは、オーダーメイドのもの。……あたしの主人が、かつて仕立屋をしていたものだから、あたしも、服を見る目だけはあるのよ。間違いない、あれは、最高級品の生地で、最高の仕立屋がこしらえたものよ。たぶん、今だったら五十万円はするんじゃないかしら。しかも、その靴だっていかにも高そうだったし、バッグだって。つまり、相当なお金持ち。

そんな人が下宿？　あのぼろ家に？

「そうです、私、あの家に住むんです。大鳥と申します。近々引っ越して参りますので、よろしくお願いします」

その人の言う通り、四月に入ると、次々と引っ越し業者のトラックが、この狭い路地に入ってきた。

それにしても、頭くるのは、鹿島さん。一言の挨拶もないんだからね。普通なら、

「シェアハウスをはじめたんです。引っ越しだなんだと色々とお騒がせするかもしれませんが、よろしくお願いします」

と、菓子折のひとつでももって、挨拶するものでしょう？

なのに、鹿島さんからは一言も。

ええ、もちろん、挨拶する義務はありませんよ？　法律で定められている訳でもない。

でも、それが礼儀……というか、人としての常識じゃないの。

まったく、あの家の住人は、なんだってこうも、揃いも揃って非常識な人ばかりなのかしら。

＋

「つまり、鹿島さんの前の住人も、非常識だった……ということですか？」

夏海は、ようやく本題に斬り込めるぞ……と、今更ながらボイスレコーダーの録音ボタンを押した。

「ええ、とっても非常識な方だった。とてもとても、非常識だった」

山崎さんは、ゴキブリか蜘蛛でも見つけたような、渋い顔をしてみせた。

「前の住人は、どんな人だったんですか？」

「昔々の話なんだけど。そう、五十年ほど前の話なんだけど――」

それまで、あの家はずっと空き家だったのよ。

ところが、あるときから、人が頻繁に出入りするようになって。

若い男女。

なんていうのかしら、一言で言えば、危険な香りのする若者たち。

浅間山荘《あさまさんそう》事件ってご存じ？　連合赤軍という過激派が起こした事件なんだけど、当時、ああいう事件を起こすような人たちが、あちこちに潜伏していたの。

で、この近所にも過激派のアジトがあるらしい、公安の人がうろついている……という噂が流れてきてね。

それで、もしかしたら……って。

隣に出入りしている男女は過激派かもしれない。ちゃんと監視しなくちゃ！　って、あたし、妙に使命感に燃えてしまってね。双眼鏡なんかも買ったりして、お隣を監視していたんだけど。

夫に、叱られちゃって。「そんなはしたない真似《まね》をするもんじゃない！」って。

仕方なく双眼鏡で覗くのはやめたんだけど、でも、夫に隠れて、監視は続けていたの。

だって、本当に怪しい人たちだったのよ。

あたし、見ちゃったんだから。

大勢で、エッチなことをしているところ。そう、いわゆる、乱交ってやつ。ベニヤ板に書かれた変な歌詞をみんなで合唱しながら、あんなことやこんなことを……。本当に、そういうことをする人たちっているんだ！　週刊誌ではよく見るけど、あんなの全部作り物だと思ったのに……。もう、あたし、ショックでショックで。食事も喉を通らなくなっちゃったわ。

だって、隣で、あんな破廉恥《はれんち》なことが行われているって考えただけで、ぞっとするじゃない！　しかも、一回や二回じゃないのよ。ほとんど、毎日なんだから。

変な声も聞こえてきたりして、たまらなかった。さらにあたしを悩ませたのが、そこらじゅうに捨てられる大量のゴム。

……そう、コンドームよ！

そのいくつかが、あたしの家の敷地にも入ってきて。……放置するわけにもいかず、そのたんびに片付けていたんだけど。だって、うちが疑われるじゃない！　だから、あたし、朝早く起きては、コンドームを片付けていたの。

そんなことが、ほぼ毎日なんだから！　冗談じゃないって思った。どうしてあたしが、どこの誰ともしれぬ男が使用したコンドームを片付けないといけないの？　って。もう、本当に、情けないやら、信じられないやら。悔しくて惨めで、毎日泣いていたわよ。

それで、ある日、意を決して、お隣に直談判《じかだんぱん》しに行ったの。

そしたら、胸も露《あら》わな赤毛の女が、「あら、おばさん、なに？」って。

冗談じゃないわよ！

当時、あたしはまだ三十前。赤毛女とそう歳も違わなかったはずなのに、おばさん呼ばわり。怒り心頭だったけど、あたしは努めて冷静に言ったわ。

「窓からゴミを捨てるのをやめてくれない？」って。

そしたら、

「うん、わかった、了解。……覚えていたらね」

と、なんともふざけた生返事。

あんまり頭きたんで、

「警察に行きますよ！」

って、あたし、脅してやったの。そしたら、その女の顔がみるみる青ざめて。何も言わずに、ドアを閉めてしまった。

「警察」という言葉に、これほど効果があるなんて。やっぱり、犯罪がらみのことをしているに違いない。今すぐに、警察に通報しなくちゃ！　と、受話器をとったところで、ふと思ったの。このまま泳がせておこう……って。

なんで、そんなことを思ったのかは、今となってはよく分からない。あたし自身、警察にちょっと苦手意識があったせいかもしれない。

というのも、結婚してすぐに、夫が飲酒運転でちょっとした事故を起こしてね。大した事故ではないんだけど、そのとき、警察に呼び出されたあたしまで、めちゃくちゃお説教を食らったのよ。まるで、殺人犯でも取り調べるような勢いで。あのときのことがトラウマで。警察に通報して、またあんな取り調べ的なことをされたらたまったもんじゃない……って、咄嗟に考えてしまったのかもしれない。だから、そのときは警察には知らせなかった。

でも、結局は、その家の人たち、いつのまにかみんな逃げてしまって。もぬけの殻になってしまったのよ。

「お母さん、誰か来ているの？」

という声が、玄関から聞こえてきた。

そして、パタパタという足音が近づいてきた。

「お母さん……？」

リビングの引き戸を開けたのは、レジ袋を下げた女性だった。

マスクをしているが、その目元は、どこか山崎さんに似ているような気がする。……もしかして、出戻りの娘さん？

「ちょっと、あんた、誰？」

女性の鋭い視線が飛んできた。「お母さん、どうしたの？　この人誰？　もしかして、また詐欺師？」

……詐欺師？

「違うよ、違う」山崎さんが白髪頭《しらがあたま》を横に振った。「この人は、記者さん」

「キシャ？」

「そう、テレビの人」

「テレビ!?　どうして、テレビの人が？」

「取材、したいんだって」

「取材？　なんの？」

「え？　……えっと。なんの取材でしたっけ？」

夏海は、山崎さんとその娘さんの前で、改めて取材を申し込んだ。

「つまり、あの家に住んでいた人がどんな人か、調べているんですか？」

娘が、半信半疑で確認する。

「はい。鹿島穂花さんの前に、あの家を所有していた人はどんな人だったのか、調べているんです」

「なるほど。……でも、なんで？」

「ああ、実は。……あの家で見つかった、胎児のミイラのことについて調べているんです」

「ああ、そんなニュース、あったわね、そういえば。五体のミイラが見つかったとかなんとか」

「そのミイラのひとつは一九七〇年代初頭のものらしく、その頃にあの家を所有していた松林さんなら、なにか事情を知っているんではないかと。で、当時のことを知る人に、こうやって取材を」

「でも、私が知る限りじゃ、鹿島さんが越してくるまで、ずっと空き家だったはずですけど……。そんなことより、お母さん。私にも、お茶、淹れてくれない？　喉、からからよ。いつもの、抹茶ラテをお願い」

「ったく、この娘《こ》は。自分のことは自分でしなさいって、昔から言っているのに、いまだに母親をこき使う気かい」

「お願い。お母さんの抹茶ラテは最高なんだもん。どんなカフェで飲むより、美味しい」

「また、そんなお世辞言って……。はいはい、分かりました。記者さんの分もお作りするから、ちょっと時間かかるけど」

山崎さんが、どこか楽しげにキッチンに立つ。

その隙に、

「で、記者さん」

と、娘さんが、秘密を打ち明けるようなこそこそ声で言った。

「……あなた本当は、別の取材で来たんじゃないの？　そうでしょう？」

「え？」

「実は、あなたが初めてじゃないの。昨日も、マスコミ関係者が、うちを訪ねてきたのよ」

「そうなんですか？」

「そのときは、母が不在で、私が対応したんですが――」

「どんな用件で、その人は？」

「母が、巻き込まれた詐欺事件のことで」

「詐欺？」

さっきから、〝詐欺〟というワードが頻繁に出てくる。

「惚けないでくださいよ。……もう、ご近所でも、その噂でもちきり。母は、ちょっとした村八分にあっているんです。塩大福も誰ももらってくれないって。……私もそう。挨拶しても、挨拶を返してもくれない。私や母だけならまだ我慢できるけど、子供たちも同じ目にあっている。もう、ここでは暮らせない。引っ越しを考えているんです」

「引っ越しを……」

「この近所、再開発をしているんで、この機会に、デベロッパーにこの家も売っちゃおうよ、と母に提案したんですが。……なんと、ここ、借地だったんです。来年には更地にして、地主に返さなくちゃいけないんですって。全然知らなかった。てっきり、所有しているものだとばかり。つまり、母が所有しているのはこのボロい家だけで、こんな家、今となっては一円の価値もない。むしろ、更地にするのにお金がかかってしまうから、マイナスなんです」

「更地にするには、かなりのお金がかかりますよね……」

「だからなんでしょう。母は、あんな詐欺にひっかかってしまったんです」

「なるほど」

こうなったら、話に乗るしかない。夏海は、端《はな》から、〝詐欺〟の件で取材している体《てい》で、話を合わせた。

「だから、ある意味、母も被害者なんです。その点をちゃんと押さえてくれると約束してくださるのなら、詳細をお話ししてもいいですよ？」

「はい、もちろん」

「それと。……取材協力金は、おいくらほど？」

「え？」

「昨日の記者さんは、出せないっていうから、追い返したんです。今の時代、ただで情報をもらおうだなんて、そんな虫のいい話ありませんよ。それ相応の代金はいただかないと」

思ってもいない展開になったが、もう、後には引けない。夏海は、咄嗟に計算すると、「五万円」という数字を提示した。

山崎さんの娘さんは、「ふーん」とはじめは乗り気ではなかったが、「まあ、仕方ないですね」と、肩を竦めると、渋々承諾した。そして、

「……母はね、持続化給付金詐欺の片棒を担いでしまったんです。鹿島さんにそそのかされて」

「持続化給付金詐欺？」

ああ、アレか。本来は、個人事業主等を対象にした給付金を、対象でない人が不正に申請し、そして受給する……という詐欺。新型ウイルスで売り上げが落ちた個人事業主等を救済するための制度を悪用した詐欺だ。申請が簡単で審査もゆるい点が、詐欺師たちに狙われた。

実は、夏海のところにも、それを勧誘するメールがいくつか届いていた。

「国から百万円をゲットしよう！」「簡単に百万円を手にいれる方法」「これが最後のチャンス！　誰でも百万円がもらえる」などといった甘い言葉で募集をかけ、応募した人に「個人事業主」になりすます手段を手解《てほど》きし、振り込まれた百万円のうち、その半分は

「手数料」として、詐欺師たちがもっていく。つまり、手に入るのは百万円ではなくて、五十万円。もし、不正がバレた場合、百万円プラスアルファを返還しなくてはならないから、不正受給者は、大赤字になるという寸法だ。

が、そんなことまで考えず、目先の五十万円にとびつく人が続出。しかも、〝紹介料〟欲しさに、他のなりすまし候補を次々と勧誘。まるでマルチ商法のようなことが、全国で行われている。

夏海のところにきたメールも、かつての同級生だったり同僚だったり、友人だったりする。もちろん、夏海はそんな不正には手を出さなかったが、

「うちの母は、まんまと、手を出してしまったんです」

と、山崎さんの娘さんが、ため息交じりで言った。そして、

「鹿島さんの言葉を信じて、騙されちゃったんです」

山崎さんの娘さんは後ろを振り返り、母親の気配がないことを確認すると、

「母が恐れているのは、逮捕なの。でも、これだけは言っておく。母も、被害者の一人よ」

「ええ、もちろん」

とは言ってみたが、やはり、犯罪は犯罪だ。詐欺師の口車に乗っただけとはいえ、犯罪

に手を染めたことには間違いない。不正なことだと分かっていて、手を出したのだから。

「でも、母の手には一銭も。ただ、名前と口座を利用されただけなんですよ。母は、紹介料欲しさに近所の人にも声をかけましたが、その紹介料だって……」

「もらってないんですか？」

「はい。でも、そのせいで紹介した人に恨まれる始末。人間関係、ぼろぼろですよ……」

山崎さんの娘さんが、きりきりと唇をかみしめる。

「いずれにしても、一番悪いのは、鹿島さんですからね！」

それから娘さんは、訴えるように矢継ぎ早に言葉を重ねていった。

＋

……鹿島さんがシェアハウスをはじめたと知ったのは、緊急事態宣言が解除された頃でした。五月の末のことです。

母はもっと前から知っていたみたいだけど。

確かに、リフォームしたり人の出入りが激しくなったりと、なんか変だな……とは思ったんですけれど、人様のことを気にかけている暇はなかったんです。

子供の学校も休みになって、私の仕事も休業になってしまって。お恥ずかしい話、金策に走っていました。

そんなとき、

「新型ウイルス騒ぎ、どうなるんでしょうね……」

と、鹿島さんの家から出てきた人に声をかけられたんです。マスクをしていて顔はよく分かりませんでしたが、ご近所さんに声をかけられたら、応えないわけにはいかない。それで、

「本当に、どうなってしまうのかしら。……このままでは、一家心中ですよ」

と、私は冗談交じりで言いました。でも、その人は真に受けて、

「早まってはダメですよ。なにか困ったことがあったら、相談してください」

って、名刺をくれたんです。続けて、

「今、私は鹿島さんちにお世話になっているので、いつでもご相談ください」

「鹿島さん？　じゃ、お隣に住んでいるんですか？」

「はい。いわゆる、シェアハウスです」

「へー、お隣さん、シェアハウスをはじめたんですね！」

これで、すべて合点がいきました。リフォームをしていたことも、人の出入りが激しか

ったことも。

「はい。『さくら館』っていうんです」

ああ、そういえば、小さな桜の木がある。

「あの桜、私が小さい頃からあそこにあったんですよ。母が言うには、もっともっと前から」

私が言うと、

「そんな昔から？」

「そう。なのに、ちっとも成長しないんですよ。五十年も経てば、大概、大木になりますよね、桜って」

「ええ、そうですね」

「なのに、あの桜、ずっとあのまんまなんです。ひょろっと小さいまま。きっと、土壌が悪いんでしょうね。それとも、陽当たりのせいかしら。ここは、こんなでしょう？　住宅密集地。だから、陽が当たるのなんて、一日のうちの、よくて三時間。うちなんて、二時間ぐらいしか陽が当たらないんです。洗濯物も全然乾かなくて、生乾きの臭いのことで、毎日子供と喧嘩。いやになります」

「ここにはずっと？」

「いえ、結婚して一度は出たんですけど、また戻ってくる羽目になってしまって。……お恥ずかしい話です」

「もしかしたら、土地自体に問題があるのかも」

「え？」

「ここは風水的にもよくないんです」

「風水？」

「ここは窪地。もともとは湿地帯だった場所です。だから、〝気〟が流れにくいんですよ。滞ってしまうんです」

「は……」

「江戸時代、ここが沼だったことはご存じですか？」

「沼？」

「はい。しかも、身寄りのない死体を捨てていた場所でもあります」

「えええ！」私は、二の腕をさすりました。

「明治に入って沼は埋め立てられ印刷工場が建つんですが、関東大震災で全焼。そのあとは三業地《さんぎょうち》ができて」

「三業地？」

「いわゆる風俗街です」

「えええ！」私は、さらに二の腕をさすりました。

「ここには売春宿がひしめき合っていたんですよ」

「……」私は、さらにさらに、二の腕をさすりました。

住んでいた場所に、そんな過去があったなんて……。

「でも第二次大戦のときに空襲を受けてまたもやこの辺りは全焼。終戦直後は闇市ができたり、簡易宿舎ができたり……。どれも不法占拠です。で、その後、不法占拠していた人たちが次々と住居を建てて、今の住宅街ができあがったというわけです」

「不法占拠？」

「はい。ここに建つ家の所有者の中には、時効取得で土地を自分のものにした人たちがいると思われます」

「時効取得……」

「そうです。二十年間、その土地を公然と占拠し、かつ、立ち退きの催促が行われなかった場合、所有権を取得することができるのです。戦後のどさくさでは、そういうことはよくあったと聞きます。この土地の場合、印刷工場の所有者とその法定相続人が全員亡くなってしまったので、そういうことが起きたんだと思われます」

「……じゃ、うちも？」

「ご安心ください。今は時効取得で、法的にちゃんと、あなたがたご家族のものですから」

「………」そう言われても、うちは借地。来年になったら、更地にして、所有者に返さなくてはいけない。

「いずれにしても、ここは立地的にも歴史的にも、そして風水的にもあまりいい土地ではありません。改良が必要です」

「改良？」

「そう。土地改良です。……あの麻布《あざぶ》や六本木にすら、低地でなかなか人が根付かない土地がありました。が、今では立派なビルが建ち、一等地となっています。あの六本木ヒルズもそのひとつです」

「六本木ヒルズが？」

「あそこは、元々、低地のじめじめした場所だったのです。でも、今はどうです？　世界に誇る商業エリアとなりました」

「あの六本木ヒルズに、そんな過去があったなんて……」

「ここだって、六本木ヒルズのようになりますよ」

「え？」

「土地を改良すれば」

「つまり、再開発ってことですか？　でも、そうしたら、うちはどうなります？」

「事業協力者として、部屋が割り当てられます。六本木ヒルズだってそうです。元々の地権者には、レジデンス棟の部屋が割り当てられました」

「ただで、六本木ヒルズに？」

「そうです。ここだって、立派なタワマンが建てば、その部屋のひとつは、あなたがたのものです」

私の目の前に、高層階から見る東京の大パノラマが広がりました。

結婚しているとき、内見したタワーマンション。自己資金が足りなくてそのときは断念したけれど、そのときの悔しさが今も体のあちこちに残っています。死ぬまでこの悔しさと付き合うのか……と思いましたが、そうか、ここにタワマンが建てば、私もその高層階を手に入れることができるのか！　私は、高揚感の中にいました。

「うち、借地なんですけど、それでも、タワマンの部屋をもらえますか？」

いつのまにか、私の体は前のめりになっていました。

「たぶん、大丈夫です。……そうだ。今度、お茶しませんか？」

「はい、ぜひ！」

「なら、その名刺にある電話番号にお電話ください」

＋

「その人の名前はなんて？」

夏海はたまらず、質問した。すると、

「ちょっと待ってください。名刺がどこかにあるはず……」

と、山崎さんの娘さんが、向こう側の部屋に消えた。そしてしばらくすると、名刺を携えて戻ってきた。

「これです」

差し出された名刺には、見覚えがある名前。

「え？　……この名前」

夏海は、確認のため手帳を捲った。

「あ、これだ。崎本貴子」

でも、崎本貴子は、ライターでは？

………。

そうか、そういうことか。崎本貴子はライターである一方で、この一帯を再開発するために、デベロッパーが送り込んだスパイだったんだ。住民に溶け込むために、わざわざ『さくら館』のシェアメイトの一人になったんだ。

「でも、その人とは、立ち話をしたっきり、会ってないんです。名刺にある電話番号に電話してもつながらなくて……」

山崎さんの娘さんが、ふと、茶碗を見つめた。

「お母さん、遅いわね。……まだ抹茶ラテ作っているのかしら」

それならそれで、こちらは都合がいい。夏海は質問を続けた。

「で、持続化給付金詐欺のお話を聞きたいのですが——」

「分かってますよ。だから、こうしてお話ししているんじゃないですか。話には順序というものがあるんです」

「……すみません。続けてください」

＋

それから数日経った頃の話です。母親が、「百万円、百万円……♪」と、小躍りしながら私に話しかけてきたんです。

「どうしたの？　なにかいいことあった？」

訊くと、

「百万円、国がくれるんだって！」

「え？　どういうこと？」

「あたしもよく分からないんだけど、申請すれば、百万円、入金されるみたいよ」

「え？　特別定額給付金とは別に？」

「そ」

「そんな話、聞いたことないよ」

「本当だよ。『持続化給付金』っていうやつらしい」

私は、早速、「持続化給付金」をネットで調べてみました。

「お母さん、これ、私たちには関係ないよ」

「どうして？」

「個人事業主で、なおかつ、新型ウイルスで売り上げが減った人たちが対象だもん」

「大丈夫だって言っていたよ。新型ウイルスで困っている人はみな対象だって」

「まさか」

「あんたの分も申請しておくから。そしたら、二百万円、ゲットだぜ！」

母は、年甲斐《としがい》もなく、子供のようにはしゃぎ回っていました。

なんだかよく分からないけれど、ここのところずっと暗かった母の機嫌が戻ったのです。

私はそれが嬉しくて、それ以上はなにも言いませんでした。

それからさらに数日が経って。

母が、通帳を手に「やったやった！　百万円、ゲット！」と、バク転でもするかのような勢いで、部屋中を飛び回っていました。

「どうしたの？」

訊くと、

「だから、百万円が振り込まれたのよ！　あんたの口座も確認してきな」

「え？　なんで？」

「あんたの分も、申請してもらったのよ。だから、百万円、入金されているはずだから」

まさか……と思いながらも、私は近くのコンビニに行って、残高を確認してみました。

「え？　嘘でしょう？」

それまでは、四桁の残高しかなかったのに、いきなりこんなにたくさん！

そう、百万円が入金されていたのです！　あのときの興奮といったら！

これだけあったら、滞納していた子供の学費が払える！　私も新しい服が買える！　なんならこれを元手に部屋を借りられる！

私は、実家暮らしに疲れ果てていたのです。母はマイペースな人で、しかも小言が多い。その小言を毎日のように聞かされて、私も子供たちも、神経をすり減らしていました。

一刻も早く、母の元から離れたい！

その願いが叶うのです。私も、小躍りするように家に戻りました。

すると、マスクをした見知らぬ女が母の隣にいました。母は言いました。

「鹿島穂花さんよ」

このときがはじめてでした、鹿島さんを見るのは。

母から噂はちょくちょく聞いてはいたのですが。「あの人はいったい、何者なんだろうね」とか「いったい、なにを企《たくら》んでいるんだろうね」とか「まったく、ああいう素性のよく分からない人がいると、周辺の治安まで悪くなりそうで怖いわよ」とか。はっきりいえば、悪口です。

なのにそのときの母は、まるで親しい友人のように、もっといえば恩人のように、にこにこと接していました。

「さあ、ご挨拶なさい。鹿島さんに」

母に言われて、仕方なく「はじめまして……」と私は挨拶したのですが。

鹿島さんのほうからは特に挨拶はなく、

「で、入金は確認しましたか？」と、素っ気なく言われ。

「あ、はい」

「じゃ、いったん、百万円をこちらにお渡しください」

「え？」私は、手にしていた明細票を隠しました。「どういうことですか？」

「だから、税理士さんへのお礼と手数料を差し引いて、残りをあたしたちに返してくれるんだって」

答えたのは、母でした。

「あたしたちに代わって、書類をととのえたり、申請してくれたり。だから、そのお礼と手数料をお支払いするのよ」

この時点で、「あれ？」と私は思いはじめました。なにかが、おかしい……と。

「あたしの分は、今、お渡ししたわ。だから、あなたも渡してちょうだい」

いやいやいや。それって、なにかおかしいでしょう?

思いましたが、

「とにかく、とっとと下ろしてきなさい! 鹿島さんをお待たせしたら悪いでしょう!」

という母の気迫に圧《お》されて、私はそのまま銀行に行き、百万円を下ろすはめに。そして銀行の袋に入った札束を鹿島さんに渡したのです。

札束を確認し終えると、

「確かに、百万円、お預かりしました。礼金と手数料を除いた残りのお金は、あとでお支払いします」

と言いながら、鹿島さんは自分の家に戻っていってしまいました。

結局、あの百万円は、私の手を素通りしただけで、いまだに戻ってきていません。

母だってそうです。一銭も手元に残ってないのです。

しかも、母にいたっては、近所の人やお友達を鹿島さんに紹介してしまい、その人たちも同じように全額、鹿島さんにとられてしまいました。

ある日、母の仲のいい友達が、怒鳴り込んできました。「これって、詐欺なんじゃないの? 訴えてやる」って。

でも、よくよく考えたら、私も母も、そして母が紹介した人たちも、お金をとられたわけではありません。まったく損をしていないのです。被害にあったのは、国です。つまり、私たちも加害者側なのです。

それに気が付いたそのお友達は、言いました。

「よくも、私を犯罪者にしてくれたわね！」

そう言われて、母もようやく自分が犯した罪を理解したのです。

そう、詐欺の片棒を担いでしまった……と。たとえ一銭も手にしていないとしても、国から百万円を騙し取ったことは間違いないのです。

母とそのお友達は、抱き合いながらさめざめと泣き続けました。「こんな歳になって、刑務所はいやだぁ」って。

私だって、いやです。私が逮捕でもされたら、子供たちはどうなるんです？

死のうと思いました。子供たちと一緒に、死のうと。

でも、その前に、一言文句を言ってやろうと、お隣に行ったのです。

そう、あれは、七月の終わり。

暑い日でした。

玄関の扉を開けたら。

そうしたら……。

＋

が、ここで、山崎さんの娘さんは言葉を呑み込んでしまった。

その顔も真っ青で、口元は激しく震えている。これ以上はもう話せない……というサインでもあったが、

「そうしたら？」

と、夏海は続きを促してみた。我ながら、なんて残酷なことをしているのだろうと思った。が、ここで中断するわけにはいかなかった。これでもジャーナリストの端くれだ。なにより、自分自身が気になって仕方がない。

「そうしたら？」

夏海がさらに促すと、

「……鹿島穂花さんは、亡くなっていました」

「え？」

「首を吊っていたのです。……玄関先で」

なるほど。この人が、第一発見者というわけか。しかし、気の毒なことだ。自殺の発見者になるなんて。

「悪臭もひどくて……」

山崎さんの娘さんが、えずきながら、言葉を途切れ途切れに吐き出していく。「すぐに警察に通報しなくちゃ……とも思いましたが、例のことがあるので躊躇してしまって。で、そのときは、そのまま家に戻ってしまったのですが。でも、首吊りの光景がずっと頭にこびりついて。眠ることもできず、どうしようどうしよう……と思っていたところ、たまたま隣を訪ねた訪問販売の人が死体を見つけて、警察に通報したという次第です」

「ちょっと、待ってください」

夏海は、言葉を挟んだ。

「つまり、その時点で、『さくら館』には誰もいなかったということですか？」

「まあ、そうなりますね。オーナーの鹿島穂花さんは玄関先で首をくくって、そのまま放置されていたのですから」

「じゃ、シェアメイトたちはどこに？」

「そんなの、知りません」

「あ、ちょっと待ってください」

夏海は、手帳を捲った。

「七月の末、あの家から胎児のミイラが発見され、それがニュースになるのですが」

「ああ、はいはい、確か、五体の胎児のミイラがあの家から」

「そうです。そのときのこと、ご存じですか？」

「鹿島さんの遺体が発見されたあと、あの家に警察の捜査が入ったのです。そのとき、ミイラが発見されたんじゃないでしょうか」

あれ？　でも。シェアメイトの一人が最初に発見したと言っていなかったか？　えっと、確か、あれは……。

夏海が手帳を捲っていると、

「……あの、私、やっぱり警察に行ったほうがいいでしょうかね？」

と、山崎さんの娘さん。

「そうですね。行ったほうがいいかもしれませんね」

「でも、私は本当に、なにも知らないんです。母が私の分まで勝手に……。母だけ、警察に行ってもらおうかしら。だって、私まで逮捕されたら、子供たちが……」

「大丈夫だと思います。たぶん、事情を話せば、逮捕はされないと思います。ただ、百万円の返還は求められるでしょうね」

「私たち、一銭ももらってないのに？」

「……まあ、仕方ないですね」

山崎さんの娘さんの目から、大粒の涙が溢れ出した。

「信じられない。どうやって、そんな大金……。ほんと、許せない、あの女！　鹿島め！」

娘さんは、拳を作ると、それをテーブルに叩きつけた。が、

「でも……」

テーブルに叩きつけた拳をそっと広げた。そして、

「実行犯は鹿島で間違いないと思うんですが、裏で糸をひいている人はいたんじゃないかと」

「黒幕がいたと？」

「はい」

「それは、……誰ですか？」

「よくは分かりませんが。ただ」

「ただ？」

「……妊娠していた人がいたんですが」

「妊婦？」

太田美希だ。夏海は身を乗り出した。

「その人と、話したことは？」

「ありません。ただ、見ていただけですから」

「見ていた？」

「はい。いつだったか、母の部屋で双眼鏡を見つけて。机に置きっぱなしだったものですから、なんとなく覗いてみたら、たまたまお隣のリビングが見えて――」

＋

こんな住宅密集地でしょう？　窓を開けても、見えるのは近所の家だけ。空だってろくに見えないんです。なのに、なんで母は双眼鏡なんか？

まさか、お隣を覗いていた？

……実は、母にはそういう悪い癖があるんです。人様の家庭を覗き見る。父にもよく叱られてましたっけ。

また悪い癖がはじまったんだなぁと思いました。今度、注意しなくちゃ……と。

でも、実際に双眼鏡を覗いてみると、なにかぞくぞくしてしまって。……止まりませんでした。

これじゃ、母と同じだ。そんな嫌悪感を抱きながらも、私は、お隣のリビングを覗き見してしまったのです。

あ、でも、一回きりですよ？　覗いたのは、その日だけ。

……そのとき、たまたま見てしまったのですが、リビングに人がたくさん集まっていたんです。全員同じ年代の女性です。

たぶん、シェアメイトさんたちだったんでしょうね。

シェアメイトさんたちは、みな、床に正座をさせられていました。

で、みんなの前に立っていたのが、お腹の大きい女性。

その女性の後ろの壁には、棒グラフのようなものが貼られていました。そのグラフには名前が書かれていて。……営業部とかに貼られているような、営業成績を示す表にも見えました。だって、表の軸には、「円」という文字も見えましたから。金額を示すものに違いないと思いました。

今思えば、あれは、持続化給付金の金額を示すものだったんじゃ。

想像ですが、あのシェアメイト全員が持続化給付金の詐欺に手を染めていて、その成果を棒グラフにして競っていたんじゃないかと。

でも、そのときは、そんなことには気が付かずに、ただただ、その異様な光景に釘付けになってしまったんです。

お腹の大きい女性が、正座をしている人たちに向けてなにか演説をしているんです。オーバーな身振り手振りを交えて、ものすごい剣幕で。まるで、ヒットラーの演説。そして、その演説に聞き入る正座をしている人々――。

＋

やっぱり、太田美希が黒幕？

太田美希が先頭に立ち、シェアメイトたちを詐欺に駆り立てていた？

夏海は、湯飲み茶碗を引き寄せた。が、中身は空だ。

「あら」

山崎さんの娘さんが、再び茶碗を覗き込む。

「お母さん、遅いわね。なにやっているのかしら。お母さん？　抹茶ラテはまだ？　ねえ、お母さんたら！」

が、返事はない。

「どうしちゃったのかしら、お母さん」

山崎さんの娘さんが、やおら立ち上がる。そして、「ちょっとお待ちくださいね」と言い残すと、キッチンのほうへと姿を消した。

急展開

葉山三佐雄は、視線を玄関のほうに向けた。

やはり、今日も来なかったか。

生田夏海との連絡が途切れた。新宿区A町に行ってきます！　と、この部屋を飛び出したのが三日前。が、その日以来、メールも来なければ、姿も現さない。

アシスタントがとんずらすることはよくあることだ。これまでも四人、取材費だけを持って姿を消した。

大人にとっては、自分のような存在は金蔓《かねづる》でしかないのだろう……と、三佐雄は自分なりに解釈していた。

こんな青二才の下で働けるかよ、なにがユーチューバーだよ、なにもしないで座っているだけで儲けやがって、きっと悪いことをしているんだろう、ズルをしているんだろう、そんなことで儲けた金なら、自分が少しぐらいせしめても痛くも痒《かゆ》くもないだろう……と、そんなふうに思っているんだろう。

……みな、いい大人なのに。それまでは、大手の会社で働いていたちゃんとした社会人なのに。金がなくなったとたん、悪事に手を染める。貧すれば鈍する……とはまさにこのことだ。

でも、生田夏海だけは違うと思った。実際、ちゃんと動いてくれた。その顔を不満色で染めながらも、やることはやってくれていた。

だからこそ、ショックも大きかった。

大人って、所詮、みんなこうなのか？　そして、自分もいつかは、そんな大人の仲間入りをしてしまうのか？

思ったら、なんとも言えない粘っこい絶望が部屋中に充満した。

まあ、それならそれでいい。去る者は追わず……だ。もちろん、被害届を出せば、相手をとことん追い詰めることはできるだろう。が、そんなことをしたところで、エネルギーと時間の無駄だ。とんずらするような卑怯《ひきょう》な大人のために、貴重な時間を費やしたくない。

三佐雄は、叔父《おじ》に電話した。本当はメールで済ませたいのだが、メールだと一生返事がない。根っからのアナログ人間なのだ。電話でしかつながらない。しかも、固定電話。

叔父は、昔風に言えば口入れ屋をしている。面倒な手続きなしで、人材を確保してくれる。面倒な手続きも人間関係もできれば素通りしたい三佐雄にとっては都合のいい人物だが、しかし、こうもとんずらする人材ばかり送り込まれてはたまったもんじゃない。文句のひとつも言ってやらねば。

「え？　また、とんずら？」叔父が、他人事《ひとごと》のように言った。

「叔父さん、さすがに困ります。これで、五人目です」

「でもな。……三佐雄ちゃんが言うような人材、堅気《かたぎ》にはなかなかいないんだよ。天涯孤独、お互いの素性には一切タッチしない、面倒なやりとりは一切しない、お金のやりとりはとっ払い、……という条件にかなうのは、借金に追われてるようなやつばかりなんだよね。もう少し、条件を堅気向けにしてみたら？　せめて、天涯孤独……という項目は外してくれないかな？　というか、なぜ、天涯孤独がいいの？」

「家族持ちは、色々と面倒なんです。とにかく、面倒なことはいやなんです」

「でも、とんずらされたら、元も子もないでしょう？　せめて、保証人を立てたら？」

「面倒くさい」

「ったく、最近の若い子はなんでもかんでも、面倒くさいって……」

「で、あの生田夏海って人は、どういう経緯でうちに？」

「俺の古い友人に、出版関係に勤めていたやつがいてね。で、勤めていた会社が倒産するっていうから、話を振ってみたんだよ。……まあ、そいつは家庭持ちだから、条件からは外れるんだが、試しにね。そしたら、未成年の下では働きたくないって。それなら、個人事業主としてデリバリー業に精を出したほうがいいって」

ほら、これだ。失業するっていうのに、腐ったプライドにぶら下がっている大人ばかりだ。……あのデリバリー業は、個人事業主といっても割が悪い。一日十時間以上働いても、一万円になるかならないか。それに引き換え、うちは最低月給五十五万円。取材費は無尽蔵だ。どう考えても、うちのほうがいいのに。

「……で、そいつに紹介されたのが、生田夏海。未婚で、もちろん子無し。両親とも早くに死別している。でも、仕事はできると、太鼓判を押されたんだけどね……。そうか、その人も、とんずらしちゃったか……」

叔父は、どこか楽しそうに言った。

「面白がらないでください。こっちも、それ相応の口入れ料払っているんです。なんとかしてください。このご時世、どんな仕事でもいいからやりたいって人はゴロゴロいるでしょう」

「そうでもないんだよ。こんなご時世でも、ちゃんとした会社で働きたい……というやつらばかりなんだよ。件《くだん》のデリバリーだって、名の知れた会社だから、みんな飛びつくんだ」

「僕のところだって、一応、有名だ」

「ネットの中だけでしょ？　ネットの時代になって久しいけど、いまだ偏見や疑念をもっている人が多いんだよね。実態のよく分からないところで働くのはいやだって。怖いってさ。しかも、未成年の下では……って。で、結局、借金取りに追われているような崖っぷちのやつしか応募してこないってわけ」

「そんなんだから、日本のネットはますます遅れるんだ」

「まあ、頑張ってみるけどさ。あまり期待しないで」

「叔父さん！」

「っていうか、三佐雄ちゃんさ……」叔父が、それまでとは一転、なにやら真面目な口調で言った。「足で稼ぐなんてナンセンス！　今はネットですべて解決する。座っていればいいんだ、座っていればあちらから情報がやってくる……って、豪語していたのは君じゃない。なんで、アシスタントなんているの？」

「……」

「まあ、理由は分からないでもないけどね。行き詰まっているんでしょう？　動画の閲覧数も減っているし。そりゃそうだ。ネットで調べて分かる程度のことなんて、すでに大勢が知っていることだ。なにも、動画サイトにアクセスして、ニュースチャンネルで確認するまでもない。それに、似たようなニュースチャンネルも雨後の竹の子のように増えている。……つまり、三佐雄ちゃんのチャンネルは、もう飽きられてきたってことだ。この調子じゃ、来年までもつかどうかも分からない。よし、今こそテコ入れだ！　ネットには転がっていないネタを探さなくては！　それには足が必要だ、足が！　アシスタントが……ってことでしょう？」

「分かっているなら、ちゃんと協力してください」

「だから、今すぐは難しいって言っているでしょ」

「でも！」

「だったら、三佐雄ちゃん自身の〝足〟を使えばいいんだよ。三佐雄ちゃんにも、立派な〝足〟があるでしょ？」

「……無理」

「無理なもんか！　さぁ、パソコンを捨てよ、町に出よう！」

翌日。

三佐雄は、新宿区A町に来ていた。

なにも、叔父のアドバイスに従ったわけではない。飯田橋に用があって、そのついでにここに立ち寄っただけだ……と、三佐雄は自分に言い聞かせた。

足を使って、自ら取材なんてするはずがない。それじゃ、コンセプトから大きくはずれる。うちのチャンネルは、「安楽椅子取材《あんらくいす》」が売りだ。そう、安楽椅子探偵ならぬ、安楽椅子取材。座ったままですべて解決させる。小学校の頃に読んだ探偵小説にヒントを得た。

このコンセプトだけは、貫かなければ。

これは、美学なんだ！

……その一方で、三佐雄はなにか嫌な予感に突き動かされていた。でなければ、どんなついでがあったとしても、美学に反してわざわざ〝足〟なんか使わない。

それは、昨日、唐突に流れてきたニュースだった。

A町の民家で、火事が発生。焼け跡からその家の住人である老女の死体が発見された。

その傍らには、身元不明の死体がもうひとつ。

住所で言えば、『さくら館』の近くだ。

まさか、身元不明の死体って、生田夏海？

胸騒ぎを覚えていると、鼻の奥まで突くような、異臭。息もできないような刺激臭がしてきた。

見ると、『立入禁止』の黄色いテープ。

「なるほど、ここが現場か」

三佐雄はクールに言い放ったが、その足は竦み、一歩も前に出なかった。

すると、

「あの、ちょっとお話を聞きたいのですが」という、無遠慮な声が聞こえてきた。

振り向くと、そこには歳の頃四十前後の女。が、女が問いかけていたのは、三佐雄と同じく現場を見に来ていた野次馬の一人だった。それは年老いた男性で、ステテコ姿。三佐雄は、聞き耳を立てた。

「この辺にお住まいの方ですか？」

「ええ、まあ」

「こちらには、どのぐらい？」

「まあ、なんだかんだ、半世紀になるかね」

「今回の火事被害にあわれた山崎さんとはお知り合いですか？」

「まあね」

「山崎家に住んでいたのは――」

「山崎さんの奥さんと、そして出戻りの娘と、その子供が二人」

「今回、遺体で発見されたのは、二人ですが……」

「山崎さんの奥さんと、その娘だろうね。可哀想に。子供二人は、塾に行っていて助かったそうだ。今は、父方の親戚に引き取られているってさ。気の毒な話だね。聞いた話だと父親は——」

マスコミやネットにはまだ出てきていない情報が次から次へと飛び出す。

三佐雄は、いとも簡単に情報を引き出す女の話術に圧倒された。

誰なんだ、この女？

「あれ？　ところであんた、どこかで見た顔だね」

ステテコじいさんの問いに、

「ええ、もしかしたら、お会いしていたかもしれません。なにしろ、私、『さくら館』の住人でしたから」

と、その女性は平然と答えた。

え？　さくら館？　三佐雄は、思わず飛び出した言葉を両手で押さえ込んだ。

「さくら館？」

が、ステテコじいさんは、その名は知らないようだった。

「鹿島さんの家ですよ」

女が補足すると、

「鹿島？　ああ、もしかして、あの家？　ちゃっちい桜の木があった」

と、ステテコじいさんが、あからさまに顔をしかめた。そして、

「あの家は、呪われていたからな」

「呪われていた？」

「いや、なんでもない。……ごめん、もう行かなくちゃ」

「ああ、お引き留めして、すみません。ちなみに、私はこういう者です。なにか情報がありましたら、是非」

と、女が名刺を差し出す。

「いらんよ、どうせ、情報なんてないんだから。じゃ」

先ほどまでのフレンドリーさはどこへやら、ステテコじいさんは名刺をガムの包み紙のように道路に投げ捨てた。そして逃げるようにその場を離れた。

名刺は今、幸運にも三佐雄の足下にある。本物のジャーナリストなら、すかさず拾い上げて、女の素性を確かめようとするだろう。が、三佐雄には、その勇気がなかった。相変わらず、足が竦んでいる。

「あの……すみません」

今度こそ、女が三佐雄に声をかけてきた。

「すみません、その名刺――」

女の声かけで、三佐雄の竦みもようやく解ける。

「ああ、これですね」三佐雄は、女とステテコじいさんの会話など一言も聞いていないという体《てい》で、名刺を拾い上げた。

「はい、これ」

名刺を差し出しながら、その内容をちらりとチェック。

「え？」

思わず、声が出る。

「太田美希⁉」


飯田橋駅近くのカフェ。

三佐雄は、太田美希と向かい合って座っている。

一体全体、どうしてこういうシチュエーションになったのか、自分でもよく分からない。

――そう、それは二十分前。その名刺に印刷された名前に驚いて気が動転してしまった。

絶叫マシーンに乗っているような、とんでもない声まで出してしまった。

その様子に、太田美希のほうが何か勘づいたようだった。「よかったら、お茶しませんか？」と囁かれ、気が付いたら、このカフェにいた。目の前には、届いたばかりのカフェラテ。その横には、太田美希の名刺。

「週刊トドロキ」の文字が見える。

「週刊トドロキ」といえば、発行部数百万部超えの、トップクラスの週刊誌だ。そして、スクープも連発。「週刊トドロキ」のスクープ記事で窮地に追いやられた有名人は星の数。その恐ろしいほどの影響力から、「トドロキ砲」という造語も誕生した。「週刊トドロキ」に狙われたら最後、そのキャリアも名声も木っ端みじんに粉砕することから、この名がついた。

「で、どうして、私の名前をご存じなんですか？」

太田美希が、いつか見た刑事ドラマのいけ好かない女弁護士のように、上目遣いで訊いてきた。

「いえ、あの……、知りません」

惚けてはみたが、たぶん、相手には通用しないだろう。案の定、

「もしかして、あなた、生田夏海って人の知り合い？」

「え？」生田夏海の名前が出てきて、三佐雄はまたもや、分かりやすく動揺した。

「どうして、生田夏海を知っているのか？　って顔をしていますね。簡単ですよ。大鳥さんから聞きましたので」

「おおどり——」

「そう、大鳥幸です。やはり、ご存じで？」

「いえ、あの……」

そもそも、こうやって他者と面と向かうことに慣れていない。しかも、相手は異性だ。なにをどう答えたらいいのかまったく分からない。「あなたはどうして大鳥幸のことを知っているのだ？　大鳥幸とはどういう関係なのだ？」と言えばいいだけなのに、それがどうしても口から出ない。

カフェラテのカップを両手で押さえながら、悔しさで震えていると、

「大鳥さんと私は、もともと知り合いなんですよ。小学校と中学校が同じで同級生でした。大人になってからは疎遠になっていたんですが、あるとき、連絡がありましてね。結婚するって」

と、太田美希が、一方的に説明をはじめた。

「……でも、話を聞くと、なんか変だなぁって。案の定、結婚詐欺にひっかかったようで

す。被害総額、一億円。彼女は隠していたようなのですが、一億円ですからね、すぐに家族の知るところに。でも、家族は気が付かない振りをしていたようです。それがかえって彼女を苦しめたようで、しだいに追い詰められ、精神的にもおかしくなってしまって。いきなり『シェアハウス』に住むと言い出したんだそうです。で、彼女の母親から私に相談が。……ちなみに、彼女の母親と私の母親は遠い親戚どうし、母親を介して、私に相談が来たんです。幸を助けてやってくれって――」

＋

……こういう商売をしていると、いろんな相談が持ち込まれるんです。まったく、冗談じゃないですよ。普段は、マスゴミだのなんだのって、まるでゴキブリか蛇を見るような目で見るくせに、いざとなったら、頼ろうとするんですから。

でも、私、こう見えて案外お人好しなので、相談されたら、一応は乗ります。で、私のできる範囲で、解決の糸口も探してやります。もちろんその代償もしっかりいただきますが。つまり、情報ですよ、情報。私たちジャーナリストがなにより欲しいのは、情報ですからね。その情報のためなら、どんなにリスキーな相談でも乗ります。

だから、大鳥幸の母親からの相談にも乗ろうと決めました。

私は当時、妊娠中で出産間近。そんな身重でしたから、お姑《しゅうとめ》さんは、やめておけ……って止めたんですが。

でも、職業柄、どうしても気になって。

だって、その大鳥幸の裏に見え隠れする人物が、あまりにうさんくさい。

大鳥幸は、「君の名は」というハンドルネームの人物に誘われて、シェアハウスに住むことになったんですが。

裏があると思いましたね。調べたら、案の定でした。

「ガラスの靴」とつながっていたんですよ。

「ガラスの靴」、分かります？

＋

問われて、三佐雄は、「はい」と、小学生のように素直に頷いた。「この三月に倒産した、不動産会社ですよね？」

「倒産は、表向きですけどね」

「え？」

「『ガラスの靴』は、とあるデベロッパーの隠れ蓑《みの》なんですよ。汚れ仕事をするために作られた会社」

「汚れ……仕事？」

「あら、いやだ。そんなことまで、私にしゃべらせる気ですか？」

「え？」

「あなたも、ジャーナリストの端くれでしょう？」

「………」

「あなた、〝ミタ・カ・セイフ〟でしょう？　動画では顔を加工していますがすぐに分かりました。その猫背。そしてそのネルシャツ、動画でも、決まってそのシャツですよね。あなたの動画チャンネル……えっと、『ザ・ゴシップ』でしたっけ？　あれ、見てますよ」

「………」

なぜだか、猛烈に恥ずかしくなる。三佐雄は、カフェラテを一気に飲み干した。

「大したもんですよね。よくもまあ、あれだけの閲覧数をたたき出せるものです。うちも動画チャンネルがあるけれど、おたくの十分の一にも届かない。うちは、れっきとしたソース元なのにね」

「……」

「一方、おたくは、マスコミが報じたソースをかき集めて、切り貼りしているだけ。しかも、不確かな情報も織り交ぜて。一歩間違えれば、フェイクニュース」

「……」

「本当に、妙な時代になったものですよね。お金をかけて汗を流して、時には血も流して、這《は》いつくばって集めた情報は見向きもされず、ネットで集めた情報をパッチワークしたようなものが大人気。しかも、それで大金を稼いでいる。……ほんと、理不尽だわ」

「お言葉ですが――」三佐雄は、ここでようやく反論した。「あなたがたマスコミだって、実際に這いつくばって情報を集めているのは、無名のライターや情報屋じゃないか。あなたたち編集者は、文字通りデスク《デスク》にふんぞり返っているだけじゃないか」

「ええ、確かに、フリーの記者やライターをたくさん抱えています。でも、裏取りするのは、私たち。この裏取りが大変なんだから。私なんて、三度も、包丁を突きつけられました。一度なんか、拳銃も」

「……」

「あなたは、命を脅《おびや》かされたことは？」

「……」

「『さくら館』でも、私、何度も危ない目にあった。お腹の赤ちゃんも――」

「え？　お腹の赤ちゃん？」三佐雄は、太田美希のお腹を見た。今はテーブルで隠されているが、……そういえば、膨らんでいなかった。赤ちゃん、赤ちゃんはどうしたんだろう？

「この話、聞きたい？」

「………」三佐雄は、静かに頷いた。

「で、あなたは、なにを？」

「え？」

「ただで、私の話を聞くつもりですか？」

「………」

「それじゃ、不公平じゃないですか。ここは、ウィンウィンでいきましょうよ。または、ギブアンドテイク。……分かります？」

「………」

「つまり、取引ってこと。私が持っている情報をあなたにも教えてあげる。その代わりに、あなたの――」

「情報なんてありません」

「そんなの分かっています。あなたのような素人から情報をもらおうだなんて、思ってもいない」

「じゃ……」

「あなたのチャンネルの閲覧数、あれを分けてください」

「は？」

「つまり、コラボよ、コラボ」

コラボ。……悪くない。相手は、本物のジャーナリストだ。一方、自分は、……悔しいけれど素人だ。足を使ったとしても、なんの情報も得られないだろう。なにしろ、ノウハウを持っていない。が、閲覧数だけは負けない。今のところ、日本では十本の指に入る閲覧数、登録数だ。

「よし。じゃ、商談成立ね」太田美希は、いきなりタメ口になった。「で、なにを聞きたい？」

聞きたいことはたくさんある。ありすぎて、整理がつかない。あのことも聞きたいし、このことも聞きたいし……しばらく唸っていた三佐雄だったが、ふいに飛び出した質問は、

「……赤ちゃんは？」

七月の終わりに、無事、生まれたわ。男の子よ。予定より二週間も遅れてね。きっと、あんな環境にあったから、出てこようにも出てこれなかったんでしょうね。今は、義理の母に預かってもらっている。いいお姑さんよ。かつてはテレビの報道局で働いていたから、私の仕事にも理解を示してくれている。……でも、たまには釘を刺されるけどね。「あんなことは二度としないでね」って。

あんなこと……というのは、『さくら館』に潜入取材したこと。

さっきも話したように、大鳥幸の母親から相談されて、私も『さくら館』の住人になったの。シングルマザーで家事手伝いっていう肩書きでね。

潜入は簡単だった。「ガラスの靴」に問い合わせて、「シェアハウスに参加したい」とメッセージを送ったら、すぐに担当の電話番号を教えてくれた。

でも、すぐには潜入できなくて。実際に『さくら館』に入居できたのは、四月の中旬だった。私以外のシェアメイトは全員揃っていて、なんか、マスクを手作りしていたっけ。

大鳥幸は、豆鉄砲をくった鳩のような顔をしていたわね。キッチンに呼び出されて、

「なんで、美希ちゃんがここに？」って訊かれた。あなたのことが心配だから……とは言えずに、「この中に犯罪者がいる。それを調べているの。だから、あなたも私を知らない振りをして」と適当なことを言ったら、彼女、妙に納得してね。「うん、分かった。私も協力する」って。

「犯罪者がいる」っていうのは、まったくの出鱈目《でたらめ》ではなくて、私の本当の狙いは「君の名は」。やつが、いったい、なにを企んでいるのか。どうして、古民家をシェアハウスにして人を集めたのか。

その謎はすぐに解けたわ。「君の名は」の本当の目的は、地上げ。「ガラスの靴」を陰で操る、とあるデベロッパーに雇われて、あの家を地上げしようとしていたの。

遡ること、三十年。バブル時代にも、例のデベロッパーはあの一帯を地上げしようと動いていたみたい。でも、土地の権利が色々と複雑なことになっていて、なかなか地上げがうまくいかなかった。で、バブルが崩壊。いったんはあの土地を諦めたらしいんだけど、水面下では、その機会を虎視眈々《こしたんたん》と狙っていた。そんなときに、現れたのが、鹿島穂花。鹿島穂花が、「ガラスの靴」に連絡を入れてきたの。まさに、飛んで火に入る夏の虫。

その情報は、例のデベロッパーにもすぐに伝わって、ゴーサインが出たというわけ。今度こそ、あの一帯を掃除しろって。

計画はこうよ。……あの家の所有者である鹿島穂花に多額の借金を背負わせて、あの家を売らせる。

でも、その指示をどう間違えたのか、地上げの下請けを担っていた「君の名は」は、実際にシェアメイトを集めてしまって。

はじめは、「君の名は」はただのバカなのかもしれないって思った。

だって、賃貸借契約が発生したら、地上げはますます面倒なことになる。本来は、鹿島穂花だけを沈めたらいいのに、鹿島穂花の他に、六人の権利者を作ってしまったのだから。仮に鹿島穂花が家を売ると決断しても、賃借人がいた場合、簡単にはいかないのよ。法律で、賃借人を簡単に追い出せないようになっているの。バブルの頃は、占有屋という商売があったほど。地上げに対抗したものなんだけど。……凄惨な事件も起きたわ。有名なのは、練馬《ねりま》区で起きた事件。その家を購入した業者が、その家に居座る一家をみな殺しにし、バラバラにしてしまった事件よ。

私が小さい頃の事件だけど、その事件を取材したのが、義理のお母さん……お姑さん。退職した今でも夢に見るほど、凄惨な事件だったたって。

で、『さくら館』のことを相談しようとお義母《かあ》さんに連絡を入れてみた。そしたら、「『君の名は』って人は、それが目的なのかもしれない」って。

つまり、「君の名は」は、地上げ屋ではなくて、占有屋の手下なんじゃないかっていうのよ。さらに、お義母さんは言ったわ。

「『君の名は』の正体は、意外な人かもしれない」って。

どういうことです？　って訊いたら、

「勘だけど。……『君の名は』は、シェアメイトの中にいるんじゃないかしら？」って。

いや、それはない。だって、大鳥幸は「君の名は」とオフ会で会っている。他のシェアメイトだって。

「そんなの、他の人に頼んだだけかもしれないじゃない」

つまり、まったくの別人に「君の名は」を名乗らせて、オフ会に参加していたんじゃないかって。

お義母さんは、こうも言った。

「本当の『君の名は』は、誰かになりすまして、『さくら館』に潜り込んでいるかもよ？」

突拍子もない話だけど、お義母さんの勘は、めちゃくちゃ当たるの。そりゃ、怖いほど。

「そもそも、『君の名は』というハンドルネームが妙に意味深じゃない？　なにか、意味がありそうな名前よ。絶対、ただのバカではないと思う」

言われれば言われるほど、そう思えてきて。それで、私、シェアメイトの一人として、他のシェアメイトたちを観察しはじめたの。

観察すればするほど、なんだか、みんなが怪しく思えてきて。

でも、あることをきっかけに、「あ、この人だ」って、確信した。

あれは、五月になった頃、みんなが集まるリビングで、彼女はいきなりこう提案したの。

「みなさんは、個人事業主ですよね？　だったら、百万円、もらえますよ。ほら、前に太田さんが言っていたじゃないですか。持続化給付金ですよ。それを私たちも利用しましょうよ」

彼女は、持続化給付金詐欺を提案してきた。しかも、壁にグラフを貼りだして、一人五百万円のノルマまで課してきた。

ピンときた。彼女が、本当の「君の名は」だって。それからは、彼女の独壇場だった。

私は何度もみんなの前で説得したんだけど。こんなことをしてはダメだって。これは詐欺だって、説得したんだけど。……無駄だった。シェアメイトたちは彼女を心から信じ、崇拝すらしていた。……なんとかしようと私も粘ったんだけど、タイムアウト。出産予定日が来てしまったので、私は七月のはじめに、『さくら館』を後にしたの。

「え？　ちょっと待ってください。〝彼女〟って？」

「だから、『君の名は』よ」

「『君の名は』は、男性ではないんですか？」そうだ、いつだったか生田夏海がそう報告してきた。「君の名は」は、井上騎士という名の不動産屋だと。「キラキラネームさん集まれ！」という匿名掲示板のスレッドを立ち上げて、オフ会に来た女たちを『さくら館』に勧誘したと。

「違うわよ、『君の名は』は、女性。君、ミスリードされている」

「じゃ、誰なんですか？『君の名は』は」

「誰だと思う？」

三佐雄は、頭の中で、『さくら館』のシェアメイトたちの名前を思い浮かべてみた。

「あ、もしかして、崎本貴子ですか？」

「ああ。あの、腐れライターね」

「腐れ……」

「ああ、ごめんごめん。ああいう人、私、苦手なもんで。……でも、彼女、うまいことやったわよね。『さくら館』の手記を武器に、まんまと署名入りライターに成り上がった。……実は、うちにも売り込みがあったみたい。私は直接会ってないんだけど、対応した同僚が教えてくれた。でも、大した内容ではなかったので、うちでは門前払い。……あれ、読んだの？」

「ええ、はい」

「なんか、私のことがかなり悪く書かれていたわね。まるで、私が黒幕のようなことを」

「ええ。だから、僕もてっきり……」

「結局、彼女は私の正体までは見抜けなかった。しかも、私が黒幕だってずっと勘違いしている。……まったく本質を摑んでいない。それだけのライターなのよ。だから、腐れライター。……ほんと、笑っちゃう」

そして、太田美希は、本当に声を上げて笑った。

周囲の目が気になる。三佐雄は身を縮めた。「……あの、つまり、崎本貴子ではないってことですね。『君の名は』ではないと」

「そう。彼女は『君の名は』じゃない。ただの、雑魚《ざこ》」

「じゃ、誰が、『君の名は』なんですか？」

「それは――」

が、そこで、太田美希の唇は止まった。

「……あの、誰が？」

三佐雄が再度訊くと、

「ここから先は、正式に契約が成立したあとに」

「契約？」

「だから、うちとおたくのコラボ」

「ああ、コラボ」

「詳しいことはまた別途。とりあえず、契約書の概要《レジュメ》を送るから、それでＯＫだったら、正式に契約の場を設けましょう」

「……はあ」

「で、どこに送ればいい？　連絡先、教えて」

太田美希が、ペンとメモ用紙を三佐雄の前に置いた。

三佐雄は、少し間を置いて、ペンを手にした。

しかし、レジュメはなかなか送られてこなかった。

こちらから連絡してみようか？　いやいや、あと一日待とう……などともたもたしているうちに、一週間が経ってしまった。

三佐雄は、ホワイトボードに向かった。

昨日、届いたばかりの新品だ。いつか読んだミステリー小説で、ホワイトボードに情報を書き込むだけで事件を解決する刑事が出てきた。それを真似たものだ。その名も、「ホワイトボード刑事《でか》」。

動画のテコ入れの意味もあった。ここ最近、閲覧数は下がる一方。歯止めがきかない。なら、ちょっと趣向を変えて、ライブをしてみようと思いついたのだ。閲覧者にも参加してもらって、持ち寄られた情報をホワイトボードに次々と書き込んでいき、閲覧者と一緒に事件を解決しよう……という企画だ。

企画は、なかなか面白いと思った。

が、問題は、自分自身にあった。

オンラインとはいえ、やはり、他者と接するのは苦手だ。そのやりとりを想像しただけで、胃から苦いものが上がってくる。元々胃弱だったが、ここ数日で、ますます胃が衰弱したように感じる。食欲もない。

こういうとき、生田夏海がいれば。彼女のことだから、不満色に顔を染めながらも、きっちり仕事をこなしてくれたはずだ。

一体全体、彼女はどこに行ったのだろう？

家族に連絡してみるか？　とも思ったが、天涯孤独の身であることを思い出す。そうだった、天涯孤独の人材を欲していたのは、自分だった。

あれ。ということは。夏海がいなくなっても、誰も捜す人はいないということか？　捜索する人がいないということは、仮に事件に巻き込まれていても、助け出されることなく放置されるということか？　どこかで死んでいても、その遺体は引き取り手もなく、どこぞの無縁墓に放り込まれるということか？

三佐雄の心臓が、一瞬、凍る。

天涯孤独と簡単に言うけれど、それはなんて残酷な状態なのだろう。

いやいや、でも。天涯孤独といっても、さすがに、知人友人はいるだろう。そうだ。生田夏海は、つい最近まで中堅の出版社で働いていたのだ。そのときの同僚だって、上司だって。

……上司？

そういえば、口入れ屋の叔父は、生田夏海の上司と知り合いだったはずだ。

三佐雄は、スマートフォンを手にした。

「え？　生田夏海を紹介した男？」

寝起きなのか、叔父はぼんやりとした口調で言った。「……ああ、そうだ。俺の古い知り合いだ。そいつがどうした？」

「連絡、取れますかね？」

「なぜ？」

「生田夏海といまだに連絡がとれないんですよ。もしかしたら、その上司なら分かるかな……って」

「知らないってさ」

「え？」

「実は、俺も気になって、それとなく訊いてみたんだよ。そしたら、この十月に職場で会ったきり、電話もメールもないってさ」

「じゃ、その上司以外に、生田夏海と親しかった人物を知りませんか？」

「俺が知るわけがない」

「じゃ、その上司さんに――」

「ね、三佐雄ちゃん。よくよく考えて。生田夏海の今の上司といったら、君なんだよ？」

「え？」

「君が、生田夏海の上司であり、知り合いであり、関係者なの」

「………」

「だから、君が、彼女を捜すのが筋なんだよ。なんなら、行方不明者届を警察に――」

「ええー！　行方不明者届!?」

考えただけで、ぞっとする。なにかの推理小説で読んだ。警察は、行方不明者届を出した家族を邪険に扱うものだ。受理したとしても、「事件性がないようなので」と後回しにする。それでも食い下がる家族に、「事件になったら、動きますよ」と、冷たく言い放つ。

……それでも、家族は食い下がり……。

「それが、社会ってもんだよ。社会っていうのは、もともと面倒なもので、もっといえば、面倒が社会を作っているともいえる」

「………」

「とにかく、生田夏海の行方を捜すのは、三佐雄ちゃん、君しかいないんだからね」

「じゃ、もういいですよ」

「え？　捜さないっていうの？　放置するの？」

「……」

「それは、人としてどうかな？」

「……」

「わかった、わかった。彼女を紹介したのは俺だ。俺にも責任がある。だから、俺が、生田夏海を捜してみる。……それでいい？」

「……お願いします」

よし、生田夏海のことは、叔父さんに任せて。

今は、動画チャンネル『ザ・ゴシップ』の閲覧数をどうやって上げるかに集中しなければ。それには、まず、「君の名は」の特定だ。これが特定できれば、目玉企画になる。

「君の名は」は、地上げ屋でもあり、占有屋でもある。その目的は分からないが、いずれにしても、鹿島穂花の自殺と、山崎親子の焼死と、もしかしたら生田夏海の失踪に関係しているかもしれない。

三佐雄は、ホワイトボードにペンを滑らせていった。

『宮台楓↓シロップ　緑川愛子↓ラブりん　大鳥幸↓オードリー　崎本貴子↓タカちゃん

神取純恋↓スミレ　太田美希↓ママ』

この中に、「君の名は」がいる。

三佐雄は、まず「太田美希」の名前に抹消線を引いた。……次に、「大鳥幸」を消し、続けて「崎本貴子」を消した。

残るは、宮台楓、緑川愛子、神取純恋。

この中に、「君の名は」がいる。

三佐雄は、ペンを握りしめた。

既視感

「ちょっと待って」

太田美希の言葉を遮《さえぎ》ったのは、姑の太田伊佐子《いさこ》だった。

キー局の報道局で記者をしていただけあって、七十歳を過ぎた今も潑剌《はつらつ》としている。潑剌としすぎて、一緒にいると美希のほうが老人のように萎縮してしまう。

だが、そういうところも気に入っていた。

世には、「友だち親子」というものがあるが、自分たちはまさに「友だち嫁姑」だ。実母とは折り合いが悪いのに、なんだって天敵であるはずの姑とはこんなに打ち解けてしまったのか。夫と離婚することがあっても、私たちはずっと仲良しでいましょうね……と約束してしまうほどに。

たぶん、相性なのだろう。実の親子であっても、相性が悪ければ亀裂が生じる。実母との関係がまさにそれだ。一方、相性がよければ宿敵であるはずの相手でも、一日にお互いの家を何往復もするほど親密になることができる。

美希は、今日も、姑の家に来ていた。

姑の家は、三軒茶屋《さんげんぢゃや》駅から徒歩五分のところにある築四十年のマンション。美希の自宅マンションから自転車で五分の距離にある。夫は、実家からもっと遠い場所……例えば湾岸のタワーマンションを希望していたが美希はそれを無視して、夫の実家から味噌汁の冷めない場所にマンションを探してきた。この話をすると大概の人は目を丸くし、「信じられない……」と呻《うめ》く。自分でも信じられない。まさか、自分がこれほど姑にべったりになるなんて。

その理由は相性だけではない。子供を預かってくれるから？　いやいや、一番の理由は、仕事の相談ができる……という点だ。

雑誌編集者というのは、凍えるほどに孤独だ。同僚でも、自分が抱えている仕事について相談することはできない。なにしろ同僚は〝ライバル〟であり、〝敵〟なのだ。ちょっと油断すると、スクープをかすめ取られてしまう。同じオフィスに席がある分、同業他社の記者や編集者より油断ならないのだ。あいつらはハイエナのように机の間を徘徊《はいかい》し、スクープのおこぼれがないか探し回っている。……まあ、それは自分も同じだ。斜め横に座る先輩のスクープを盗んだこともある。だって、机に取材メモが置きっぱなしだった。あれじゃ、盗んでください……と言っているようなものだ。なのにその先輩は自分の迂闊さを棚に上げて、美希を散々になじった。今も恨んでいるという。そんなメールが、ときどき届く。まるで、不幸の手紙だ。

そういう環境の中で仕事をしていると、孤独と猜疑《さいぎ》心で心が永久凍土のようになってしまうものだが、そんな美希を温めてくれる存在が、まさに姑だった。

姑も、かつては孤独の中でもだえ苦しみながら、スクープを追っていた。美希にとっては戦友のようなものだった。親子、兄弟、夫婦、恋人、友人、師弟。世の中にはいろんな関係性があるが、〝戦友〟ほど、絆が強く不変的なものはないのではないかと、美希は感じている。

とにかく、夫よりも信頼がおける相手なのだ。目の前の姑が。

その姑が、ふと、小首を傾げた。『さくら館』のことを話していたときだ。

「ちょっと待って」

と、美希の話の腰を折った。

こういうことは珍しい。姑は、とりあえず相手の話をすべて聞く。相づちを打つことはあっても、言葉を挟んだり、止めたりすることはない。これは、記者時代に培ったものらしい。取材相手の話は、どんなに冗長でも出鱈目でも辛抱強くすべて聞く。絶対止めてはいけない……というルールを自らに課し、そのおかげで、姑は数々のスクープをものにしてきた。

そんな姑なのに、美希の話を遮ったのだ。

美希の心臓が、少しだけ冷たくなる。

……私、なにか気に障《さわ》ることを言ったかしら？　なにか、いけないことを言ったかしら？　それとも、持参したお菓子が気に入らなかったとか？　本当は、姑の大好物の芋ようかんを買ってくるはずが売り切れで、仕方なく塩大福にしてみたのだが……。

「……お義母さん、どうしました？」

恐る恐る訊《たず》ねると、

「うーん」と、姑は腕を組み、宙を仰いだ。その表情は、まるで餅を喉に詰まらせて苦しんでいる人のようだ。……まさか、本当に塩大福を詰まらせたとか？　美希は、姑の右手を見た。そこには齧《かじ》りかけの塩大福。

「……お義母さん？　大丈夫ですか？」

「うーん、うーん、うーん」

「……お義母さん？　お水、持ってきましょうか？」

「あ、そうだ！」

喉に詰まった餅がぽろっととれたときのように、姑の顔にぱぁと紅が差す。

「思い出した！」

「何を、思い出したんです？」

「美希ちゃんの話を聞いていて、ずっと既視感があったのよ。どっかで聞いたような話だなぁ……って。はじめは気のせいかとも思ったんだけど、違う。私、これと似たような事件、知ってる！」

＋

……そう、あれはかれこれ四十九年前、昭和四十六年頃の話。

それは、テレビ局に届いた一通の手紙からはじまったの。

「過激派の残党が、空き家を占領している」

っていう内容だった。

ちなみに過激派というのは新左翼グループの一部が過激化したもので、特に昭和四十五年頃から大きな事件が立て続けに起こった。

共産主義者同盟赤軍派によるよど号ハイジャック事件、連合赤軍によるリンチ殺人、浅間山荘立てこもり事件、そして東アジア反日武装戦線による連続企業爆破事件なんかが有名だけど、他にもちょくちょく事件があってね。

私も学生運動に片足を突っ込んでいた世代だから、よく分かるんだけど。

それまで、革命だ正義だと叫んでいたシュプレヒコールが、昭和四十五年を過ぎたあたりから突然、ぱたりと消えた。

まるで、昨日まで流行っていたミニスカートが、突然マキシスカートに取って代わられたように。

つまり、学生運動は〝ファッション〟の一部だったんでしょうね。

少なくとも、私はそうだった。

それまで足繁《あししげ》く通っていた集会にも行かなくなったし、あんなに熱心に配っていたアジビラを持っているだけで恥ずかしい気持ちになった。時代遅れの服を着ているような気分になったのよ。学生運動に参加していた若者の大半が、私と同じだったと思う。だから、あんなにも呆気なく、ブームは終わった。

でも、心の底から革命を目指していた若者もいてね。彼らの一部が過激化していくのよ。

その最たるものが連合赤軍なんだけど。

私、今になって思うの。連合赤軍なんかの過激派を暴走させたのは、結局のところ、

〝女〟という性《さが》なんじゃないかって。

事実、左翼運動と女性解放運動は切っても切れないところがあって。いわゆるウーマンリブ運動とかね。日本でも、中ピ連という活動家グループがあったんだけど、あれもかなり過激だった。そう、女性解放運動というのは女性が女性を追い詰める……という側面もあったのよ。

連合赤軍もそう。〝総括〟という名のもと、多くの仲間をリンチで殺害してしまったのだけど、あれは、ただの内ゲバなんかじゃない。

私は、女性による女性の迫害の面があると思っている。

……私、一度、獄中にいる連合赤軍のリーダーNを取材しようとしたことがあったんだけど。

本人に会う前に挫折してしまったわ。

だって、その犯行も動機もあまりに女性的で、そして業《ごう》が深い。そんな彼女に直接会ってしまったら、私まで感化されるような気がして。

Nは、女性が女性らしく振る舞うことに激しい嫌悪感を抱き、女性が男性に寄り添うことも嫌悪したんだと思う。だから、総括という名のもと、彼女は、女性を抹殺していったのよ。

私は、はじめ、それは嫉妬なのか？　とも思った。

でも、嫉妬だけでは説明がつかない行動もある。彼女が、女性を解放したい……という気持ちは本当だったから。じゃ、なぜ、あれほどまでに残虐な形で、女の同志たちを殺害しなければならなかったのか？

殺害された女性たちは、美人だったから、化粧をしていたから……などという理由で、総括されている。中には、妊娠八ヶ月の女性もいた。その妊娠中の女性は、かなり残虐な形で殺害されているのよ。お腹の子供の父親に腹を裂かせて、胎児を取り出すことも検討されていたと聞く。

これらはNの怒りの凄《すさ》まじさを物語っている。この強い殺意、怒りはどこからくるのか。もしかして、Nは、女という性を憎んでいるのではないか？　男と対等であろうとしても生理はくるし、妊娠するのは女だけ。しかも、男の性器をねじ込まれる……という屈辱的な形でしか、セックスは成立しない。このどうやってもあらがえない〝女の性〟という仕組みに、Nは怒りと絶望を感じていたのでは？

なのに、他の女性は、簡単に男の前で足を開き、その性器を受け入れる。そして、男に媚びるために、化粧をしおしゃれもする。同じ女として、Nは、そんな女たちを心から軽蔑し、汚れているとすら思っていたのかもしれない。

そう想像するだけで、こちらまでNの真っ黒な闇に呑み込まれそうになって、だから、私は彼女に会うことを諦めたのよ。

私、仕事はしていても女でいたかったから。女として、好きな男と結婚をし、そして子供も産みたかったから。

Nが最も軽蔑するタイプね。

話が逸れたわね。戻すわ。

昭和四十六年、一通の手紙が届いた。

「過激派の残党が、空き家を占領している」

当時、私は入社したてのまだまだ下っ端。報道局では小間使いのような仕事をしていてね、局に送られてくる手紙を仕分けする作業もしていた。開封して中身を確認するのも、私の役目。手紙のほとんどが視聴者からのクレームで、心が削られるような内容ばかり。まあ、今でいうネットの誹謗中傷よ。ネットという媒体が台頭して誹謗中傷がクローズアップされているけれど、今にはじまったことではない。大昔から、人は、誹謗中傷するようにできているものなのよ。なにかで読んだけど、〝言葉〟というものは、噂を流したり、他者を非難するために生まれたそうよ。

いずれにしても、人間不信になるような酷《ひど》い内容ばかりで、読んでいるだけで心が病みそうだったわ。

でも、誹謗中傷だけではなくて、スクープの原石になるようなタレコミもあった。それを探し出すのが私の主な仕事だったんだけど、とても難しかったわね。原石と石ころの区別がなかなかつかなくて。まったくの嘘に振り回されて、上司に死ぬほど叱られたことも一度や二度じゃない。……でも、「過激派の残党が、空き家を占領している」という手紙は、なにかあると思った。というのも、それは手書きではなくて、ガリ版で刷られたものだったから。つまり、同じ内容のものが、他にも送られている可能性がある。

当たりだった。

新聞社に就職した大学の先輩にそれとなく聞いてみたら、「うちにも届いた」って。その先輩曰く、各新聞社、各出版社、そしてテレビのキー局はもちろん地方のテレビ局にも送られているようだった。

ただの愉快犯か、それとも真実のタレコミなのか。

上司にも相談してみたんだけど、彼の判断は「捨て置け」というものだった。過激派ということは公安も絡んでいるわけで、取材したとしても色々と面倒だ……と。「自ら面倒を呼び込め」が口癖の上司がそんなことを言うなんて。よほど、面倒なんだろうな……と、私も手紙のことは忘れることにしたんだけど。

あるとき、件《くだん》の新聞社の先輩から呼び出された。

「例の空き家に行ってみたんだけど、確かに、怪しい連中たちが占有している」って。さらに、「なにか事件のニオイがする」って。

＋

「事件のニオイって？」

美希が訊くと、

「じゃ、本人に聞いてみる？」と、姑がにやりと笑った。

「え？」

「彼、そこにいるから」

姑が後ろのリビングに視線を泳がせた。

「え？」

姑の視線を追うと、そこにはタブレット片手にお茶を飲む舅《しゅうと》がいた。

「そう。新聞社の先輩って、私の夫なの」

「え？　先輩ってお義父《とう》さんなんですか？　っていうか、お義父さん、いらっしゃったんですか？」

舅は、空気のような人だ。気配がまったくない。ある意味存在感の薄い人なのだが、新聞記者時代は役立つことも多かったのだという。どこにいても気付かれないので、逆に取材しやすかったのだそうだ。

「ね、あなた。今の話、聞いてた？」

姑が言うと、

「あんなに大きな声で話していたら、耳栓してても聞こえるよ」

「だったら、あの話、美希ちゃんにしてあげてよ」

「ああ。あの空き家のことか」

「そう。取材、したんでしょう？」

「……あんまり思い出したくもないんだが」

そう言いながらも、舅はタブレットをテーブルに置いた。

＋

……実は、僕も、過激派のことを追っていてね。過激派メンバーが勾留されていた東京拘置所にも足繁く通ったものさ。ちょっとしたプリズングルーピーみたいなものかな。

僕と同じような片思いのプリズングルーピーは他にもいて、拘置所でよく一緒になっていたのが、ライバル紙に勤めるXという記者だった。その彼と、拘置所前の喫茶店でばったり会ってね。彼がおもむろに、手紙を広げてみせたんだ。

――過激派の残党が、空き家を占領している。

「あ。それって、うちの社にも来ましたよ。イタズラってことで、処理されましたけど」

僕が反応すると、

「ただのイタズラではないと俺は踏んでいる。それで、この手紙に記されている空き家の登記簿を確認してみた。そうしたら、その空き家は、もともと産婦人科の病院だったらしい」

「産婦人科の病院？」

「そう。堕胎専門の――」

「堕胎？」

「あ、用事を思い出した。じゃあな」

これから先は自分で調べろ。とばかりに、Xは行ってしまった。

僕はその足で登記所に向かった。今と違って、昔は足を使って法務局に行かないと、登記簿を閲覧することはできなかったからね。

登記簿の内容は、Xの言う通りだった。

その空き家は、一九四七年つまり昭和二十二年、産婦人科病院として開業されていた。

が、現地に行ってみると、産婦人科どころか、病院の面影もなかった。よくある木造住宅があるだけだった。

たぶん、高度経済成長のどさくさの中、不法占拠という形で誰かが家を建てたのだろう。

その家だけではない。その一帯の家は、どれもまともな形で所有されていないと思われた。

いわゆる、バラック街だった。

……昭和までは、こういう謎のバラック街は結構あってね。昭和の終わりから平成のはじめ、バブル景気に乗ってバラック街を一掃しようとあちこちで大規模な再開発が計画されるんだけど、それが〝地上げ〟という悲劇も生んでしまう。

今思えば、その空き家も、地上げの伏線だったんだろうね。昭和四十年代当時はまだ社会問題として顕在化していなかったけれど、たぶん、あの空き家は、地上げとなにかしら関係があったんじゃないかと。

ちなみに、地上げの代表的な手口の一つとして、「嫌な噂を流す」というものがあるんだけどね。

その空き家にも、妙な噂があった。近所の人たちが——

＋

「お義父さんがその空き家を訪れたとき、不法侵入者はいたんですか？」

美希は、どうにもたまらず質問を挟んだ。そんな美希を見て、「あなたはまだまだね」

というように、姑が軽く首を振る。

「あ、すみません。話を続けてください」

＋

……僕が行ったときは、その家には誰もいなかった。文字通り〝空き家〟だった。

ただ、人がいたような形跡はあった。それで、隣人に訊いてみたんだ。

「あの空き家で変わったことはありませんでしたか？」と。

すると、

「不特定多数のヒッピー風の男女が出入りしてました。なにかいかがわしいことをしていたようですよ。愛がどうとか世界がどうとか、そんな変な歌を合唱したりして、とても近所迷惑な人たちでした」

と、話してくれた。さらに、

「あれは、過激派の残党なんじゃないかしら？」

僕は、この人が例の手紙を送ったんじゃないかと疑った。でも、どこからどう見ても、普通の主婦だ。それに、「過激派の残党」という言葉を使ったのはこの主婦だけではなく、取材した他の住民たちも口にした。さらに面白いことに、

「あの家は、やっぱり呪われているんですよ」とも。

どういうことなのか、終戦直後からこの地に住んでいるという住民に訊いてみると、

「夜な夜な、赤ちゃんの泣き声がするんです、あの家から。水子の霊の仕業ですよ」

という証言を得られた。

「水子の霊とは？」とさらに突っ込んで訊いてみると、

「あの家は、もともと産婦人科病院でしてね。……堕胎専門の。この一帯は、戦前は三業地でしたので、戦後もいかがわしい商売がなんやかんや続いていて……」

三業地というのは今でいう風俗街のようなもので、劣悪な売春宿もたくさんあった。

今では高級住宅地などと言われている場所が、かつて三業地だった……というのは多く、

例えば、樋口一葉《ひぐちいちよう》の『にごりえ』の舞台になった丸山福山町《まるやまふくやまちよう》は今では町名を変えて高級住宅地になっているけれど、かつては三業地として有名なところだった。

『にごりえ』、知ってる？　あれは、今の時代にこそ読まれるべき作品だね。低地の底辺で生きるダメ男とダメ女の地獄絵図。

……まあ、いずれにしても、ジメジメとした場所には、昔からそういう商売がはびこるわけだよ。

その場所もまさにそうだった。細い道路が迷路のようにあちこちに延び、建築基準法をまったく無視したような家がひしめき合っている。まさに、東京の暗部だね。

……話を戻そう。

三業地の主な商売は、言うまでもなく性の売買だ。結果、客との間に望まない子供を儲けてしまう例もたくさんあった。そんな女たちの駆け込み寺が、その産婦人科病院だったようだ。

「産婦人科なんていっても、やることは堕胎手術だけ。『おろし屋』なんて呼ぶ人もいましたよ」

そう証言してくれた住民の男性はこの地で古くから料理の仕出し屋を営んでいて、あちこちの売春宿と取引をしていたらしく、ひどく詳しかった。

「あの病院では、いったい、何人の女郎が堕胎手術をしたんだろうね……。中には、堕胎できないほど胎児が育ってしまった例もあり、そんなときは、かなり乱暴な手術も行われたらしい。つまり、帝王切開で赤子を取り出すんだそうですよ。取り出した赤子はそのまま生き埋めにされたとも、ホルマリン漬けにされたとも。……想像もしたくないですね。

ああ、でも。そんな不幸な赤子ばかりではなくて、ちゃんと生かされた赤子もいると聞いた。聞いた話だと、その病院は堅気のお嬢さんたちの堕胎も扱っていて、堕胎できないほど育っていた場合はそのまま出産させ、生まれた赤子はどこかに養子に出していたらしい。つまり、養子の斡旋《あっせん》もしていたんです。ただ、慈善ってわけではない。高額な養育費を母親から受け取っていたというから、まあ、商売のひとつですね」

つまり、もらい子商売をしていたというんだ。病院が仲介するもらい子商売は、昔は頻繁に行われていた。有名な例だと新宿の寿《ことぶき》産院事件かな。

いずれにしても、堅気の医者ではなかったようだ、その病院の院長は。

仕出し屋の住民も言っていた。

「あれは、藪《やぶ》医者ですよ。どころか、免許も持っていない……って噂でした。戦後のどさくさでいつのまにか建てられた病院ですからね、院長もどこの馬の骨やら」

そんな怪しい病院だったが、いつのまにか廃業していた。三業地そのものが廃《すた》れ、素人の売春婦たちに取って代わられた頃だ。三業地があってこそ成り立っていた商売だ。その三業地がなくなったら、閑古鳥《かんこどり》。たまに外から来る堅気のお嬢さんたちもいたようだが、寿産院事件以来、もらい子事件が社会問題にもなっていたから、下手に養子斡旋もできない。それで、静かにフェイドアウト。

「気が付いたら、もぬけの殻なんですよ。驚きましたね。いったい、院長をはじめ病院で働いていた人たちはどこに行った……って。で、そのあと、しばらくは放置されていたんですが、これまた気が付いたら、新しい家が建てられていた」

今で言う、リノベーションだね。病院の基礎だけを残して住宅としてリフォーム。そして人が住みつく。が、気が付いたら空き家。でしばらくすると人が住みはじめて、そしてまた空き家。……そういうことが繰り返されてきたようだ。

ただ、ひとつだけ変わらないものがある。

それは、その家の前に植えられた、桜の木。

＋

「桜の木!?」

美希はまたもや言葉を挟んだ。姑が、やれやれと肩を竦める。

「お義父さん、その空き家って、まさか、新宿区A町では？」

「そう。新宿区A町だよ」

舅がタブレットに指を滑らせた。

「記者時代に撮り溜めた写真をクラウドに保存してあるんだが。……えっと。……どこにやったかな……。ちょっと待てよ。……これかな。……ああ、あった、これだ、これ」

そして、タブレットの画面をこちらに向けた。そこに映し出されているのは、

「『さくら館』！」美希は、思わず叫んだ。「私が潜入取材した家ですよ、ここ」

「ああ、やっぱり、そうか」

舅が、複雑な笑みを浮かべた。

「美希ちゃんの話を聞いていて、『さくら館』は、あの空き家のことだろうと」

「つまり、『さくら館』は、かつて産婦人科の病院で、そこでは堕胎手術を行っていて
……あ」

美希は、ふいにお腹に手をやった。

「『さくら館』で見つかった五体の胎児のミイラって、もしかして」

「え？　胎児のミイラって？」

姑が記者の眼差《まなざ》しでこちらを見た。

「言ってませんでした？　あの『さくら館』の床下から、胎児のミイラが五つ、見つかっているんです」

「見つかったのは、美希ちゃんがあの家に潜入していたとき？」

「いいえ、私があの家を出て行ったあとです。あとで、はっちゃんに教えてもらいました」

「はっちゃんって、……大鳥幸さんね」

「そうです。彼女曰く、私があの家を出て行った後に、床下から見つかったって」

……あれ？　でもちょっと変だ。報道では、『さくら館』のオーナーである鹿島穂花が首吊り死体で見つかって、捜査に入った警官が胎児のミイラを発見したとあったような気がする。

うん？　それとも、まず五つの胎児のミイラが発見されて、それから鹿島穂花が自殺した……という順番だったろうか。

えっと。どうだったかしら？　……美希がスマートフォンを探していると、

「いや、違う。胎児の死体は四つのはずだ」

と、舅が突拍子もないことを言い出した。

「そう、四体だよ。間違いない。取材したときに、近所の人がそう証言してくれた」

そして、舅は、再び語り出した。

＋

「……ここだけの話ですけど。うちの親父《おやじ》から昔聞いたことがあるんですが——」

昔からその地で仕出し屋を営んでいるという件《くだん》の男性が、こっそりと打ち明けてくれたんだ。

「……うちの親父が、あの産婦人科病院に弁当を届けたときですよ。見てはいけないものを見てしまったらしいんです」

男性は、あたかも自分が経験したかのように、唇を震わせながら続けた。

「弁当を持って病院に到着すると、生まれたばかりの赤子を抱いた看護婦が分娩室から出てきたんだとか。でも、まったく泣き声がしない。変だな……と思いつつ、なんとなく看護婦の後ろ姿を視線で追っていたら、病院裏に続くドアへと消えていった。

一方、分娩室の中から、医者の声がする。それは、赤子は責任をもって養子に出すから安心しろ。養育費をすぐに用意してくれ……というような会話だったそうです。でも、生まれた赤子は産声ひとつ上げないで、どこかに連れて行かれた。

もしかして、死産だったんではないのか。なのに、あの医者は養育費を母親に要求している。なんて阿漕《あこぎ》なことをするんだ……と怒りに震えた親父は、弁当を届けると、その足でこっそりと病院裏に忍び込んだようなのです。

そこには、小さな離れがあったとか。離れというよりゴミ置場といった様子で、その証拠に施錠はされていない。怖いもの知らずの親父ですから、その扉を開けてみたらしいんです。そうしたら、とんでもないものが……」

男性は、そこで一旦、言葉を止めた。僕は焦《じ》らされているような気分になって、

「とんでもないものってなに？」

と、少々乱暴に訊いてしまった。それが悪かったのか、男性は唇を閉じたきり開こうとしない。

記者失格だな。こういうときは、どんなに間が空いても、言葉を挟んではいけないのに。

僕は、すぐさま反省の色を見せて、持っていたタバコを男性に勧めた。男性の歯はヤニだらけだったので愛煙家だと確信したからだ。案の定、男性は破顔した。タバコが大好きなのに、なんらかの理由で吸えなかったとみえる。僕がタバコの箱を差し出したら、ひったくるように箱ごと自分のものにしてしまった。……僕はタバコはやらない。でも、必ず

何箱かは持ち歩いている。舶来ものを含めて数種類。タバコは取材するには欠かせないアイテムなんだ。現金より御馳走《ごちそう》より、取材相手の心を開かせる。

このときも、効果覿面《こうかてきめん》だった。

男性は、恍惚《こうこつ》とした表情でタバコの紫煙を吐き出すと、ようやく続きを話してくれた。

「とんでもないものとは。……胎児の死体ですよ」

「胎児の死体？」

「そう。ミイラのように干からびたものもあれば、今まさに生まれました……という生々しいものもあったそうです。……合計、四つ。その四体が、ゴミと一緒に転がっていたそうです。死体が四つだなんて、シャレにもならない。警察に行ったほうがいいのか？　親父は悩んだそうです。だが、当時は終戦直後。警察がそんなことで動いてくれそうもない。そもそも、警察沙汰になって、自分がやっている闇行為がバレるのはマズい。でも……。悩んでいるうちに時が過ぎ、気が付けばその病院はもぬけの殻になってしまったらしい。……まあ、夜逃げですね。

胎児の死体が気になった親父はこっそりと、病院の離れに行ってみたんだとか。でも、死体はもうなかった。離れの中はすっかり片付けられていたそうです」

「じゃ、その死体は、その病院で死産した胎児？」

我慢できず美希は言った。

「そう考えるのが普通だね。たぶん、病院の院長は夜逃げするときに、胎児をどこかに埋めたか隠したかしたんだろう。それが、令和の今、発見されたんだと思う」

「でも、五体ですよ。実際に発見されたのは」

「そう、それなんだよ。計算が合わない」

「その仕出し屋の男性の記憶違いでは？」

「いや、それはないと思う。人間、衝撃的な出来事は鮮明に記憶しているものだからね。それに、『死体が四つだなんて、シャレにもならない』とはっきりと記憶しているわけだから、〝四〟というのは間違いのない数字だと思うよ」

「じゃ、胎児の死体がひとつ増えたってこと？」

降霊会への招待

葉山三佐雄の心臓が一瞬、止まった。

いや、そう感じただけで、実際には止まってはいない。止まっていたら、えらいことだ。

……それは、〝死〟を意味するからだ。

三佐雄は、ゆっくりと息を吐き出した。そして、唱えた。

「落ち着け、落ち着け、落ち着け……」

が、唱えれば唱えるほど、〝死〟が、足下から這いずり上がってくるような感覚に囚《とら》われる。

「落ち着け、落ち着け、落ち着け……」

三佐雄は、時間をかけて椅子に腰を落とした。

北欧デザインのロッキングチェア。一脚五十万円ほどしただろうか。その割には座り心地が悪く、すっかりオブジェと化していたのだが、今はどういうわけか、ひどくしっくりときている。この不安定さが、今の三佐雄にはちょうどいい。ほどよい緊張感が、動揺する三佐雄の心臓を鎮めてくれるようだ。

三佐雄は、椅子に深く体を預けながら、改めてスマートフォンの画面をみつめた。画面には、さきほど配信されたばかりのニュースが表示されている。

それは、ある女性の死を伝えるものだった。

その名は、太田美希。

三佐雄は、記事をスクロールしようと指を画面に滑らせた。が、なかなかうまくいかない。指の震えが止まらない。

「落ち着け、落ち着け、落ち着け……」

と、そのとき、指がひときわ激しく震えた。三佐雄は、思わず、スマートフォンを投げ出した。画面には、電話の着信を知らせる表示。

知らない電話番号だ。

三佐雄は、恐る恐る、スマートフォンを拾い上げた。そして、受話器アイコンをタップすると、それを耳に当てた。

『もしもし』

その声は、初めて聞く声だった。女の声だ。

「もしもし」三佐雄は、恐る恐る応えた。「どちら様で?」

『私、大鳥幸と申します』

「おおどり　はっぴー?」

はじめはよく分からなかった。が、頭の中で「大鳥幸」と変換してみて、ようやく気が付いた。

「ああ、『さくら館』の!」

『そうです。「さくら館」のシェアメイトだった、大鳥です』

「あの……どうして、この番号を?」

『生田夏海という人が、以前、うちに取材にきましてね。そのときに、名刺をもらったんです。そこに、こちらの電話番号もありましたので――』

マジか。自分の名刺に、他人の電話番号まで記すなんて。しかも、無断で。怒りを覚えたが、その生田夏海は行方不明だ。

『あなた、もしかして、ミタ・カ・セイフさんですか?』

「ええ、まあ……」違うと惚けてみてもよかったが、三佐雄は素直に認めた。

『ああ、お話しできて光栄です!　あなたの動画、毎回欠かさず見ています。隠れファンです!』

なにも、〝隠れ〟ることはないのに。堂々とファンだと言えばいい。が、これが、今のユーチューバーの現実だ。どんなに閲覧数があっても、どんなに収入があっても、世間的な認知度はなかなか得られない。ぽっと出の新人アイドル以下の扱いだ。

『生田夏海さんの取材を受けたのも、あなたの名前が出たからです。ミタ・カ・セイフならば、ぜひ、協力したいと思ったんです！』

「それは、ありがとうございます。で、今日はなにか？」

『……私の古い知り合いが、亡くなりました。太田美希という人です』

「ああ、はい。僕も、今、ニュースでそれを知りました。驚いていたところです」

三佐雄は動揺を隠しながら、いつもの調子で言った。なにしろミタ・カ・セイフは、感情を表に出さないクールキャラ。

『美希ちゃんをご存じで？』

「ええ。一度だけ、会ったことがあります。というか、コラボの企画が持ち上がっていたので、連絡を待っていたところなんです」

『コラボって、……「週刊トドロキ」と？　それは楽しみですね！』

「いいえ、そういう話がちらっと出ただけで、実現するかどうかは。というか、もう実現は無理でしょうね。なにしろ、言い出しっぺの太田美希さんが亡くなられたんですから。

しかし、本当に驚きました。……飛び降り自殺だなんて」

『それ、信じますか？』

「どういうことですか？」

『自殺する理由がなにひとつ思い当たりません。だって、赤ちゃんが生まれたばかりなんですよ？　仕事だって順調だったし、結婚生活も順風満帆、お姑さんたちともうまくいっていました。私から見たら、嫉妬してしまうぐらい、なにもかもうまくいっていたのです』

「傍《はた》から見たらどんなに順調でも、本人は苦悩を抱えていたかもしれませんよ？　記事にもあるじゃないですか。育児ノイローゼか？　って」

『確かに、育児に疲れ果て、ネガティブな考えに囚われる母親は多いと思います。でも、そういうときは、たいがい子供のほうに殺意が向くものなんです』

「……そうなんですか？」

『あなたも、母親から殺意を感じたことはありませんか？　私は何度もあります。母親が一瞬、殺人鬼の顔になるんです』

まあ、確かに、それはある。というか、小さい頃の記憶は、母親の般若《はんにゃ》の顔で占められている。いい記憶のほうが多いはずなのに、どういうわけか、死ぬほど叱られたときの記憶だけが脳に鮮明に残る。

『それも、本能のひとつなんだろうと思います。母親が子供に殺意を向けるのも、そして子供がその記憶をずっと忘れないのも。つまり、危機回避の訓練のひとつなんでしょうね。本能ですよ』

「危機回避の訓練？　本能？　そんなの本能で片付けられたら、たまったもんじゃない。そのせいで、こっちはトラウマを抱え込んでしまったというのに」

『トラウマもまた、危機回避本能のひとつだと思います。心に深い傷をつけることで、二度と同じ危険は冒すまい……と』

「冗談じゃない！」三佐雄は、我を忘れて声を荒らげた。が、すぐに我にかえり、いつものクールな調子で言い直した。「ふん。冗談じゃありませんよ」

『もしかして、あなたも母親からトラウマを？』

「………」

『いずれにしても、母親はそう簡単に、自分を殺しません。殺すとしたら、子供のほうなんです』

ひどく乱暴な見解だが、まったくの間違いではないように思われた。実際、母親による子殺しは昔から世界中でみられる。

「じゃ、太田美希さんは、なぜ、自殺を？」

『だから、自殺じゃないですって』

「記事には自殺って」

『記事を鵜呑《うの》みにするのはどうかと思いますよ？　ミタ・カ・セイフらしくもない』

「………」

『私があなたの動画のファンなのは、マスコミで公表されたニュースの裏側を深読みするその姿勢に心打たれたからです。だから、今日だって、連絡しようと思ったんです』

「………」

『なのに、実際は、あっさりとマスコミの発表を信じる人だったんですね。しかも、案外、感情的。なにか、がっかりです』

「は？」カチンときたが、三佐雄はぐっと堪《こら》えて淡々と返した。「じゃ、伺いますが。太田美希さんはなぜ死んだんですか？」

『殺されたんだと思います』

「え？」

『「さくら館」に殺されたんです！』

「は？」

『あなただって、薄々はそう思っているんじゃないですか？　だから、生田夏海さんを使って、「さくら館」を探っていたんじゃないですか？』

「いや、……それは」

『いいんです、分かってます。あなたも、「さくら館」の呪いを疑っているのですよね？』

「呪い？」

『そうです。あの家は、呪われているんです！』

大鳥幸の迫力に、三佐雄はスマートフォンを落としそうになった。

『あ、すみません、つい、興奮してしまいました。でも、興奮しないではいられません。だって、美希ちゃんだけじゃない。オーナーの鹿島穂花さんが死に、そして、生田夏海さんも……』

生田夏海の名前が出て、三佐雄は身を乗り出した。

「生田夏海のこと、知っているんですか？　彼女、今、どこにいるんですか？」

『いいえ、知りません。でも、たぶん、彼女は死んでいます。殺されていると思います』

「殺されている？」

『このままでは、私も殺されます。そして、もしかしたら、あなたも』

「僕も？」

『そうです。「さくら館」の秘密を探ろうとする人は、みな殺されるんです!』

「どういうことですか⁉」

三佐雄は椅子から立ち上がろうと、下腹に力を入れた。が、力を入れれば入れるほど、椅子に拘束される。

窓の外は、いつのまにか夜に変わっていた。東京の夜景の中、椅子に座る自分が映り込む。

これじゃ、まるで、電気椅子で処刑される囚人のようだ。

「……とにかく、落ち着いてください、大島さん」

『私は、ずっと落ち着いています。動揺しているのは、あなたのほうです』

「動揺なんて……」

否定はしてみたものの、窓ガラスに映るその姿は、電気椅子に戦《おのの》く囚人そのものだ。顔はひきつり、足は内股になっている。

『私、死にたくありません』大島幸が涙声で言った。それにつられ、三佐雄も「ええ、僕だって」

『ならば、道はひとつ。……「さくら館」の秘密を徹底的に暴いて、呪いを消し去ることです』

「呪いを消し去る？」

『呪いは、超常現象なんかじゃありません。現実にあるのです。呪い、すなわち、人間の怨念です』

「怨念？」

『そうです。その怨念を浄化させる。それしか私たちの助かる道はありません』

「……」

『ということで、あなたも協力していただけますか？』

「協力？　なにに？」

『降霊会を行いたいと思います』

「は？　降霊会？」

『そうです。亡くなった方々の魂を降ろして、「さくら館」の秘密を暴きたいと思います』

なんとも怪しい展開になってきた。三佐雄は、スマートフォンを持ち直した。

「でも、『さくら館』の秘密を暴くと、殺されるんですよね？　あなたは、さっき、そう言いました」

『やられる前に、やるのです。そのためには、「さくら館」の秘密を知るのが一番の近道です』

話がむちゃくちゃだ。矛盾だらけで、どこから突っ込んだらいいか分からない、が、大鳥幸の言葉には、妙な引力があった。

『明日の午後七時。「さくら館」があった場所で降霊会を行いますので、あなたも是非、参加してください。是非！』

そう言われて、三佐雄はうっかり、

「はい」

と、応えてしまった。

＋

三佐雄は、ペンを握りしめると、ホワイトボードに向かった。そこには、『さくら館』の住人だった人物の名前が書かれている。
『宮台楓↓シロップ　緑川愛子↓ラブりん　大鳥幸↓オードリー　崎本貴子↓タカちゃん
神取純恋↓スミレ　太田美希↓ママ』
そして、「太田美希」の部分に、大きなバッテン印を描いた。
うん？

三佐雄は、ペンを止めた。そして一歩、二歩三歩……と下がると、ホワイトボードに書かれた名前をぼんやりと眺める。

いわゆる〝キラキラネーム〟は四人。そうでない名前は、二人。

三佐雄は、ペンを握り直すと、

『鹿島穂花』

と付け加えて、さらにその名前をバッテンで覆った。

「この中で亡くなっているのは、鹿島穂花、そして太田美希。どちらも〝キラキラネーム〟じゃない」

三佐雄はペンを指先でくるりと回転させると、今度は、〝キラキラネーム〟〝非キラキラネーム〟と書き殴った。

〝キラキラネーム〟にグルーピングされるのは、『宮台楓　緑川愛子　大鳥幸　神取純恋』

一方、〝非キラキラネーム〟にグルーピングされるのは、『鹿島穂花　太田美希　崎本貴子』

三佐雄は、再びホワイトボードから離れると、ふたつの集合体をしばらく見つめた。そして、気が付いた。

「キラキラネーム組は、『君の名は』という人物の勧誘で『さくら館』に入居した。ということは、もしかして、本来『さくら館』の入居者は、〝宮台楓〟〝緑川愛子〟〝大鳥幸〟〝神取純恋〟の四人だったんじゃないか？　が、大鳥幸の知り合いである雑誌記者の太田美希が飛び込み参加してしまう。これは、『君の名は』にとっては、想定外のことだったんでは？　……うん？」

三佐雄は、ホワイトボードに駆け寄ると、〝崎本貴子〟の名前を大きな丸で囲った。

そうだ、そうだ。確か、この人はライターで……。

それから三佐雄は部屋中を駆け回り、『新宿A町の怪――胎児ミイラの謎』という見出しのある雑誌を探した。

「あった。これだ」

付箋が立っている。多分、生田夏海が貼り付けたのだろう。その付箋のページを開くと、赤いマーカーが真っ先に目に入った。マーカーが引かれていたのは、

『私が「さくら館」の住人になるきっかけは割愛するが』

の部分だった。小さな書き込みもある。

『要取材』というメモと、『なぜキラキラネームじゃない人が？』という疑問を表す文字だった。

「生田夏海は、僕より先にこのことに気が付いていたんだ……」

そう思うと、激しい罪悪感がわきあがってきた。今の今まで、生田夏海をバカにしていたところがあった。時代遅れのアナログおばさんと。だから、横柄な態度もとってしまったし、無茶振りもしてしまった。

悪いことをした……。

ああ、センチメンタルな気分に浸っている場合ではない！

三佐雄は頭を大きく振ると、パソコンに向かった。そして検索サイトを立ち上げると、「ライター　崎本貴子」と入力、エンターを押した。

ブログがヒットした。

ラッキーなことに、ブログのプロフィールに連絡先のメールアドレスをみつけた。

三佐雄は、早速メールを送ってみた。……自分の携帯番号を添えて。

反応は早かった。メール送信ボタンを押して五分もしないうちに、着信音が鳴った。

『あなた、本当に、ミタ・カ・セイフ？』

「あなたこそ、崎本貴子さんですか？」

『ええ、はい。私は崎本貴子です。……っていうか、あなた、本当に、あのミタ・カ・セイフ？　トップユーチューバーの、ミタ・カ・セイフ？』

「はい、そうです」

『信じられない！　トップユーチューバーのあなたが、なぜ私に連絡を？』

「仕事を依頼したいのです」

『仕事？』

「ブログに、『仕事の依頼はこちらまで』とありましたので、メールを送ってみたんです」

『なるほど。……で、どんなお仕事ですか？』

「週刊誌読みました。あなたは『さくら館』の住人だったんですよね？」

『ええ、そうです』

「今、僕は、『さくら館』を調べているところなんです。それで、ぜひ、協力していただきたくて――」


一時間半後。

三佐雄は、自宅マンションのエントランスで、崎本貴子を迎えた。

本当は、自宅からは遠い場所で落ち合いたかったのだが、『あなたの自宅に伺っていいですか？』と、崎本貴子が条件を出してきたのだ。『あなたの自宅だったら、お話を伺います』と。

さすがに、自宅には入れたくなかった。夜も遅いし、なにしろ素性もよく知らない女だ。それに、〝ライター〟というのが気になる。この種の人間は、あの手この手で人の領域に土足で踏み入り、盗人《ぬすっと》さながらプライバシーを片っ端から盗み取ってしまう。

油断できない相手だ。

「青山のタワマンだなんて。やっぱりすごいところに住んでるんですね。さすがは、トップユーチューバー、めちゃくちゃ、稼いでいるんでしょうね」

崎本貴子は、甘い香水の香りを振りまきながら、三佐雄の腕に自身の腕を巻き付けてきた。

男のあしらいには慣れているようだ。三佐雄は、崎本貴子の腕から自分の腕を引き抜くと、

「個室談話室を予約してあります。そちらに行きましょう」

「ええ？　最上階のラウンジがいいなぁ。このタワマンのラウンジ、めちゃ有名じゃないですか。私、一度、ここのラウンジから夜景を見たかったんですよ」

「……分かりました」

崎本貴子。ぱっと見は、楚々《そそ》とした美女だ。が、その中身はとんでもないあばずれだとみた。そういえば、太田美希は〝腐れライター〟とまで言っていた。

そして、なにより、この押しの強さ。

三佐雄は、崎本貴子のリクエストに応え、最上階のラウンジにきていた。

ここは共用施設だが、使用するには別料金がかかる。一時間一万円。なかなかの額だ。百万円超えの家賃を払っているのに、さらに一時間一万円だなんて、納得がいかない。だから、三佐雄は今までここを利用したことはなかったのだが。

実際、一時間一万円の価値があるとも思えなかった。窓からの景色は自宅とほぼ同じだし、調度品だって昭和臭のする成金趣味で、なにか落ち着かない。

なのに、

「きゃー、素敵!」

と、崎本貴子はスキップしながらはしゃぎまわっている。

これだから、女は。三佐雄が肩を竦めていると、

「で、なにが聞きたいんですか?」

と、崎本貴子が、ソファーに踏ん反り返りながら、まるでここの主のように言い放った。

その貫禄に、三佐雄の思考が一瞬、怯む。

「えーと」慌ててタブレットを手にしてみたが、先ほどまとめた質問事項のファイルがみあたらない。

「どうしました？」

崎本貴子の視線が痛い。

「……後編」咄嗟に口から飛び出した言葉に、三佐雄自身が驚いた。

が、それ以上に驚いてみせたのが、崎本貴子だった。驚いているというより、動揺しているというほうが正しいか。

三佐雄は、崎本貴子の隙をつくように続けた。

「『さくら館』のルポルタージュ、前編と後編で分かれていたはずですが、……後編って、掲載されましたっけ？」

「………」

「僕の記憶では、次号には後編は掲載されていませんでした。では、いつ、掲載されるんですか？」

「……痛いところ、ついてきますね。さすがは、ミタ・カ・セイフ。見た目は気の弱そうな若造なのに、やっぱり、ひと味違う」

「どういうことですか?」

「後編は、没になったんですよ。そう、お蔵入り」

「どうしてですか?」

「そんなの、私が聞きたい!」

崎本貴子が、突然、チンピラのように声を荒らげた。

「これが最後のチャンスだったのに。腐れライターから這い上がれる最後のチャンスだったのに! 結局、私は、使い捨てにされただけなのよ! あなただって、そうでしょう? あなただって、どうせ、私を使い捨てにするんでしょう?」

「………」

「もう、たくさんよ! みんなで私をバカにして!」

崎本貴子が、はめ殺しの窓ガラスを激しく叩きだした。

三佐雄の背筋の産毛が、ぞわぞわっと逆立つ。強化ガラスだということは分かっているが、万が一、割れたとしたら。

ここは、四十五階だ。

「使い捨てにはしません」

三佐雄は、いつのまにかそんなことを言っていた。心にもないことだったが、そうでも言わないと、崎本貴子の蛮行を止められないと思った。

「僕は、あなたを使い捨てにはしませんから。お約束します」

「え？」崎本貴子が、ゆっくりと振り返る。

「あなたが、ちゃんと協力してくれるのなら、使い捨てにはしません」

「……本当に？」

「はい」

「なら、コラボ、してくれるの？」

「は？」

「コラボよ、コラボ」

「は……」

「本当に？　コラボしてくれる？」

「それは……」戸惑いながらも、三佐雄はつい首を縦に振ってしまった。

「やったー！　日本を代表するユーチューバーとコラボできれば、もう私は安泰。ライターとして陽の当たる場所で花を咲かすことができるわ！　もう、汚れ仕事なんかしなくて済むんだわ！」

「……汚れ仕事？」

……そう、私はずっと、汚れ仕事をしてきたのよ。私の夢はジャーナリストだったのに、気が付けば「こたつ記事ライター」なんて呼ばれていた。

「こたつ記事ライター」って分かります？　直接取材をしないで、テレビや週刊誌や新聞なんかの一次情報を元に、記事を書くライターのこと。こたつに入ったままで書くことができるから、「こたつ記事」。つまり、パクリ記事のことです。

大学在学中から私はずっとこれをやってきました。気が付けば、十年が経っていた。もうこのまま「こたつ記事ライター」でいいや、これを一生の生業《なりわい》にしようと思っていたときです。

私もお世話になっていたウェブサイトがこたつ記事で問題になって、摘発されたことがあったんです。そのサイトは廃止に追い込まれて、私のところにまで著作権侵害の疑いで調べが入りました。

目が覚めた気がしました。これは、ヤバいって。これを機に、まっとうなライターになろうって。

で、大学の先輩から紹介されたのが、発行部数五万部の業界紙のライターでした。今度こそ、自ら取材して記事を書けるんだ！　と大張り切りでしたが、蓋を開ければ、限りなく黒に近い詐欺行為。有名人と対談しませんか？　と開業医や不動産屋にもちかけて、多額の広告費を巻き上げていたんです。発行部数五万部というのも真っ赤な嘘で、実際には二千部ぐらいしか刷っていなくて、対談相手だってかつての有名人、ギャラは一人当たり数万円。にもかかわらず、数百万円という広告費を巻き上げていたんです。

薄々、詐欺だな……と分かっていましたが、なかなか足を洗うことができないでいました。

そうこうしているうちに、三十九歳になってしまいました。

このまま詐欺の片棒を担いで一生を終えるか、それとも、心機一転、まったく別の道を進むか。

そんなとき、目に飛び込んできたのが、「婚活サイト」でした。

四十歳になったら、もう結婚は難しいだろう。結婚するなら、三十九歳のうちに。そんなことを言われて、私は、猛烈な焦りを覚えたのです。

そして、ある婚活サイトが主催する、異業種交流会に参加することになりました。異業種交流会というのは名目で、まあ、簡単にいえば、お見合いパーティーですね。

そのとき知り合ったのが、Qさんという女性です。Qさんも私と同じような年齢で、私と同じような経歴を持っていました。それで意気投合しまして、プライベートで何度か食事をしました。

私が仕事の悩みを打ち明けると、彼女はある男性を紹介してくれました。仮にZさんとしておきます。……そのZさんは、誰でも耳にしたことがある大手不動産会社Hの社員で、「ぜひ、手伝ってほしいことがあります」と。「我々はある土地の再開発を計画しているんですが、立ち退きがなかなかうまくいかなくて。それで、ある家に潜入してほしいんです。着手金として五十万円、成功報酬として百万円を支払います」と。

でも、私の気持ちは動きませんでした。私が欲しいのは、お金ではない。私が欲しいのは、ステータス。社会的地位。妻という立場でもいい、正社員という肩書きでもいい、とにかく、根無し草のような暮らしから脱却したかった。

そんな私の本音を読み取ったのか、

「僕の親友が、出版社で働いています。紹介しますよ」

と、彼は言いました。さらに、

「あなたの記事が採用されるように、僕からも口添えします。信じてください」と。

「それであなたは、『さくら館』に？」
三佐雄が言葉を挟むと、
「はい、そうです」
と、先ほどまでの威丈高《いたけだか》振りはどこへやら、崎本貴子は憔悴《しょうすい》しきった様子でふぅぅぅ
と長いため息をついた。
「ああ、私って、ほんと、バカ。あんな言葉を信じちゃって。……だからといって、あの
まま業界紙で働いていたとしても、いつかはお縄になる運命。……私、いったい、どこで
間違えちゃったんだろう？　……その点、あなたは順風満帆ですよね。未成年だというの
に大成功して。あなたと私、いったい、どこが違うのかしら？」
「……僕は、運がよかっただけですよ」
「運？　やっぱり、運なのかな？　人の人生を左右するものって、才能でも学歴でも人格
でもなくて、〝運〟なのかな？」
「……………」

「そうか、〝運〟なのか！」

崎本貴子が、下品に「はっはっはっはっはっ……」と笑い出した。

「だったら、私、あなたにとことんついていく。〝運〟があるあなたについていけば、私の才能だって開花するはず。そして、こんなタワマンにも住めるはず。ね、そうでしょう？」

「……」

「うん、分かった。実は今の今まで、ちょっと迷っていたんだけど、私、全部吐き出します。私が知っていること、全部吐き出す！　だから、あなたの〝運〟を分けてちょうだい」

その迫力に押されて、三佐雄は、反射的に頷いた。

＋

占有屋って、ご存じですか？

権利が他に移った物件にあえて住み続けて、立ち退き料をせしめる商売。

バブル時代なんかには結構問題になって、小説や映画のネタにもなった。そして実際、事件も起きた。

でも、それは昔の話ではなくて、今も行われているんです。

『さくら館』が、まさにそうだった。

不動産会社Hは、その『さくら館』を狙っていたんです。

あの土地が手に入れば、大規模な再開発をスタートできると。

で、あの土地を所有する人に、粘り強く交渉をしていたみたいなんですね。

で、ようやく売買の約束を取り付ける段までいったそうなんですが、権利を移す前に、その人は亡くなった。

さらに、他の不動産会社まであの土地を狙い出した。計画倒産した「ガラスの靴」の親会社です。

不動産会社Hは法的手続きをとって、自分たちの権利を主張しようとしたらしいんですが、その前に、『さくら館』なるシェアハウスができてしまって。

そう。『さくら館』は、あの土地を占有するために「ガラスの靴」が作り上げたものなんです。それを知った不動産会社Hは、〝占有〟の実態を探るために、私を『さくら館』に送り込んだのです。

とはいっても、そのときは、そんな事情は知らされていませんでした。ただ、

「シェアハウスに潜入して、その内情を逐一報告してほしい」

と、それだけでした。だからはじめは、覆面調査のようなものだとばかり。

ほら、よくあるじゃないですか。飲食店やショップに客を装って潜入し、接客や店の様子をリポートするやつ。学生時代、そんなアルバイトをしたことがあったので、てっきり……。

だから、「はい、やります」って、安請け合いしてしまったんです。

でも、後悔しました。だって、どんどん変な感じになっていって。

週刊誌の記事にも書きましたが、シェアメイトの中で妙なヒエラルキーが形成されていって、一日の終わりには、みんな正座させられて〝総括〟させられたんです。

で、成績の悪い人は、みんなで――。

＋

「総括？」

三佐雄は、崎本貴子の言葉を止めた。「総括って、なんですか？　あと、成績って？」

「総括というのは、まあ、簡単に言えば反省会です。自分の悪いところを挙げて、その改善点を他のみんなが指摘していくんです」

「じゃ、成績って？　……もしかして、持続化給付金詐欺？」

崎本貴子の眉毛が、跳ね上がる。

「なんで、それを？　……そうか、もう調べはついているんですね。さすがは、ミタ・カ・セイフ」

「じゃ、本当に、持続化給付金詐欺を？」

「だって、仕方ないじゃないですか！」

と、崎本貴子が、勢いをつけて立ち上がった。

「だって、詐欺だなんてまったく思わなかったんだから！　いいことをしていると思っていた。新型ウイルスで経済的に逼迫《ひっぱく》している人を助けてあげているんだって！　『人助け』だと信じて、知り合いや近所の人たちのために持続化給付金の手続きを——」

「しかし、その手続きには専門的な知識が必要なはずです。例えば、確定申告の改ざんとかをしなくてはなりませんよね？」

「ええ、そうです」

「それは、誰が？」

「ラブりん」

「らぶりん？　……ああ、緑川――」

「そう、緑川愛子です。自称学生です。でも、本当に学生だったようです。税理士の学校の通信教育を受けているって、こっそり教えてくれました」

「税理士か。なるほど。だったら、持続化給付金の書類も簡単に作成できる」

「そうです。持続化給付金の手続きは彼女がすべて仕切っていました！　なにもかも！　〝総括〟を主導していたのも、彼女です。だから、私はなにも悪くない！　私のせいじゃない！　……私のせいじゃないんです。……私はなにも悪くないんです――」

崎本貴子は脱力したようにソファーに体を沈めた。そして、うわごとのように、

「……そういえば、大鳥幸から連絡がありました。明日、『さくら館』があった場所で降霊会をすると。参加してほしいと」

「はい。僕も誘われました」

「行きますか？」

「ああ、はい、行ってみようかと……」

「でしたら、続きは、明日、降霊会でお話しします。……今日はもうこれで失礼します。……なんだか、とても疲れてしまいました」

と、崎本貴子は老婆のように、よろよろと立ち上がった。そして、ぶつぶつとなにかを

呟きながら、ドアに向かって歩き出した。

そんな崎本貴子の背中に、

「あの、『君の名は』って、ご存じですか？」

と、三佐雄は問いかけてみた。

「え？」

崎本貴子の体が一瞬、ぴくっと震えた。そしてゆっくりと振り返ると、

「それも、明日お話しします。……では、これで」

蘇る死者

その翌日、葉山三佐雄が『さくら館』で目撃したのは、とんでもない光景だった。
女性が、リビングのテーブルに突っ伏している。
はじめは、どういう状態なのかよく分からなかった。
うたた寝でもしているのか？　とも思った。
が、テーブルにちょこんと置かれているペットボトルを見たとき、なぜか直感した。
「毒殺だ！」
本来なら、そこで警察に電話するのがセオリーだ。
が、三佐雄はそれをやらなかった。
なぜなら、殺人鬼の強い視線を感じたからだ。
殺人鬼は、この家のどこかにいる。
そう思った瞬間、三佐雄の体はすでに走り出していた。

後ろから、たったたったたっ……という足音。

殺人鬼が追いかけてくる！

やめろ、僕は関係ない！　ただ、閲覧数を伸ばしたかっただけなんだ！　もう、やめる、『さくら館』のことを調べるのはやめる！　だから、許して！

「許して！」

自分の声に驚いて、三佐雄は目を開けた。

視界に広がるのは、見慣れた我が家。容赦ない朝日が、カーテンを焦がす勢いで降り注ぐ。

「夢か……」

夢だと分かっても、動悸《どうき》は止まらない。

三佐雄は、額の汗をぬぐった。

「……降霊会、行くの、やめようかな？」

三佐雄はそわそわと、動物園のライオンのように部屋の中を歩き回った。

壁の時計は、午後五時になろうとしている。

あと二時間で、降霊会がはじまる。

行くべきか。それとも行かざるべきか。

今朝見た夢は、やけに生々しかった。まるでバーチャルリアリティの中にいるようだった。もしかしたら、予知夢というやつではないか？　オカルト的なことはまったく信じていないが、でも、頭の奥のほうで警告音がずっと鳴りっぱなしだ。

「ああ、どうしよう？」

と、ロッキングチェアに身を投げ出したときだった。インターホンが鳴った。フロントのコンシェルジュからだ。

『葉山様。ご来客です』

来客？　誰だろう？

『葉山様のスタッフだという方です』

スタッフ？

『イクタナツミ様という――』

イクタナツミ？　……生田夏海!?

「どうしたんですか？　まるで、幽霊でも見たかのような顔をして」

生田夏海が、涼しげな顔で言った。

「いや、だって。……死んだのかと」

三佐雄は、バクバク鳴る心臓をそっと左手で押さえた。

「死んだ？　やめてください、縁起でもない」

生田夏海が、どこぞの芸人のようにおどけた調子で言った。

さすがに、ムカついてきた。心臓に当てた左手を握りしめると、

「じゃ、なんで、十日もずっと連絡がなかったんだよ？　こちらから連絡しても、携帯にもつながらないし！」

「あ、すみません。料金未払いで止められていたんです。……難儀しましたよ。ほんと、今の時代は、スマホがないと不便でしかたありませんね。まるで、遭難して無人島に辿り着いたような心細さでした。あ、でも、安心してください。料金、払ってきましたので、今はつながります」

生田夏海が、大理石のリビングテーブルにショルダーバッグを投げ置いた。バッグの金具が物騒な音を立てる。……おいおい、そのテーブル、いくらしたと思うんだ。もっと丁寧に扱ってくれよ。

三佐雄は、これ見よがしにリビングテーブルをなでつけると、

「いったい、何年社会人しているんだよ。普通、連絡ぐらい入れるもんだろう？」

「だから、こうやって来たんじゃないですか。電話より、直接報告したほうが早いと思いまして」

と、生田夏海が、バッグからボイスレコーダーを引っぱり出す。

「報告？」

「そうです。私が調べたことを報告しに来たのです」

「っていうか、今までどこに？」

「いろんなところに行ってましたよ。……あそこでしょ、あそこでしょ、そしてあそこ。特に浜松では、かなり貴重な情報を入手することができました」

「……浜松？　静岡県の？」

「そう。浜松は、『さくら館』のオーナーだった鹿島穂花さんの故郷なんです。で、実家に行って、おばあちゃんに話を聞くことができました」

「おばあちゃん……」

「はい。九十歳を過ぎたおばあちゃんですが、スナックのママをずっとしてきただけあって、頭のほうはしっかりしていました。記憶も鮮明で。孫の穂花さんをことのほか可愛がっていたらしく、私が穂花さんのことを訊ねると、懐かしい知人のように家に招き入れてくれました。……たぶん、私のことを穂花さんの親友とでも思い込んでいたのでしょうね」

「というか、鹿島穂花の親友だと自ら嘘を言ったんでは？」

「まあ、嘘も方便。穂花さんの親友でフリーライターという触れ込みで接触してみたら大正解。かなりの収穫がありました」

そして生田夏海は、得意げにボイスレコーダーの再生ボタンを押した。

＋

……穂花は、本当に可哀想な子だったんですよ。

母親の詩子《うたこ》があんなんだから。

いったい、どこで間違えたのか、詩子はとんだ娘に育ってしまった。

私が水商売なんかをしていましたからね、それに母子家庭。後ろ指を差されてはいけないと、厳しく躾《しつ》けたつもりなんですが。実際、大学に入るまでは、いい子だったんですよ。

でも、大学に合格して上京してから、詩子はおかしくなってしまった。

その頃、学生運動というのが流行ってましてね。あの子も夢中になってしまって。就職もせずに妙な仲間たちと一緒になって、妙な活動をしていたんです。いつかあの子も警察のお世話になるんじゃないかと、ヒヤヒヤのしっぱなしでした。

で、心配になって、一度、あの子が住む下宿屋を訪ねたことがあるんです。……昭和四十六年の春頃です。

下宿屋は、新宿区A町にある古い一軒家でした。家に近づくと、耳をつんざくような大音量の音楽。恐る恐る覗き込んでみると、ヒッピー風の男女たちがいかがわしいことをしているではないですか！　半裸で踊ったり楽器を奏でたり、歌ったりしているんです。愛がどうとか世界がどうとか、そんな変な歌を！

しかもです。乳房を露わにして踊っているのは、うちの娘。詩子じゃないですか！

「詩子！　詩子！」

呼んでも、応えません。へらへらと笑いながら、訳の分からないことをぶつぶつと。私はピンときました。ああ、なにか悪い薬をやっているなって。

嘆かわしい！

私は、詩子を浜松に連れて帰ろうとしました。が、詩子は「フリーセックス、万歳！」などと奇声を上げるばかり。

お手上げでした。私はそのまま一人で浜松に戻るしかありませんでした。

警察に相談しようかとも思いましたが、娘が逮捕されるのはやはり忍びない。もやもやと思い悩んでいるときです。詩子がひょっこりと浜松に戻ってきたのです。昭和四十六年の夏の終わりです。

詩子は妊娠していました。

父親は誰なのかと問いつめると、「分からない」の一点張り。本当に分からなかったんでしょうね。なにしろ、あの家で多くの男たちと交わったようですから。そんな子供を産んだとして、母子とも不幸になるだけです。堕胎させようとも思いましたが、もう七ヶ月目に入っていて、手遅れでした。それに、詩子自身が産みたいと訴えるものですから、その願いを受け入れるしかありませんでした。

親子二代で母子家庭だなんて。……今でこそ、〝シングルマザー〟なんてハイカラな名前で世間からも認知されていますけどね、当時、母子家庭というのは本当に肩身が狭かったんですよ。だから、あの子にはちゃんと結婚して、ちゃんと家庭を持ってほしかったのに。

でも、こうなったら、なるようにしかならない。とりあえずは無事に出産させなくては……と覚悟を決めたときです。

松林友昭が浜松にやってきたんです。新宿区Ａ町のあの家にいたヒッピーの一人です。

なんでも、あの家の持ち主なんだとか。でも、東京はもうこりごりだから田舎でゆっくり暮らしたい。詩子と結婚したいと。

誰の子か分からない子供を妊娠しているのにいいのか？　と訊ねると、自分の子供の可能性もあるので、問題ないと。そもそも、子供は人類の宝だ、〝シェア〟するべきなんだ……と。

変なことを言うな……と思ったんですが、まあ、あんな娘をもらってくれるというのですから、反対はしませんでした。むしろ、喜ばしいことだと。私は、大急ぎで二人を結婚させ、小さなアパートも借りてやりました。

が、この松林友昭もとんだ曲者《くせもの》で。定職にも就かずぶらぶらと。ときにはふらっといなくなったり。でも、収入はあったんですよね。新宿区A町のあの家を誰かに貸して、その家賃を得ていました。その家賃で妻と子供をなんとか養っていたので、大目に見ていたんです。それに、あの男は普段は温和でおとなしく、近所の子供とゲームなんかをして日がな一日を過ごしているような人だったものですから、私もついつい絆《ほだ》されてしまったのです。

ところが、一年もすると、本性を現しました。酒癖の悪さが露呈されたのです。酒が入ると、とんでもない怪物になるのです。まさに、ジキルとハイド。詩子はいうまでもなく、幼い子供も何度か病院送りになっています。

あんな男とは別れたい、別れたい……と言いながら、詩子はあの男とずるずると関係を続け、気が付いたら八年の歳月が流れていました。しかも、二人目も妊娠して。……今度は、正真正銘、松林友昭の子供です。

穂花です。

＋

「え？」

三佐雄は思わず、ボイスレコーダーの停止ボタンを押した。

「ちょっと、待って。……つまり、鹿島穂花には、き、きょうだいがいるの？」

「はい。八歳上の姉がいます」

「その人は？」

「松林友昭の暴力で何度か病院送りにされているのですが、四度目のときに児童相談所に保護されたそうです。その後児童養護施設に預けられて、それっきりだそうです」

「鹿島穂花は、そのことは知っているの？」

「たぶん、知らないと思います」

「そうなんだ……。しかし、松林友昭は酷い男だな。幼な子を病院送りにするなんて。今だったら、間違いなく逮捕だ」

「まあ、昭和の時代ですからね。家庭内での犯罪に寛容だった時代です。……で、松林友昭については、鹿島穂花の母親、詩子にも話を聞くことができました。そのときの内容がこれです」

そして、生田夏海はボイスレコーダーの再生ボタンを改めて押した。

＋

……学生運動？　ううん、松林友昭はもともと小さな劇団のリーダーだったの。「世界運命共同体」という名の劇団よ。

大学では過激な学生運動がピークを迎えていたけれど、彼の劇団は学生運動とは一線を画していて、〝共同体〟の素晴らしさをパフォーマンスしながら説いて回っていた。……彼はお坊さんのような雰囲気だったわね。どんな小さな悩みも親身になって聞いてくれて、そして的確なアドバイスをしてくれた。

親しい友人を作れずに孤独の中でもがいていた私は、彼の思想にすっかり魅せられてしまった。彼の詩にもすっかり魅せられてしまって。

『愛は世界の礎《いしずえ》。世界は愛の住処。世界は愛を生み、愛は世界を育む。さあ、叩いてごらん。目の前のドアを。そのドアを叩けば、誰もが愛の世界へと旅立てる』

彼はいたるところにそんな詩を書きこんで、私はそんな彼の虜《とりこ》になった。そして、彼のあとについていき、「世界運命共同体」の一員に加えてもらったの。そう、新宿区A町のあの家に住むことを許されたの。

家では、彼の思想に感化された同志たちが共同生活をしていたわ。それは一見、理想的な暮らしに思えた。

……彼は言ったわ。本物の自由を手に入れるには、恋愛や結婚などという束縛から解き放たれなければならないって。

彼の言葉に従って、私たちはフリーセックスに明け暮れることになった。そう、相手をとっかえひっかえして、毎日のように乱交に耽《ふけ》っていたのよ。

はじめは抵抗があったけれど、松林友昭が用意した薬を飲むと、なんともいえない幸福感に包まれてね、貞淑とか羞恥とか世間体とかがバカらしく思えてきた。なにより、凄まじい快感と解放感に、私はすっかりハマってしまったのよ。まるで、世界そのものとセックスをしているようだった。まるで、神と交信しているようだった。……もっといえば、自分自身が世界に、ううん、神になったような感じだった。

あの全能感を味わいたくて、昼も夜も、私たちはセックスしまくったものだわ。

でも、そんな生活に、変化が表れた。同志の一人が妊娠したのよ。

最初のうちは避妊をしていたんだけど、あるとき隣のおばさんに「コンドーム捨てるな！」って怒鳴り込まれて。それからは、避妊なし。すべて中出し。だから、妊娠するのは当たり前なんだけど、でも、なんだか妙に醒めた気分になったことをよく覚えている。

私たちがやっていたことは、ただの〝交尾〟だったんだって。

松林友昭の言葉にも興ざめしたわ。

「赤ん坊はみんなの子だ。シェアするんだ」

そんなことを言われたって。

妊娠した女性も薄気味悪くなったんでしょうね。臨月のお腹を抱えて、逃げようとした。……でも失敗して、仲間たちに〝総括〟されてしまったの。お腹の赤ちゃんは、死産だった。その一部始終を見てしまった私は、ここにはいられないって思った。興ざめを通り越して、怖くて仕方なくなったの。だから、浜松に逃げ帰ったの。

私も妊娠していたから。

……でも、まさか、松林友昭がここまで追いかけてくるとは思ってもみなかった。私が彼と結婚したのは、恐怖からに他ならない。あの男からは逃げられない……と思ったから。

まさに、DV加害者と被害者の共依存。上の子が施設に送られても、私はあの男から離れられなかった。だって、〝総括〟されるかもしれない……と思うと。

でも、あの男は、二人目の子……穂花にまで暴力を。穂花を床に投げつけようとしたとき、私、ようやく目が覚めた感じがした。なにがなんでも、離婚しなくちゃって。

奥の手を使ったわ。母のお店のお客さんに暴力団関係者がいたので、その人に頼んだの。ええ、違法だってことは分かってるわ。でも、そうでもしなければ穂花を守れないと思ったのよ。

さすがのあの男も、暴力団員の脅しには屈したようで、ある朝、「出ていく。捜さないでくれ」という置き手紙が……。

松林友昭の姿はなかった。

あの男とはそれっきりよ。

「いや、ちょっと待って」

あまりにエグい内容に、三佐雄の胃から苦いものが逆流してきた。

鹿島穂花の母親って人は、なんてあけすけなんだ。

フリーセックス？　薬？　中出し？　暴力団？　……総括？

「総括って、まさか……？」三佐雄が呟くと、

「はい。リンチのことですね」と、すかさず生田夏海が応えた。

「じゃ、もしかして、『さくら館』で見つかった胎児のひとつは、総括された女の赤ちゃんだったりして？」

「その可能性は高いでしょうね」

「じゃ、あと四体は？『さくら館』で見つかったのは、五体の胎児のミイラだよね？」

「ああ、それは。……たぶん、『さくら館』が病院だったときのものではないでしょうか？」

「ああ、そういえば……」

「そう。産婦人科病院だったんです。しかも、堕胎専門の」

生田夏海は手帳を軽快に捲ると、登記簿の写しを引き抜いた。

「松林産婦人科病院……という名前です。松林友昭の祖父が経営していたようです。が、昭和二十七年頃に産婦人科病院は閉鎖。しばらくはそのまま放置されるんですが、昭和四十六年に松林友昭に権利が移っています」生田夏海は、手帳を捲り続けた。「『さくら館』の近所に住む山崎さんにお話を伺ったところ――」

「その山崎さん、亡くなったよ」

「え？」生田夏海の目が、大きく見開いた。「マジですか？　なんで？」

「火事で亡くなったんだよ。あんたがA町に行った三日後だよ。……あんたからの連絡も途絶えちゃったから、てっきり、火事に巻き込まれたのかと」

「それで、私が死んだと思い込んでいたんですね」

「そう。……っていうか、本当に知らなかったの？」

「はい。スマホ、使えなかったんで。……え、でも、山崎さんが亡くなったって、本当なんですか？」

「うん。母親と娘、両方とも」

「娘さんまで。マジか……」生田夏海は、声を震わせた。「やっぱり、あの噂は本当なのかも……」

「噂って？」

「A町のあの一帯を再開発するために、かなり強引な地上げが行われているって。特に、借地に住んでいる人に対しては、恐喝、暴力、悪質ないやがらせなどなど、かなりあくどいことが……」

「暴力団を使って？」

「いえいえ。まさか。昭和ならまだしも、今の時代、暴力団なんか使ったりしませんよ。そんなリスキーな人たちに依頼しなくても、半グレとか闇バイトとかありますからね」

「闇バイト？」

「はい。噂では、闇バイトサイトで募った素人を使って地上げしているとか」

「じゃ、山崎さんところの火事も、闇バイトに応募した人が？」

「あるいは。そういう匿名の素人を使えば、足が付きにくいですからね。今の時代、一番恐ろしいのは素人ですよ、一般人ですよ。場合によっちゃ、暴力団や半グレより残酷なことをしでかします」

「確かに……」

「『さくら館』も地上げのターゲットにされていたらしいのですが、地上げ屋が行動を起こす前に――」

「占有されてしまった？」

「はい、そうです。シェアハウスと見せかけて、その実は、〝占有〟が目的だったんですよ、『さくら館』は」

「地上げに対抗するために？」

「たぶん」

「でも、誰がなんの目的で？」

「やっぱり黒幕は『君の名は』だろうと」

生田夏海が、ホワイトボードに〝君の名は〟と書き込む。が、その途中でペンを止めた。

「あれ？　なんで、〝太田美希〟にバッテンが付いているんです？」

「太田美希、自殺したんだよ。昨日、ニュースになった」

「えええ！」

生田夏海の口が、餌をねだる鯉《こい》のごとく、まんまるく開いた。

「嘘でしょう！　なんで、自殺？」

「いや、それは……」

「私、てっきり、太田美希が黒幕の『君の名は』だと」

「違うよ。太田美希は、『週刊トドロキ』のデスクだよ。大鳥幸の知り合いで、『さくら館』に潜入していただけみたいだ」

「『週刊トドロキ』のデスク？」

「そう。本人から聞いた。たまたま偶然、『さくら館』があった場所で会って、コラボも持ちかけられたんだけど、……死んじゃった」

「嘘でしょう……」

「っていうか。なんで、太田美希が『君の名は』だと思ったの？」

「だって、神取純恋が、そう言ったんですよ」

生田夏海は、再びボイスレコーダーを手にすると再生ボタンを押した。

＋

……ええ、そうです。

私は、「君の名は」に誘われて、『さくら館』に入居することを決めました。

「君の名は」とは、匿名掲示板の「キラキラネームさん集まれ！」というスレッドで知り合いました。そして、その匿名掲示板に書き込んでいた数人とオフ会をしたんです。……

ええ、そうです。宮台楓、大鳥幸、緑川愛子、そして私と「君の名は」の五人で会いました。

「君の名は」はどんな人かって？

歳の頃三十半ばの男性です。不動産会社で働いているって言ってました。

名前は、『井上騎士』。私たちと同じ、キラキラネームです。

オフ会から一ヶ月ぐらい経った頃、その井上騎士からメールが来たんです。「バイトをしないか？」って。『さくら館』というシェアハウスに半年だけ住んでくれ……と言われました。家賃の支払いもいらないからって。いったいどういうことなのかと訊くと、〝占有〟のバイトをしてほしいっていうんです。

半信半疑でしたが、参加してみることにしました。というのも、私、派遣先の雇い止めにあってしまって。……一応、ユーチューバーってことにはなっていますが、ユーチューブでの稼ぎはありません。だって、広告料をもらえるレベルには程遠い、泡沫ユーチューバーですから。

それに、実家の両親も色々とうるさくて。「仕事しろ、お金を家に入れろ、入れないなら出て行け」って。まさに毒親ですよ。

だから、「君の名は」の申し出は、渡りに船だったんです。住まいを手に入れながら、バイト代まで出るなんて、一石二鳥。こんな美味しい話はありません。

でも、美味しい話にはやっぱり裏がある。『さくら館』での暮らしは、徐々に修羅と化していきました。……あのときのことは、あまり話したくはないのですが。というか、思い出したくもないのですが。

いずれにしても、私、気が付いちゃったんです。

「君の名は」は、他にいるって。井上騎士は、ただのダミー、傀儡《かいらい》だって。

それで、私、思い出したんです。ポエムさんのことを。

ポエムさんというのは、例の匿名掲示板の「キラキラネームさん集まれ！」で一番活発に発言していた人で、そして掲示板の空気を作っていた人でもありました。

なんというか、妙にカリスマ性があったんですよね。スレ主の「君の名は」を差し置いて、人気を独り占めにしていたというか。なのに、オフ会には現れなかったんです。参加するって言っていたのに。

そのことがずっと気になっていたんですけど、あるとき、「もしかして、『君の名は』は、ポエムさんなんじゃない？」って閃《ひらめ》いたんです。ポエムさんこそが『さくら館』の、本当の意味でのオーナーなんじゃないかって。そして、私たちをここに集めたんじゃないかって。

そんなことを考えていたときです。太田美希が現れたんです。そして、いきなり、その場の空気を変えてしまったんです。ポエムさんとまったく同じ手口です！

確信しましたね。太田美希はポエムさんで、さらに「君の名は」だって。

太田美希は、七月に入ると『さくら館』を出て行きましたが、きっと、その後も陰で私たちを操っていたんだと思います。

そして、ついには、私たちにあんなことをさせたんです。……あんなことを！

＋

「あんなことって？　持続化給付金詐欺のこと？」

三佐雄が言葉を挟むと、生田夏海は静かに首を横に振った。

「持続化給付金のことを最初に言いだしたのは確かに太田美希ですが、詐欺の絵を描いたのは緑川愛子のようです。……調べたら、この人、なかなかの悪《わる》で。過去にも、詐欺で数回逮捕されています」

「じゃ、緑川愛子が『君の名は』だったりして？」

「いえ、違うと思います。だって——」

生田夏海は、一瞬、言葉を呑み込んだ。

「だって?」

三佐雄が促すと、

「緑川愛子は、……〝総括〟されたそうです」

と、生田夏海は静かに言った。

総括?

「つまり、リンチってこと?」

「はい。リンチ殺人という意味です」

「は? 殺人?」

「私も、はじめはとても信じられませんでした。でも、神取純恋がそう告白したんです! みんなで、緑川愛子を〝総括〟したって!」

「………」

「神取純恋は、自首するつもりだそうです。でも、その前に降霊会に行きたいと」

「降霊会?」

「はい。今日の午後七時。『さくら館』で開催されるそうです」

三佐雄は、時計を見た。午後六時十七分。

「実は僕、その降霊会に招待されているんだけど。大鳥幸から――」

「そうなんですか？　だったら、私も行きます！　ご一緒させてください！」

「いや、でも。『さくら館』って、取り壊しがはじまっているよね？」

「それは母屋のほうで、裏の離れの倉庫はまだそのまま残っているそうです。たぶん、そこで行われるんでしょう。……もうこんな時間です。タクシーで行けば、ギリ間に合うと思います。さあ、行きましょう！」

ナイトの後悔

タクシーに乗り込んだ井上騎士は、いまだに迷っていた。

降霊会に行くべきか、行かざるべきか。

「ああ、なんで、こんなことになっちゃったかな……」

そして、頭を抱え込んだ。

「お客さん、どちらまで？」

タクシーの運転手が、バックミラー越しにこちらを見た。

「お客さん？」

「新宿の……」

「新宿の、どちらです？」

「新宿のA町……」

もうこうなったら、行くしかないだろう。行って、はっきり言わなければならない。

『僕は、まったく関係ありませんから！　地上げなんて、僕の知るところではありませんん！　もちろん、殺人も！』

嘘ではない。本当に、無関係なんだ！　自分はただ、自分の仕事をしただけだ！　なにも知らなかったんだ！

「ああ、なんで、こんなことになっちゃったかな……」

井上騎士は、再度呟いた。

できることなら、時間を巻き戻して、あのときに戻りたい。そうしたら、全力で止めるだろう。匿名掲示板のキラキラネームスレッドに書き込もうとしている自分を。

井上騎士は、改めて、自身の名前を呪った。

このキラキラネームのせいで、今までどれだけいじられてきたことか！

さらには、こんな面倒に巻き込まれるなんて……。

騎士が、遊び半分で匿名掲示板を覗き、そして「キラキラネームさん集まれ！」というスレッドに投稿したのは、一年前だ。

「君の名は」というハンドルネームの人物が、そのスレッドの主だった。このスレッドはなかなかの古株で、最初の投稿からすでに十年は経っていた。当初はそれなりに多くの人物が投稿していたようだが、ここ数年は数人で回しているようだった。荒れている様子もない。だから、つい、「俺もこの名前で苦労しているよ」と投稿してしまった。

早速、「ポエム」というハンドルネームの人物が近づいてきた。

直感した。この人物こそ、「君の名は」だと。スレッド主だと。

だとしたら、なんで、一人二役なんかしているのだろう？　気になって、「君の名は」が言い出したオフ会に参加してみることにした。が、直接参加するのは避けた。別の場所から遠巻きに、オフ会の様子を観察するにとどめた。

オフ会の場所は、都内某所のホテルのラウンジ。都内でも屈指のラグジュアリーホテルだ。そのラウンジの一角に、パーティションだけで囲われたボックス席がある。そこに、四人の女性が座っていた。

まるで法事でもしているかのような静けさだった。四人が、無言でひたすらコーヒーや紅茶を啜っている。

と、そのときだった。騎士は肩をポンと叩かれた。

「あなた、ナイトさんですね」

驚いて見上げると、人が立っていた。白いハットに白いコート。ウインドウから差し込む西陽で、乱反射をおこしている。一瞬、幽霊かと思い、騎士は息を呑んだ。

「驚かせちゃいました？　ごめんなさい」

言いながら、そいつが向こう側の席に座った。そして、

「私、『ポエム』です」

「え？　……『ポエム』さん？」

騎士の思考がさらに乱れた。

「はい、そうです。そして、お察しの通り、『君の名は』でもあります」

「お察しって……」

「だって、あなた、そう疑っていたのでしょう？　私が一人二役をしているって」

「それは……」

「目は口ほどに物を言う……といいますけどね、文章も口ほどに物を言うものなんですよ。あなたの人柄、年齢、職業、そして思惑は、掲示板の投稿記事である程度は伝わってきました」

「思惑？」

「そうです。あなた、匿名掲示板やSNSなんかでカモを物色しては、金儲けのターゲットを探しているのでは？　そして、カモたちを自身のオンラインサロンに誘っては、阿漕な行為を繰り返している。……違います？」

「え？」図星だった。騎士は、髪を闇雲にかきあげた。精神的に追い詰められると出る癖だ。

「あなた、不動産屋なんでしょう？」

「……なんで？」騎士は、さらに髪をかきあげた。髪の毛が、ぱらぱらとテーブルに落ちる。

「だって、そのバッジ」

言われて、騎士は慌てて襟章を右手で隠した。

「もう遅いですよ。そのバッジ、悪名高い『ガラスの靴』のものですよね？」

「……」騎士は、毟《むし》る勢いで髪をかきあげた。抜け落ちた髪の毛が、テーブルに次々と模様を描く。

「いやだ。そんなに顔を青くして。なにも、責めているのではないですよ。むしろ、お誘いしているのですよ」

「お誘い？」髪をかきあげる騎士の手が、止まった。

「そうです。私の計画に、協力していただけませんか？　もちろん、あなたにとっても、得になる計画ですよ」

「自分の得になる？」

「そうです。新宿A町の住宅密集地、ご存じですよね」

「ええ、もちろん。うちの会社も狙っている土地で――」得意分野に話が移り、騎士は小鼻を蠢かせた。「都心最後の不法占拠バラック街と言われているいわくつきの土地ですよね？」

「そうです。あの土地は、ずいぶんと前から地上げが行われています。わたしの記憶では、最初の地上げは昭和四十五年から昭和四十六年頃。でも、なかなかうまく進まなくて――」

「自分も聞いたことがあります。特に、元病院だったところの土地がなかなか買収できなかったって。〝占有〟が原因で」

「松林産婦人科病院ですね」

「ああ、はい。確か、そんな名前の病院でした。そんなに広くない土地ですが、でも、あそこは町の要でもある。あそこを落とさないことには、再開発はままならない。で、昭和の再開発は頓挫してしまったと聞きました。さらに、平成に入ってから再度地上げが試みられましたが、バブル崩壊でまたもや頓挫」騎士はさらに小鼻を蠢かせた。「とはいえ、もう時間の問題だと思いますけどね。前の所有者が死んで、所有権が他に移ったようですから。買収するには、今がチャンスでしょう。うちの会社じゃなくても、近いうちに、あそこを落とす会社がでてくるんじゃないですか」

「おっしゃる通りです。あそこが落ちるのも時間の問題です。……そこで、相談なのですが。あの家の占有を手伝ってほしいのです」

「占有？」

「そう。地上げ屋から、あの土地と家を守ってほしいのです」

「……？」騎士は、今度は違った意味で髪をかきあげた。混乱の印だ。

「あの家の占有に成功したら、あの土地の権利を、優先的にあなたがたの会社にお譲りすることをお約束します」

「……？」騎士は、さらに髪をかきあげた。

「訳が分からない、というお顔ですね。まあ、そうですよね。こんなこと突然言われても、混乱するしかありませんよね。……実は、わたし、松林産婦人科病院と因縁がある方に依頼されたんですよ。あの土地を手放したくない。だから、不動産屋の魔の手から守ってほしいって」

「は……」騎士は、手を止めた。好奇心が混乱を上回る。目の前にいるのは、どうやら松林産婦人科病院の関係者らしい。

「返事は今すぐでなくても構いません。……そんなことより、あのオフ会ですよ。見てくださいよ、まるでお葬式。私みたいな地味な人間なんかが行ったら、余計、盛り下がるでしょうね。……ね、だから、あなた、『君の名は』だと名乗って、オフ会に参加してください
よ」

「は？」

「あなた、なかなかのイケメンだもの。きっと、みんなも大喜びですよ。……ほら、見えませんか？　ネギが。みんなネギを背負ってますよ。よりどりみどりですよ」

……「ポエム」の言う通り、そこに集まった面々は、いかにもカモだった。その背中には、青々としたネギも見える。ちょろそうだな。……よし、ちょっくら遊んでくるか。と、そのときは呑気《のんき》にカモの群れに飛び込んだ騎士だったが。

まさか、自分自身が、鍋に放り込まれたカモだったなんて。

気が付けば、「ポエム」の支配下に置かれていた。「ポエム」の指示通り、鹿島穂花に『さくら館』を立ち上げさせ、多額の借金を負わせ、そしてキラキラネームの例の四人を『さくら館』の住人に仕立てあげた。

誤算もあった。予定にない二人が参加し、さらには「ガラスの靴」が倒産したのだ。騎士と『さくら館』の関係もそれまでとなった。下手に顔を出したら、鹿島穂花に訴えられる可能性もある。だから、『さくら館』から逃げた格好だ。

「ガラスの靴」は所詮、財閥系不動産会社のトンネル会社だ。汚れ仕事を押しつけるために設立されたような会社だった。「ガラスの靴」がなくなっても、似たようなトンネル会社は星の数ほどあり、騎士も、そのうちのひとつに再就職を果たした。今度のところは割と実直な会社だ。マンションの管理が主な仕事だ。この機会に、家族にも自慢できる真っ当な社会人になろう……騎士は心を入れ替えていた。そう、騎士は結婚を考えていた。相手が妊娠したのだ。

　が、「ポエム」はそれを許さなかった。

「結婚？　それはおめでとう。ならば、色々とお金も必要ですね。せっかくご結婚されるんですから、どうせなら、タワーマンションとかにお住みになったほうがよろしいんじゃないですか？　彼女さんも喜ばれますよ。……ああ、でも、タワーマンションは無理でしょうかね。新しい会社は、『ガラスの靴』ほどは、お給料はよくないのでしょう？」

「ポエム」の物言いは、いちいちかんに障った。その通りだったからだ。新型ウイルスでマンション価格は下がると思われたが、その逆をいった。そう、急上昇したのだ。賃貸もだ。とてもじゃないが、今の給料では都心のタワーマンションになんて手が出ない。無論、郊外にいけば割安な物件もあるが、彼女は、都心のタワーマンションを望んでいる。「ガラスの靴」にいた頃なら、ぎりぎり借りられたかもしれないが、今ではとても無理だ。

「ね、私、聞いたんですけど。国から持続化給付金……というのが支給されるんだとか。確か、百万円」

持続化給付金。噂には聞いた。新型ウイルスで収入が減った個人事業主等を対象にした給付金だ。が、あくまで〝個人事業主等〟が対象で、会社員である騎士にはまったく関係がない。

「会社員だろうが公務員だろうが、関係ないみたいですよ。実際、給付された会社員、結構いるみたいです」

「え？　まさか」

「今回ばかりは、国も寛容になっているのでしょう。申請すれば、簡単に給付されるようです。その申請も簡単なんですって」

「……そうなんですか？」

「だから、あなたもぜひ、申請するといいですよ」

百万円。それがあれば、あのタワーマンションの初期費用に回せる。彼女が「ここがいい！」と目を輝かせた、湾岸のあのタワーマンションに。騎士の心が前のめりになった。

「申請は、どうやって？」

「簡単ですよ。……でも、百万円でいいんですか？　もっと殖やしたいとは思いませんか？」

「え？」

「私にご協力していただければ百万円以上、一千万円だっていけますよ」

「一千万円？」

「あるいは、一億も」

「一億！」

「そう。ご協力いただければ……の話ですが」

「今度はなにに協力すればいいんですか？」

「そうですね。……とりあえずは、口座をお借りできますか？」

するとあるときから、騎士の口座の残高が面白いように増えていった。振り込み元は、緑川愛子。キラキラネームの一人だ。

さすがに怖くなって、あるとき、緑川愛子を呼び出して訊いたことがある。

「このお金。……どういうこと？」

「ああ、それは――」緑川愛子は、その名のごとく、キラキラとした笑顔で言った。

「持続化給付金ですよ。みんなと協力していろんな人に声をかけて、今、集めているところです。で、そのお金を、いったん、あなたの口座にプールしているんです」

なんで、この女が窓口になっているのだろう？　疑問に思ったが、

「……あ、安心してください。あなたにも、分け前はありますので」

と言われ、騎士の疑問は吹っ飛んだ。

「分け前！」

「二割でいかがでしょうか？」

「二割！」

今、口座には一千万円ほどある。その二割といったら――、

「二百万円！」

「はい。それをあなたの取り分に」

「マジで？」

騎士は、釣り堀のフナのごとく、目の前にぶら下がった二百万円に食いついた。

そして帰宅すると、早速、新妻に言った。

「タワーマンションを借りよう！　ほら、湾岸のあのタワーマンションだよ！」

二百万円は、初期費用であっというまに消えた。が、それでは足りなかった。カーテンも欲しい。なんなら、ソファーもテーブルもベッドも……。そうこうしているうちに、二百万円以上を引き出してしまった。まあ、いいや。あとで補塡《ほてん》しておけば。

そして、この夏。

「持続化給付金不正受給」がニュースになった。不正を働いた学生たちが次々と摘発されていく。そして、給付金の返還を求められているという。

体中から汗が噴き出すようだった。

「どうしよう……、全額返還しろと言われたら。……もう、口座には五十万円もない」

そう、騎士は、緑川愛子から振り込まれたお金の大半を使い込んでいた。今更、それを返還しろと言われても……。

いても立ってもいられなくなり、ある日、騎士はこっそりと『さくら館』を訪ねた。七月の終わり頃だ。

インターホンを押すが、壊れているのか反応はない。

が、確かに人の気配はする。しかも複数人の。騎士は裏庭に回ってみた。声はますます大きくなる。声というか、〝音〟だ。なんとも野蛮で不穏な〝音〟だ。騎士は、恐る恐る、リビングの掃き出し窓から覗き込んでみた。

「う……っ」

それは、壮絶なリンチの現場だった。

人が、椅子に縛りつけられ、いろんなものを投げつけられている。

卵、リモコン、ペン、鉛筆、本、花瓶、ゴミ箱の中身……とにかく、部屋にある、ありとあらゆるものが、投げつけられている。

椅子に座る人物は女性で、口にはガムテープ。すでに、気を失っているようだ。

……あ、あれは、緑川愛子。

騎士は、直感した。

持続化給付金のことで、仲間割れが生じたのだろう。そして、主導権を握る緑川愛子が責められ、リンチに発展したのだろう。

ヤバい。逃げなくちゃ。

そして騎士は、『さくら館』から逃げ出した。

あれから、緑川愛子はどうなったのか。

まさか、殺された？　事件になったら、こっちまで火の粉《こ》がふりかかる。それからは生きた心地がしなかった。騎士は、息を潜めるように過ごした。そして、一時間に一度、ネットニュースを確認する習慣がついてしまった。

が、緑川愛子が死んだというニュースはでてこなかった。

その代わりに、

東京都新宿区A町にある民家の床下から胎児とみられる5遺体が容器に入った状態で見つかっていたことが、警視庁への取材で分かった。

同庁捜査一課などによると、風呂場の床下からプラスチック製の衣装ケースが見つかり、中から5遺体が確認された。どの遺体もミイラ化しており、体の大きさから堕胎か死産だったとみられ、へその緒が付いている遺体もあった。

同課は遺体が置かれた経緯について調べている。


というニュースを見つけた。

それは小さなニュースだったが、騎士を震え上がらせるには充分なインパクトがあった。

どういうことだ？

住人たちはどうした？　オーナーの鹿島穂花は？　リンチにあっていた緑川愛子は？

……っていうか、床下から胎児のミイラが五体見つかったって、どういうことだ？

疑問が溢れかえった。

が、それをひとつひとつ検証している場合ではなかった。

なぜなら自分は、まぎれもなく『さくら館』の関係者の一人だからだ。しかも持続化給付金詐欺の片棒を担いでしまった。下手をしたら、警察の捜査がこっちにも及ぶかもしれない。

ああ、冗談じゃない！　結婚したばかりなのに！　来年には子供も生まれるというのに！

逃げるしかない！

でも、どこに？　タワーマンションを借りたばかりだ。築十五年の、少し古いマンションだがそれでも立派な都心のタワマンだ！

妻も気に入っている。自分もそうだ。夜景が素晴らしいんだ。レインボーブリッジが綺麗なんだ！　ここから離れたくない！

そうして秋になり、十一月になった。

緑川愛子のことがニュースになることはなく、警察からの連絡もなかった。

騎士の緊張も徐々に解けていった。そして思った。きっと、大丈夫だ。自分はつかまらない。だから、すべて忘れよう。

そんなとき、一本の電話が入った。一昨日のことだ。

「私、『週刊トドロキ』の者ですが」

「週刊トドロキ」！　容赦のない取材で有名な、「週刊トドロキ」！　でも、でも――、

「なんで、電話番号を？」

「電話番号を調べるのはそう難しいことではありません。なにしろ、うち、泣く子も黙る『週刊トドロキ』なので」

なるほど。「週刊トドロキ」の取材力は、警察のそれより上だと聞いたことがある。糸くず一本から、あっというまにその人物の正体を暴くとも言われている。

「覚えていませんか？　私、『さくら館』の元住人で、〝ママ〟こと、太田美希です」

「太田美希？　ママ？　……ああ、あの妊婦の？」

「思い出しました？」

ああ、そうだ。「ガラスの靴」の倒産前、やはりこうやって電話がかかってきた。「友人から噂を聞いたのですが、新宿A町に、新しいシェアハウスができると。ぜひ、私も入居したいのですが」

噂？　なぜ、『さくら館』のことが噂になっているんだ？　不審に思ったが、住人は多ければ多いほどいい。騎士は、「はい、ぜひ、住人になってください」と快諾した。そして太田美希は他の住人より半月遅れて『さくら館』の住人になった。妊婦ということで〝ママ〟というあだ名がつけられたようだ。いったい、今になってなんの用があるというんだ？　って、「週刊トドロキ」ってどういうことだ？

訊きたいことは山ほどあったが、騎士の口から咄嗟に飛び出したのは、

「お腹の赤ちゃんは？」

「はい。おかげさまで、無事、生まれました」

「ああ、そうなんですか。それは、おめでとうございます。……で、今日はなんのご用で？」

「今、育児休暇中なんですが、それを利用して、独自に色々と調べているところなんですよ」

「調べる？　なにを？」

「『さくら館』のことを」

「は……」

「実を言いますと、私が『さくら館』に入居しようと思ったのは、私の友人が心配だったからです」

「友人？」

「はい。大鳥幸です」

「ああ、オードリーさん？　知り合いだったんですか？」

「そうです。彼女とは、昔からの顔なじみで。彼女のご両親に頼まれて、『さくら館』に潜入したんです」

「頼まれて潜入？　あなたって、かなりのお人好しなんですね」

「ただのお人好しではありません。私自身も気になっていたんですよ、『さくら館』が。ジャーナリストの勘としかいいようがないのですが、あの地に、事件の臭いを感じ取ってしまったんです。……勘は当たりました。あの地は、とんでもない忌《い》み地だったんですよ」

「忌み地？」

「そう、呪われた地。事実、あの地から、胎児のミイラが発見されています。そして、オーナーである鹿島穂花が死んで、緑川愛子は行方不明」

「鹿島穂花は……、死んだんですか？」

「はい。首吊りです」

「知らなかった……」

「まあ、大きなニュースにはなりませんでしたからね。鹿島穂花の自殺を知る人は身内と近所の人だけでしょう。私も、『さくら館』の近くに住む山崎さんから聞きました。その山崎さんも、亡くなってしまって。……本当に不幸続きです」

「……」

「実はですね。あの家では、四十九年前にも同じようなことが起きているんですよ」

「どういうことです？」

「四十九年前にもA町は地上げのターゲットにされたそうです。で、それを防ぐために、過激派グループが住み着いている……という嘘の噂を流したようなんですね」

「嘘の噂？」

「そうです。デマです。でも、そのデマが本当になってしまったんです。あるときから、あの家に、怪しげな若者たちが集まるようになった。でもそれも、占有の一環だったんです。嘘の噂だけではいつかバレてしまう、だから実際に過激派グループを仕立て上げようと、ある人物が劇団員やら学生たちを募って、廃病院に住まわせた……という流れです」

「え？　ちょっと待って。それって、まるで『さくら館』と同じ流れじゃないですか」

「そうです。まさに〝占有〟です。そして、あなたはその占有の片棒を担がされた。違いますか？」

「……」

「いずれにしても、直接会って、お話を伺えませんか？」

「取材したって、なにも出ませんよ。本当になにも知らないんだ。ただ、口座を——」

「口座？　あなた、もしかして、持続化給付金詐欺にかかわってらっしゃいます？」

しまった。語るに落ちるとはまさにこのことだ。

「いえいえ、自分はただ——」

「『君の名は』に言われた通りにしただけですよね？」

「え？」

「分かってますよ。あなたが『君の名は』に操られていたことは。でも、よく分からないのは、彼女の目的です。彼女はいったい、なにをしたかったのでしょう？　占有？　ええ、確かに、それもあるでしょう。でも、彼女は、その目的を果たすことなく、死んでしまった」

「死んだ？」

「さっきも言いましたが、鹿島穂花は死んでしまった。自殺してしまったんです」

「え？」騎士は、荒々しく前髪をかきあげた。「つまり、鹿島穂花が——」

「そうです。鹿島穂花が、『君の名は』なんです」

「いやいやいや、それはないですよ」騎士は、髪をかきあげながら笑い飛ばした。「だって、自分、鹿島穂花に会ってますから！　『君の名は』とはまったくの別人ですって」

「ということは、あなたは『君の名は』に実際に会ったことがあると？」

「ええ、まあ、一度だけ」

「そのときの印象は？」

「印象？」

訊かれて、騎士は、あのホテルのラウンジでのワンシーンを思い浮かべた。……が、不思議と、はっきりとした輪郭が伴わない。白いハットに白いコート。脳内に再現されたそれは、まるで幽霊のようだ。ただ、そう若くはないという印象は持った。……ああ、そうだ。右頬に傷があった。その傷は口の端にまで届き、まるで、口が裂けているようだった。

「ところで、鹿島穂花の年齢ってご存じですか？」太田美希の問いに、騎士は咄嗟には応えられなかった。言い淀《よど》んでいると、

「戸籍を調べたら、鹿島穂花は今年で四十一歳だったんです」

「ええ。確か四十一歳ですね」

「そうです。なにか、違和感、ありません？」

「違和感？」

「そう、私、すごく違和感を覚えたんですよ。『え？　四十一歳？』って。私が知っている鹿島穂花は、もっと歳をくっていた」

「……っていうか、あの、あなた、なにが言いたいんですか？」

「実は、私にも、よく分からないんですよね。ただ、鹿島穂花が本物の『君の名は』である可能性は高いと思われます」

いや、ちょっと待て。ということは、自分は、「君の名は」と『さくら館』のオーナーである「鹿島穂花」に実際に会っておきながら、同一人物であることに気が付かなかったということか？

「マジか……」訳の分からない羞恥と悔しさが湧き上がってきて、騎士はさらに髪をかきあげた。

「ともかく、お会いできませんか？　直接、お話を伺いたいのです。口座についても確認したいことが」

「でも……」

「私に会ったほうがいいですよ。そのほうが、あなたのためです。でないと、あなた危ないですよ」

「危ない？」

「そうです。ですから、ぜひ、会ってください」

そして太田美希は、一方的に日時と場所を指定してきた。その口ぶりは有無を言わせない迫力があった。「私はあなたの犯罪行為を知っている。言うことをきかなかったら、ただではおかない」という脅迫染みた迫力が。

騎士は自覚していた。自分は、所詮、小心者だ。持続化給付金詐欺にかかわってしまったことを隠して生活していけるとも思えなかった。きっと、どこかで自身の罪を白状してしまうのだろう。

なら、今のうちに白状してしまったほうが得策ではないのか？　そうしたら、取材協力金をもらえるかもしれないし、うまくハンドリングすれば「週刊トドロキ」を味方につけることもできるかもしれない。

そんな下心を抱いて、太田美希が指定した場所にいったのが、その翌日。……そう、昨日のことだ。

三軒茶屋駅からほど近い、ビンテージマンションの屋上。ビンテージマンションといっても、ただの古いビルだ。今風のセキュリティはなく、部外者でも簡単に中に入ることができる。

太田美希曰く、

「……明日の午前九時、指定したマンションの屋上に来てください。本来は洗濯物干し場なんですが、今は、人がいることはほとんどありません。忘れられた屋上なんです。でも、私のお気に入りの場所でもあります。あそこなら周囲を気にせずに秘密の話も存分にできますからね。エントランスに到着したら、そのままエレベーターに乗って、屋上まであがってください」

言われた通り、その日、その時間、エレベーターで屋上に向かう。扉が開くと、そこはいきなり屋上だった。人気《ひとけ》はない。無数の物干し竿が、風にあおられてカタカタ鳴っている。それは、騎士の心臓の音でもあった。昨日から動悸が激しい。思考も定まらず、そのせいでヘマばかりしている。今朝も朝食のスープをこぼしてしまい、妻にこってりと叱られた。妻のお小言を聞きながらも、騎士の鼓膜で響いていたのは太田美希の脅迫染みた言葉だった。今も、耳鳴りのようにずっと響いている。

視線を巡らすと、屋上の際《きわ》、手すりによりかかる背中が見えた。

太田美希か？

なんて無防備な姿なのだろう。

今だったら、ちょっと押しただけで、簡単に転落してしまうのではないだろうか？

そうしたら、自殺で片付けられるのだろうな。なにしろ、ここに来るまで、自分の姿は誰にも見られていない。

騎士の心に、ふと魔が差した。騎士は、息を潜めて、太田美希に近づいていった。

その背中に手が届くところまで近づいたところで、太田美希が不意に振り向いた。

「え？」

太田美希じゃない。

「大鳥さん？」そう、大鳥幸だった。

「なんで、ここに？」騎士は、髪をかきあげた。

「あなたこそ、なんで？」逆に問われて、

「太田美希さんに呼ばれたんですよ」と、騎士は無理矢理笑みを作った。「で、大鳥さん、あなたはなぜ？」

「私も、美希ちゃんに呼ばれて。でも」

大鳥幸は、手すりから身を乗り出した。「美希ちゃん、落ちちゃいました。……死んじゃいました」

「え？」

騎士も、手すりから身を乗り出してみた。

「あ」

マンションとビルの間、ぐにゃりと潰れた人形のようなものが見える。頭の部分が真っ赤に染まっている。

「嘘だろう……」

騎士が固まっていると、

「早く、ここから逃げたほうがいいですよ。私たちがやったんじゃないかって疑われます。

さあ、早く」

と、大鳥幸が腕を引っ張った。

もう、訳が分からなかった。ただ、大鳥幸の言うとおり、逃げるしかないと思った。

でも、本当に逃げていいものなのか。余計に疑われないか？　戸惑っていると、

「明日の午後七時。降霊会を行います。あなたもぜひ来てください。場所は、『さくら館』」

「降霊会？」

「そうです。明日、すべてをお話しします。だから、今は逃げてください」

……そう言われて、逃げてはみたが。それが正解だったのかはよく分からない。

太田美希の死は、その日のうちに早速ニュースになったが、それによると、「自殺」とあった。……本当だろうか？　あの状況、どう考えても、大鳥幸が怪しい。

いずれにしても。

もう、行くしかない。降霊会に。

タクシーの中、騎士は頭を抱えた。

いや、でも。

騎士は、やおら頭をあげた。

太田美希の言葉が、鼓膜の奥で再生される。

『そうです。鹿島穂花が、「君の名は」なんです』


この意味が、どうしても分からない。

そんなことってあるだろうか？

騎士は、スマートフォンを手にするとカレンダーを表示させた。ここ五年ほどのスケジュールが、すべて保存されている。

騎士は指を巧みに動かすと、二〇二〇年三月までカレンダーを遡った。

総括

二〇二〇年三月三十一日。
ＡＴＭの前で、鹿島穂花は愕然とした。
残高が、まったく増えていない。それどころか、限りなくゼロに近い。
井上さんの話では、すでに初期費用が振り込まれているはずなのに。
……どういうこと？
早速、井上さんの携帯に電話をしてみる。
が、出ない。
会社のほうにも電話してみる。
が、出ない。
「……どういうこと？」
心臓がばくばく言い出した。イヤな予感がする。

めちゃくちゃ、イヤな予感がする。

後ろから、「ちぇっ」という舌打ちが聞こえてきた。見ると、マスクをしたおじさんが、こちらを睨みつけている。穂花は、ATMから静かに離れた。

そしてコンビニを一旦出ると、スマートフォンのブラウザを立ち上げた。次に、検索サイトを表示させると、「ガラスの靴」と入力。井上さんが勤める不動産会社の名前だ。

すると。

『破産』

という言葉が大量に目に飛び込んでくる。

心臓が、さらにばくばく言う。

「破産？　……どういうこと？」

穂花は、脂汗で濡れる指を服でぬぐうと、改めて、スマートフォンに指を滑らせた。

シェアハウス専門の不動産会社「ガラスの靴」は31日、新型ウイルスのパンデミック（世界的な大流行）で財政難が深刻化したことを受け、破産申請を行ったと発表した。

「嘘でしょう？」

穂花は、その足で「ガラスの靴」の本社に向かった。ビルの前には人だかりができている。「詐欺師野郎！」だの「社長を出せ！」だの、罵声が聞こえる。

その中心にいるのは、中年の男。「ガラスの靴」の社員だろうか？　穂花は人をかき分けて、その男に詰め寄った。

「私、新宿A町にある『さくら館』のオーナーです！　初期費用を返してください！　でなきゃ、私、破産です！　リフォームのローンだって払わなくちゃいけないのに！」

「だから、違うんですって……！」

男は、申し訳なさそうな顔で言った。

「だから、僕は『ガラスの靴』とは無関係なんですって！　このビルの中にある出版社の社員なんですって！」

そう叫びながら、男は逃げていった。

終わった。……私の人生、終わった。

穂花は、猛スピードで冷えていく心臓に、そっと手を添えた。

なんで、こんなことになってしまったんだろう……。

ああ。できるなら、時間を巻き戻したい。

　そしたら、「シェアハウス」になんか手を出さない。いやいや、もっといえば、……動画サイトから撤退するのをやめる。

　そうだ。それまでは、なんとかうまくいっていたのだ。そこそこチャンネル登録者数はあったし、閲覧数もそれなりだった。トップユーチューバー……例えば、ミタ・カ・セイフの足下にも及ばないが、慎ましく生活していれば、動画の収益だけでなんとか暮らせていた。

　なのに、なんで、衝動的にアカウントを削除してしまったのだろう。……ああ、そうだ。閲覧者のひとりに、ひどく責められたからだ。口汚く罵《ののし》られたからだ。……そうだ、そのハンドルネームは、確か……。

　そう、ポエム。

　思えば、この「ポエム」に煽《あお》られっぱなしだった。ときには甘い言葉で有頂天にさせられ、ときには辛辣な言葉で精神をズタズタにされた。

　え？

　ポエム？

　穂花は今更ながらに、気が付いた。

　ポエムって、まさか……。

上着のポケットが、ぶるっと震える。

ポケットからスマートフォンを引っ張り出してみると、母の名前が表示されている。

たぶん、お金のことだ。

五十万円、必ず振り込んでね！　待っているわよ！

お母さん、五十万円どころか、もう、私、おしまいだ。不動産屋に騙された。破産だ。

死んでしまいたい！

が、死ぬ前に言っておかなくては。

穂花は、静かにスマートフォンを耳に当てた。すると、こちらが言葉を発する前に、

「穂花。ニュース見たわよ。『ガラスの靴』、倒産だってね？『ガラスの靴』って、あんたが依頼していた会社よね？　で、あんた、どうするの？」

と、母親がまくしたてる。

「穂花、分かっているの？　あなた、騙されたのよ。あなた、お金、どうするの？」

お母さん、ちょっと黙って。私にも言わせて、私にも――。

「とにかく、今から、そっちに行くから、待ってて穂花」

予告通り、母親の詩子が家にやってきたのはその日の夜のことだった。

穂花は、その顔を見るなり言った。

「お母さん。お母さん、〝ポエム〟なんでしょう？」

「え？　……バレちゃった？」

母親の詩子が、歌謡曲でも口ずさむように、陽気に言い放った。

「そうよ。私の名前、本当は〝ポエム〟って読むの。あのバカ親のせいよ。西洋かぶれのバカ女。詩子って書いて、ポエムって読み仮名をつけて出生届を出しちゃったの。今でいう、キラキラネームよ。この名前のせいで、どれだけ嫌な思いをしたか。改名してもよかったんだけど、色々と面倒だったから、〝うたこ〟って名乗っていたのよ。あのバカ女もさすがに反省したのか、あんたが生まれる頃には〝うたこ〟って呼ぶようになったけど。まあ、今のところ戸籍には読み仮名の欄はないからね。違法ではないと思うよ」

「だから――」

「そんなことより、この家、いい感じに生まれ変わったじゃない」

詩子が、フォークダンスを踊るように、軽快に家の中を見て回る。

「特に、キッチンが素敵ね。前のやつとは比べ物にならない。異次元よ。……ね、このキッチンの床下に、なにかなかった？」

「なにか？」

「そう。……なにか」

「……………」

「そう。やっぱり、アレを見つけたのね。で、アレ、今はどこ？」

「風呂場の床下に移した」

「それは、賢明な判断だったわね」

「っていうか、お母さん、なんで床下のアレのことを？　……ここに来たことあるの？」

「あるよ。あんたが生まれる前ね。あんたの父親に騙されて」

「騙されて？」

「そう。愛がどうの世界がどうの……とか言って、ここに私を連れ込んだのよ。……そうよ、穢《けが》れを知らない真っ白な私を退廃の世界に放り込んだのよ、悪の色に染めたのよ！……あんたの父親は、正真正銘、鬼畜だった。目的のためにはなんでもやるような男だったんだから」

「目的って？」

「この家を占有すること。私もそれに利用されたの。毎日のように破廉恥なことをさせられて。今も夢に見てうなされるほどよ」

「この家を占有って、どういうこと？」

「この家はね、あんたが想像もできないぐらいの価値があるのよ。あの男の目的は、その価値をとことん上げること。地上げ屋が提示した額を何倍にもすること。そのための占有だった。……でも、欲をかきすぎたのね。地上げ屋はあっさりと手を引き、この土地は今の今まで、放置された。そして、穂花、あんたが相続することになった。つまり、あんたはとてつもない財産を引き継いだってことよ。……それをきっかけに止まっていた時計がまた動きはじめた。冬眠していた地上げ屋が、こそこそと蠢きはじめたのよ」

「地上げ屋？」

「『ガラスの靴』のことよ。あんた、『ガラスの靴』に騙されて、リフォームしたんじゃないの？」

「なんで、そのことを？」

「あなたのお友達って人から、連絡があったのよ。穂花が窮地に追いやられている。助けてやってくれ……って」

「私の友達？」

「ネットで知り合ったって聞いた」

「誰よ、それ」

「そんなことより、あんた、どれだけ、借金を抱えているの？」

「……」

「そう。口では言えないほどの借金なのね。『ガラスの靴』の目的はそれ。あんたに借金を負わせて、そのカタにこの家を取り上げる」

「でも、その『ガラスの靴』は、もう潰れてしまった」

「そんなの、表面上よ。『ガラスの靴』の親会社はぴんぴんしている。じきに、この家を差し押さえにやってくるわ」

「……そんな」

「私に任せておいて。私がなんとかする。だから、穂花。あんたは、静岡のおばあちゃんちに行っていなさい。しばらく、そこに隠れていなさい。さあ、早く支度をして。でないと、地上げ屋がやってくるわよ。悪魔のような地上げ屋が！　今なら、新幹線の最終に間に合う。さあ。早く、支度なさい！」

いやいや、ちょっと待って。聞きたいことが山のようにある。私の動画の常連だったポエムって、お母さんなんじゃないの？　っていうか、キッチンの床下にあったアレのことをどうして知っているの？　それからそれから……。

溢れ出す疑問に後ろ髪を引かれながら、穂花は母親に急かされるまま、静岡に向かった。

＋

スマートフォンの画面を長いこと見つめていた井上騎士は、やおら顔を上げた。

「そうだよ。三月三十一日、顔合わせのお茶会にいた鹿島穂花と、ホテルのラウンジで会った『君の名は』は別人だ。どう考えても別人だ。いくら俺が鈍感だからって、そこは間違えない。……じゃ、鹿島穂花は二人いたってことなのか？　もう一人の鹿島穂花がそんなことあるか？」

騎士は、またもや頭を抱え込んだ。

太田美希が嘘をつく意味がない。それに、あの「週刊トドロキ」のデスクなのだ。「週刊トドロキ」の取材力は半端ない。警察のそれに匹敵……いや、それ以上だと聞いたこともある。

「つまり、三月三十一日以降に、鹿島穂花は入れ替わった？」

四月一日。

緑川愛子は、目の前の人物を見て、ひどく混乱した。

誰？

鹿島穂花と名乗っているが、違う。昨日のお茶会で紹介された人じゃない。マスクをしているけど、明らかに別人だ。

「昨日のお茶会にいたのは、私の妹なんです。私、ちょっと用事があって同席できなかったので、妹に頼んで、私の代わりに出席してもらったんです。私が、正真正銘、鹿島穂花です」

ああ、なるほど。……そんな声があちこちから聞こえる。

見ると、大鳥幸、宮台楓、神取純恋が静かにうなずいている。キラキラネームの連中だ。

まさに、ネギを背負ったカモたち。人を疑うことを知らない。

でも、私は違う。私は騙されない。

愛子は、「鹿島穂花」を名乗る人物を日々観察した。

「こいつの魂胆はなに？　もしかして、私と同類？　……詐欺師？」

その通りだった。

四月の終わり、トイレの前で、愛子は鹿島穂花を名乗る女に捕まった。

「ラブりん。あなた、本当はキラキラネームではないですよね？　本当の名前は、〝あいこ〟」

え？　なんで、それを？

「あいこ。いたって、普通の名前じゃないですか。なのに、なんで、『キラキラネームさん集まれ！』のスレッドに？　オフ会まで参加して」

え？　なんで、あのスレッドのことを？　オフ会のことを？　なんで？　なんで？

「あなたの魂胆、見当はつきますけどね。カモを物色していたのでしょう？　キラキラネームを騙《かた》って、仲間のフリをして。あの不動産屋と同じ。井上騎士と」

あなた、いったい……。

「私の正体？　あなたのご想像通り。詐欺師です。物心ついた頃から、人を騙すことを生業にしています。生まれながらの嘘つきです」

同類には多く遭遇してきたが、自ら詐欺師と名乗る人ははじめてだ。しかも、生まれながらの嘘つきって。唖然としていると、

「……そうだ。太田美希さんが言っていた持続化給付金。あれ、本当に実施されるみたいですよ。結構穴だらけの制度で、日本中の詐欺師たちが色めき立っています。なんだかわ

くわくしますね、ラブりん。……そうそう、例の不動産屋の井上騎士。彼も手伝いたいって。口座を貸してもいいって言ってましたよ。……さあ、どうします？」

そう煽られたからではないが、気が付けば、愛子は、持続化給付金詐欺に手を染めていた。手はじめに、狙いをつけたのが神取純恋。この女はどういうわけか、自分に懐いている。

神取純恋。見かけと違って、ちょろい女だ。


神取純恋もまた、ひどく混乱していた。

神取純恋が、緑川愛子の提案で持続化給付金の申請をしたのが、五月のはじめ。不正のつもりはなかった。実際、純恋は個人事業主だったし、その収入も激減していた。だから、給付を受ける権利はある。が、入金があった日、緑川愛子は言った。

「それは、不正ですよ。だって、あなたの収入が激減したのは、コロナとは関係ありませんよね？」

図星だった。でも、そんなことを今更言われても……。そもそも、申請を勧めたのは、ラブりん、あなたじゃない！

私だけじゃない、『さくら館』の他の人も申請している。そして、入金も受けている。

さらには緑川愛子の提案で、知り合い、友人、近所の人にまで申請を勧めた。それが人助けだと信じていたからだ。だから、私たちは、競うように給付金を宣伝して、そして申請の手伝いをした。

なのに、緑川愛子はまるで他人事《ひとごと》のように言った。

「不正が明るみにでたら、倍返しですって。ヤバくないですか？」

倍返し？　純恋はみっともなく震えた。そんな純恋を、緑川愛子はそっと抱きしめた。

「私が助けてあげます。……まずは、入金されたその百万円、私に預けてください。ほとぼりがさめるまで、私が預かっておきます」

意味はよく分からなかったが、純恋は、その通りにした。百万円をすべて緑川愛子に渡した。他のシェアメイトたちも、同じように緑川愛子にお金を渡した。そして、それぞれが勧めた人たちからも百万円を集金し、それを緑川愛子に預けた。

そんな七月の下旬のある夜、みんなで素麺《そうめん》を食べていたとき、隣に住む山崎親子が怒鳴り込んできた。

「この詐欺師が！　お金を返せ！」

山崎親子に給付金の申請を勧めたのは鹿島穂花と緑川愛子のようだった。この親子は自分たちだけでなく、他の人にも申請を勧めたらしい。まさに、ネズミ講。

「鹿島さんから全部聞いたわよ、緑川、あんた、根っからの詐欺師なんだってね？」

山崎さんの娘が吠えた。

「前科もあるって聞いた。最初から詐欺が目的だったんでしょう？　私たちを騙して、給付金詐欺の片棒を担がせた！　許せない、許せない、許せない！」

そう言いながら、緑川愛子に襲いかかる山崎親子。

「ああ、分かったよ！　なら、警察に行こう」開き直る緑川愛子。「どうせ、私は前科者。今更、警察なんて怖くもないね。でも、あんたも行くんだよ？　あんたたちだって、詐欺の片棒を担いだんだから！　前科者になるんだ」

〝前科者〟という言葉に、一同、息を吞んだ。

前科者。なんて重い言葉なのだろう。そんな烙印が押されてしまったら、これから先、自分はどうなるんだろう？　たぶん、もうまともには生きられない。

そう思ったのは、他の人も同じようだった。

その場の空気が一瞬、どす黒く濁った。

「言っておくけどね。私が詐欺師なら、ここにいる人たち全員、詐欺師だからね！　あんたも、あんたも、あんたもあんたも！」

緑川愛子が、一人一人を指差していく。

「そして、あんたも！」

緑川愛子の指が、純恋の鼻をかすめた。

「なに、被害者面しててんだよ。あんただって、他の人に勧めたんだろう？　だったら、あんたも詐欺師の一味。さあ、みんなで仲良く、警察に行きましょうよ、さあ、早く！」

緑川愛子に腕を摑まれた山崎さんの娘が、激しく抵抗する。

「いやだ！　警察なんか、行かない！」

「なんなんだよ！　てめえが詐欺詐欺ってわめいたんだろうがよ！」

「前科者はいやだ！　放して！」

そして、山崎さんの娘と緑川愛子の取っ組み合いがはじまった。

もう、わけが分からない。いったい、どうしたらいいんだ。どうしたら……。

「総括が必要ですね」

そう言ったのは、オーナーの鹿島穂花だった。

総括……？

「さあ、もうこんな茶番はやめてください」

鹿島穂花が、ホワイトボードをパンと殴りつけた。その不穏な音に、一時停止された動画のように取っ組み合いが止まる。

「とりあえず、山崎さん親子も含めて、ここにいる八人で話し合いましょう。いったい、誰が一番悪いのか。一番悪い人が決まったら、その人を総括させていただきます。……では、民主的に、多数決で決着しましょう」

そして鹿島穂花はペンを握りしめると、その場にいた人物の名前をすべて書き出していった。続けて、

「では、緑川愛子が悪いと思う人」

そう言うと、緑川愛子を除く七人の手が一斉にあがった。鹿島穂花はホワイトボードの「緑川愛子」の下に、〝正〟の字を書き込んでいった。

「これで決まりですね。過半数を圧倒的に超えています。異存はないですか？」

「いや、ちょっと待って。そもそも。……そもそも、持続化給付金のことを言い出したのは、太田美希じゃない！　私は、それにのっただけ。だから、一番悪いのは、太田美希。太田美希の名前がホワイトボードにないのはおかしい！」

「確かにそうです。でも、ご存じの通り、太田美希は、今はここにはいません。出産のため退去済みです」

「不公平だ！」

「その意見もごもっともです。……ですから、太田美希は、また別の形で総括しようと思

います」

「別の形？」

「いずれにしても、今の投票では、緑川愛子、あなたが一番悪い……ということになりました。さあ、前に出てきてください」

そうして、〝総括〟が開始された。

緑川愛子はまず、椅子に座らされた。さらにビニール紐で後ろ手に縛られた。その流れはあまりに自然で素早く、緑川愛子は抵抗する間もなかったようだ。

「さあ、緑川さん。まずは、自分の何が悪かったのか、ここで反省してみてください」

が、緑川愛子はふて腐れたまま、口を開こうとしない。

「分かりました。では、そのまま黙っていてください」

そして、緑川愛子の口にガムテープを貼り付けた。

その様は、まさに囚われた人質だ。

とても人道的なものとは思えない。本来ならば、「そんなことをしてはダメだ」と抗議をする声が聞こえてきそうなものだ。

が、そんな人は一人もいなかった。

みな、目の前の異様な光景に、完全に呑み込まれていた。

「では、みなさん。緑川愛子の悪い点をひとつひとつ挙げていきましょう」

鹿島穂花がそう言うと、まずは山崎さんの娘が口汚く罵った。続いてその母親、宮台楓、崎本貴子、大島幸、そして純恋。純恋は吠えた。

「よくも、私を見下してくれたわね！　私の動画チャンネルにデブだブスだと悪口を書き込んだのもあんただろう？　私がなにも知らないと思って！　私は、はじめからあんたの正体には気が付いていたんだよ！」

そして純恋は、食卓の素麺を、ボウルごと緑川愛子に投げつけた。

ボウルは、ガラス製の硬いものだった。それがみごとに緑川愛子の鼻に命中した。鼻血が飛び散る。が、それに同情する者は一人もいなかった。むしろ、その場の興奮が一気に増した。まるでどこかの国の祭りのように、生贄《いけにえ》の緑川愛子めがけて、次々とモノを投げつけていった。

そして一時間後。緑川愛子の動きは止まった。

「死んだの？」はじめにそう言ったのは誰だったか。

「嘘でしょう？　私たちが殺したの？」そう言いながら泣き出したのは誰だったか。

「私じゃない、私はやってない！」そう言って逃げようとしたのは誰だったか。

「信じられない……」そう呟いて、失禁したのは誰だったか。

「さあ、みなさん、落ち着いて」

そう手をパンパンと叩いたのは、誰だったか。……そう、『さくら館』のオーナー、鹿島穂花だ。

が、純恋は薄々気が付いている。この人物は、鹿島穂花ではない。お茶会で最初に会った人こそが鹿島穂花で、この人は別人なのではないか？　だって、いくらなんでも、歳をくいすぎている。私だけじゃない。大鳥幸も宮台楓も崎本貴子も疑っているはずだ。緑川愛子も言っていた。「あのオーナーには気をつけたほうがいいよ」と。でも、誰も、面と向かって疑念をぶつける者はいない。だって、怖い。……理由はよく分からないけれど、とてつもなく怖い。この人の言うことをきかないと、とんでもないことになりそうで。……生まれながらの支配者。今までにも、そういう人にはたくさん出会ってきたが、レベルが違う。そう、圧がすごいのだ。この人のそばにいると、圧力鍋に入れられた果実のように、一瞬でジャムにされてしまいそうだ。

それにしても、この人はいったい、何者なんだろう？　その目的は？

「さあ、みなさん。こういうときは、どうしたらいいと思いますか？」

鹿島穂花もどきは言った。そして、「オードリーさん、あなたはどう思います？」

指名された大鳥幸は、

「死体を隠したらいいと思います」とすかさず答えた。この女は、鹿島穂花もどきに心酔している。まるで教祖に従う信者のようだ。

「隠す？　はい、正解です。さすがは、オードリーさん」

オーナーに褒められて、大島幸がチョコレートを与えられた子供のように破顔する。そんな大島幸に向かって、鹿島穂花もどきはさらに詰め寄った。

「でも、隠すだけじゃダメです。他には？」

「みんな、黙っていればいいと思います」

「そう。正解です。……オードリーさんの言う通り、私たちが黙っていれば、事件は明るみにでません。ご存じですか？　この国では、毎年、約八万人の人間が行方不明となっています。そのうちの数千人は、たぶん、死んでいるものと思われます。殺された人もいるでしょう。でも、そのほとんどが、事件にはなりません。なぜなら、死体が見つからないからです。そう。死体が見つからなければ、犯罪ではないのです」

でも、死体をどうやって隠すの？

「床下に。……風呂場の床下はどうかしら？」

そう言ったのは、誰だったか。……ああ、崎本貴子だ。この女も、なんだかんだ言いながら、鹿島穂花もどきの歓心を買うのに熱心だ。

「風呂場の脱衣所のところに、床下収納スペースがあったはず。あそこに隠せば……」

そして、崎本貴子は風呂場に走った。純恋もその後を追う。純恋も純恋で、自身の行動力を鹿島穂花もどきにアピールしたかった。それが二番煎じであったとしても、何かをしているところを見せておきたい。純恋もまた、鹿島穂花もどきのお気に入りになろうと躍起になっていた。だから、崎本貴子を追い抜いて、自分が一番乗りで風呂場に辿り着こうとした。が、一歩遅かった。

崎本貴子は、すでに床下収納スペースを開けていた。

純恋が舌打ちをしたときだった。崎本貴子の悲鳴が上がった。

「な、な、な……なにこれ？」

崎本貴子の前にあったのは、プラスチック製の衣装ケースだった。崎本貴子が、何か手にしている。……人形？　人形のようなものが、五体。

「それは、胎児のミイラですよ」

鹿島穂花もどきが、背後から言い放った。

「ここは、大昔、産婦人科の病院でね。そのときのものですよ。母親に捨てられた、可哀想な子供たち」

鹿島穂花もどきが一瞬、俯《うつむ》いた。が、すぐに顔を上げると、「……ここは、このままにしておきましょう。どのみち、このスペースでは緑川愛子の死体は隠せない。緑川愛子、案外大柄だから、もっと広いスペースが必要よ。それとも、解体する？」

か、解体？

「そう、バラバラにするの。首と手足を切断して、内臓を取り出して……」

その場にいた全員が、樹氷のように固まった。……解体？　バラバラ？　内臓を取り出す？　そんなこと、できるはずない！　無理！

「でも、やらなくちゃ。でなきゃ、私たち、殺人犯よ？　警察に捕まっちゃうよ？　人生、終わるよ？　さあ。どうするの？　警察に行く？　それとも、バラバラにする？」

まさに、究極の二者択一だった。

どちらも選びたくない。でも、選ぶしかない。

そして、私たちは、後者を選んだ。

すべての作業が終わったとき、鹿島穂花もどきは言った。

「これで、私たちは運命共同体ね。正真正銘の、シェア、メ、イ、ト、よ。裏切りは許さない。……絶対にね。私、監視しているから、どこにいても監視しているから。忘れないで」

山崎美菜子《みなこ》は、今夜も悪夢にうなされていた。

殺人鬼に追いかけられる夢だ。殺人鬼は出刃包丁を持ち、どこまでも追いかけてくる。

そして、こう叫ぶのだ。

「裏切りは許さないよ！」

その出刃包丁が首に当てられたとき、美菜子は夢から覚める。

あの殺人鬼は、たぶん、自分自身の姿だ。だって、出刃包丁で緑川愛子の首を切断したのは、まさに自分だ。

ああ。なんてことをしてしまったのだろう。

見つからないよね？　ばれないよね？

だって、あんなにバラバラにしたんだから。小さく小さく、切り刻んだんだから。みんなで協力して、袋に詰めたんだから！

袋は全部で四十九。それを七人で分け合って、一人七袋。それを各々《おのおの》、処分することにした。

うちは、母親の分も入れて十四袋。それらは、今、冷蔵庫の中にある。

でも、ちょっと納得がいかない。なんで私たちがこんな巻き添えに？　給付金詐欺の被害者になった挙句、バラバラ殺人の片棒を担がされるなんて。確かに、殺人の現場にはいたけれど、私が直接殺したわけではない。母親だって。

納得がいかない。納得がいかない。納得がいかない！

せめて、袋の負担を減らしてほしい。十四袋なんて多すぎる！　冷凍室と野菜室にしまってているが、おかげで、アイスクリームを入れる隙間すらない！　子供たちも不満を言っている。

「ね、あのお肉、ずっとあのままなの？　早く焼肉にして食べようよ」

冗談じゃない。このまま放っておいたら、食べ盛りの子供たちが本当にアレを食べてしまう。そうなる前に、ちゃんと処分しなくちゃ。でも、どうやって？　生ゴミとして捨てるにはリスクがある。……ああ、せめて、この半分で済めば。よし。お隣に交渉してみよう。「一人七袋ではなくて、一世帯七袋にしてもらえませんか？」と。

そして隣の玄関ドアを開けたあの日。七月三十日、美菜子は、とんでもない光景を目にすることになる。

首吊り死体だ。

「誰？」

……その翌日、新聞社の記者だと名乗る人物が訪ねてきた。鹿島さんのことを聞かせてくれと。

記者は言った。

「あの家で、遺体を見つけたのはあなたですか？」

嘘を言っても仕方がない。美菜子は静かに頷いた。そして、

「あの……、あの死体は誰なんですか？」

「あの家の家主で、鹿島穂花さんだと聞きましたが」

「え！　嘘でしょう？」美菜子は、驚きのあまり、よろめきながら崩れた。

「……どうしたんですか？　なにか、不審な点でも？」

なんて答えればいいんだろう？　下手に答えたら、今度はこちらが疑われる。……冷蔵庫の中身を疑われる。

「……いいえ。あの家、ずっと空き家だと思っていましたので」

美菜子は、咄嗟にそんなことを言った。

まったくの嘘ではない。今現在、あの家は空き家だ。シェアメイトだった人たちはどこに行ったのか。

気になったが、忘れることにした。……そう、すべて忘れたほうがいい。なかったことにしたほうがいい。美菜子は記者を追い返すと、キッチンに走った。そして、冷蔵庫の中

身をすべて取り出すと、それを裏庭に深く埋めた。

それでも、悪夢は終わらない。

目を閉じると、出刃包丁を持った殺人鬼が追いかけてくる。どこまでもどこまでも追いかけてくる。

ああ、もう耐えられない！

そう泣き出したのは、母親だった。

「自首しよう。ね、警察に行こう」

それは、生田夏海という記者が来た三日後だった。

「さっきも電話があったのよ。『週刊トドロキ』の記者からよ。オオタとかいう女記者。なにかを知っているような素振りだった。……もう、ダメよ、ね、警察に行こう？　すべてを話そう？　だって、あたしたち、直接殺したわけじゃないのよ。巻き込まれただけ。……むしろ、被害者なのよ！」

なにを言っているの、お母さん。私たち、解体したのよ？　死体損壊と死体遺棄も、立派な犯罪よ！　警察に行ったら、私たち、終わりよ？　子供たちはどうなるの？　あの子たちの人生も終わりよ！

お母さん、忘れるの。あの日のことは、すべて忘れるの。大丈夫。私たちが引き取った分は、裏庭に埋めたから。あそこなら、見つからないから。いつかは土になるから！

……そう丁寧に説得してみたが、無駄だった。母親はすっかり混乱の虜になっていた。

「土になるまで待っていられない。その間に、野良猫とかが掘り返してしまうかもしれない。昨日だって、裏庭に野良猫が三匹もいた。きっと、臭いを嗅ぎつけてやってきたんだ。……燃やそう。そう、灰にしよう。そしたら、証拠は完全に消える」

言いながら、母親が灯油を裏庭にぶちまけた。

ちょっと、待ってお母さん！

何しているの！　家まで燃えちゃう！

お母さん、やめて！

大鳥幸が、『さくら館』のオーナーである鹿島穂花にこっそりと呼び出されたのは、六月の中頃だった。

鹿島穂花。でも、たぶん、別人だ。最初に会ったあの人こそが鹿島穂花だろう。なら、どうしてこの人は鹿島穂花を名乗っているのか。

その秘密を、特別に教えてくれるという。

特別。……そう、私は特別な人間なのだ。今まで、ずいぶんと馬鹿にされてもきたが、紛れもなく、私は特別なのだ。ようやく、それを理解してくれている人と出会った。

大鳥幸は、高揚感を抱きながら鹿島穂花もどきの部屋に向かった。

鹿島穂花もどきは、開口一番、こう言った。

「あなたがお察しの通り、私は〝鹿島穂花〟ではありません」

言いながら、その人はマスクをはずした。……一瞬、怯む。その右頬には大きな傷。口の端にまで届き、まるで口が裂けているようにも見える。

「私は、鹿島穂花の縁者です」

そう打ち明けられたが、特に驚きはなかった。想定内だ。だから、「ああ、そうなんですか」と軽く受け流した。が、

「さらに、私は、〝ポエム〟です」

そう言われたときには、さすがの幸も、後ろから膝カックンを食らったような衝撃を受けた。

「ポエム？　キラキラネームスレッドの、ポエムさん？」

「そうです。私こそが、ポエムです」

ポエム。実は、こっそりと憧れていたのだ。どんなにスレッドが荒れても、ポエムの一言で沈静化する。さらに、話も面白かった。どんなに過疎っても、ポエムが登場すれば、スレッドは一気に盛り上がる。……ポエム。いったい、どんな人なのだろう？　会ってみたい、話をしてみたい。……ずっとそう思っていた。

　そのポエムさんが、今、目の前にいる。緊張で、一瞬にして幸の体はかちんこちんに固まった。ああ、いったい、なにを言えばいいのだろう。

「あの。なんで、鹿島穂花さんを名乗っているのですか？」

　ようやく絞り出した言葉は、なんともありきたりな質問だった。その証拠に、ポエムさんの顔が引きつった。もっと気の利いたことを言わなくちゃ。

「あの。本物の鹿島穂花さんはどこにいるのですか？」

　ああ、またもやありきたりな質問。が、ポエムさんの口角が少しだけ上がった。

「あの娘《こ》は、今、静岡に避難しています」

「避難？」

「はい。なぜなら、この家は呪われているから。……その呪いの餌食にならないように、あの娘《こ》を避難させました」

「呪いって？」

「こんなことを言っても信じてくれないかもしれませんが……」

そしてポエムさんは、この家の呪われた歴史を語った。かつてこの家で、何人もの赤ん坊が犠牲になったことを。

「……私には見えるんです。ここで命を落とした者たちが怨霊となって、あちこちに漂っている。あそこにもいます、そして、ここにも」

ポエムさんはそう言いながら、四方を指差していく。

「……あなたにも見えるはずです。だって、あなたは特別ですから。特別な能力を与えられた人ですから」

特別？　能力？　そう言われた大鳥幸は、天井になにか染みがあるのを見つけた。

「あ、あそこに、なにか染みが」

「ああ、やはり、あなたにも見えているんですね。あれは染みではなくて、ここで殺された赤ん坊の怨念です。さあ、よく見てください、さあ」

ああ、本当だ。あれは赤ん坊だ。恨みを募らせた赤ん坊が泣いている！

「ようやく、覚醒したようですね。……今から、あなたと私は同志です。二人で協力して、目標を達成しましょう」

目標って？

「除霊です。この家に取り憑《つ》いている怨霊をすべて取り除くのです。私一人ではとても無理です。あなたの力が必要です。特別な力を持つあなたが必要なのです」

幸は、下半身のぞくぞくを止めることができなかった。痺《しび》れにも似たそれは、そう、快感に他ならない。

ああ、なんていう、快感！

セックスなんかよりもっと高次元の快感！　もっと言って、私が必要だと、私は特別だと！

その日から幸は、特別な自分を誇示するかのように、精力的に動いた。緑川愛子を総括し、バラバラにするときも、その中心となった。

緑川愛子は、怨霊に取り憑かれている。それを取り除くための怨霊祓《ばら》い。怨霊は細胞のひとつひとつに染み込んでいる。だから、バラバラにするのが最善の方法。そう、信じていたからだ。

緑川愛子の死体をバラバラにして袋詰めしていたとき、ポエムさんは呻くように言った。

「この作業が終わったら、各々、袋を持って、この家から退去しましょう。ここにいてはいけません」

ポエムさんが言わんとしていることは分かった。怨霊は、もはや手がつけられないぐらいに増殖し、この家を呑み込んでいる。一刻も早くここを出ないと、自分たちまで取り憑かれてしまう！

そうして幸たちは、それぞれ割り当てられた袋を持って、『さくら館』を出た。「あとの始末は私がやっておくから」と言うポエムさんをひとり置いて。

幸が、『さくら館』で「鹿島穂花」が首を吊って死んだ……というニュースを見たのは、それから数日後のことだった。

どういうこと？

ポエムさんが、……死んだの？

ああ、ポエムさんが、死んだんだ。自分を犠牲にして怨霊と戦ったんだ！

ああ、なんていうこと。私にはなにもできなかった。私は特別なのに、ポエムさんを助けることができなかった！

それからは、祈りの毎日だった。

犠牲となったポエムさんの魂を鎮めるために、朝夕、『さくら館』がある方角に向かって、祈りを捧げた。

そんなときである。ポエムさんから、連絡が来た。

どういうこと？

ポエムさんは、死んだのに。首を吊って、死んだのに！

「あれは、私ではありません。本物の鹿島穂花です。あの娘《こ》、なにを思ったか、ひょっこり戻ってきたのです。だから怨霊に殺されたのです」

じゃ、ポエムさんは？

「私は、無事です。でも、怨霊に邪魔されて、身動きできません。ですから、特別なあなたに、動いてほしいのです」

なにをすれば？

「まずは、太田美希を始末してください。あの人も怨霊に操られています」

分かりました。始末します。その他には？

「降霊会を開いてください」

「降霊会？」

「あの家で亡くなった赤ん坊の霊を降ろし、そして浄化します。それには、立会人が必要です。『さくら館』に住んでいた人たちを呼んで。そして、忘れてはならないのが、井上騎士。あの人も呼び出してください」

「分かりました。必ず呼び出します！」

「……あ。鹿島詩子になっている」

降霊会に向かうタクシーの中、生田夏海がふいにそんなことを言った。

見ると、生田夏海がスマートフォンにかぶりついている。葉山三佐雄は覗き込んだ。

どうやら法務局のサイトのようだった。三佐雄も自身のタブレットを鞄から取り出すと、法務局のサイトにアクセスしてみた。そして、『さくら館』があった場所の土地を検索。

現在は、とある大手デベロッパーの所有になっているが、それ以前の所有者は「鹿島詩子」となっている。

「うん？　つまり、鹿島穂花が死んで、その母親である鹿島詩子があの家と土地を相続したということか」

「あ」生田夏海が、なんとも奇妙な表情でこちらを見た。「私、分かっちゃったかも」

「何が、分かったの？」

「〝詩子〟は、〝ポエム〟なんですよ！」

「え？」

「『キラキラネームさん集まれ！』スレッドの黒幕であり、そして、『さくら館』の黒幕でもあった人物。それはポエムであり、すなわち、鹿島詩子だったんですよ。そして……」

「そして？」

「たぶんですが。鹿島穂花は自殺ではなくて、殺されているんじゃ？」

「え？」

「そう、たぶん。母親の詩子に殺されたんです」

「なんで？」

「だから、『さくら館』の土地を相続するためです。……鹿島穂花の母親と父親は別れています。だから父親が死んだときは、その子供である鹿島穂花に相続の権利が移ります。で、実際に移りました。そのときは、あの辺はただのバラック街。価値もそんなにありませんでしたから、相続税も安く済んだでしょう。が、去年あたりから、再開発の計画が持ち上がった。たちまちのうちに、あの辺の地価は爆上がりします。そして、有象無象《うぞうむぞう》たちが蠢きはじめます。その一人が、鹿島穂花の母親、鹿島詩子です。このままでは、鹿島穂花にだけ莫大な金が転がり込む。たぶん、それが許せなかったのでしょう。あの土地を自分のものにしたかったんでしょう。それには、娘を殺害するしかない」

「いやいや、まさか。だって、母親だよ？　母親がそんなことする？」

「します。そういうことをする母親はごまんといます。っていうか、うちの母親もそうでした。私、何度も殺されかけました。だから、こちらから縁を切ったんです。苗字も変えたんです」

「苗字も変えた？」

「はい。色々と面倒でしたが、やろうと思えばできます。……なにしろ、母親は、私を殺そうとした殺人未遂で、今、刑務所の中。そういう事情があれば、できるんです」

「刑務所の中……死別したんじゃないんだ」

「まあ、私のことなんてどうでもいいんです。いずれにしても、詩子が相当な毒親であることには間違いありません。……前に鹿島穂花の動画を見てみたんですが、まあ辛辣なコメントだらけです。最も辛辣で酷いのが、ポエムという人物のコメントです」

「ポエム！」

「そう。母親の詩子で間違いありません」

「なんで、そんなことを……。母親なのに」

「ですから、母親が子供を守る……なんていうのは、幻想なんですって。母親だって、欲もあれば嫉妬もある。邪魔だと思えば、自分の子供だって殺します。……そもそも、『さくら館』の前身だった病院が、そうじゃないですか。母親たちが、望まない子供を間引きする場所」

「間引き……」

「浜松に取材に行ったとき、鹿島詩子、言ってました。本当ならば、穂花を妊娠したとき、堕胎したかったたって。でも、堕胎するには時期が遅すぎて、で、仕方なく産んだんだって。だからなんでしょうね、穂花さんに対して愛情はなかった。育児はおばあちゃんに任せっぱなし。でも、娘に利用価値があると分かったら、とことん利用する。穂花さん、学生時代からずっと仕送りさせられていたみたいですね。そのせいで、アルバイトに次ぐアルバイト。せっかく摑んだ人気ユーチューバーの道も、母親の嫌がらせで潰された。……いるんですよ、そういう母親は。珍しいことではありません」

「でも、やっぱり信じられない。財産目当てに、母親が娘を殺す？」

「調べたら、あの土地、約十億円で取引されています。なんだかんだ税金に持っていかれても、約六億円は手元に残るはずです」

「六億円？」

「トップユーチューバーのあなたにとっては大した額ではないかもしれませんが、底辺を這いつくばっている者たちにとっては、考えられない大金です。それが目の前にぶら下がっていたら、どんなリスクがあっても手に入れたいと思う人は多いと思います。詩子も、娘の命と六億円を天秤にかけて、六億円のほうを選んだんでしょう」

「そんな……」

「そんなことより、めちゃ渋滞していますね。……降霊会に間に合うかしら？」


大鳥幸は、ポエムに言われた通り、『さくら館』の裏にある物置小屋に来ていた。

ここは以前、離れとして使われていたのだろう、小さな水回りも設置されていた。解体するには、うってつけの場所だった。

そう、あの日もここで、緑川愛子の死体を解体した。七人がかりで。七人もいたのに手際が悪く、それが終わるのに三日もかかってしまった。

でも、それをすべて袋に詰め終わったあとの達成感は半端なかった。全世界を征服したような気分だった。そのとき思った。……動画にして残しておくんだった。そしたら、私たちの偉業を世界に配信することができたのに。

そう、私たちは、怨霊と戦って勝利したのだ。こんな大偉業、今までにあっただろうか？

だから、今回こそはこの大偉業を動画に残しておくのだ。

そう呟きながら、幸はカメラを部屋のあちこちに設置した。

念には念を入れて、トップユーチューバーのミタ・カ・セイフも招待しておいた。彼ならきっと、この大偉業をニュースにして、配信してくれるだろう。

ミタ・カ・セイフの動画の視聴者は、五百万人を優に超える。一千万回を超える動画だってある。

きっと、私たちの大偉業は、もっと多くの人たちが閲覧するだろう。

五千万人？　一億人？　三億人？　ううん、世界中の人が見てくれるに違いない。

ああ、下半身がムズムズする。なんていう快感！

あ、いけない。もう、そろそろ時間だ。

お茶を用意しなくちゃ。……そして幸は、紙コップを並べて、紅茶のペットボトルをレジ袋から取り出した。

続けて、鞄から小さな容器を取り出した。これは、ポエムさんから預かったものだ。感性が鋭くなり、霊を降ろしやすい体質になるという薬が入っている。これをお茶に混ぜれば、信じられないような異次元に行けると。

そうこうしているうちに、宮台楓、神取純恋、崎本貴子、井上騎士がやってきた。

でも、ミタ・カ・セイフはまだ来ない。

仕方ない。ミタ・カ・セイフ抜きで、降霊会をはじめるか。

そして幸は、「さあ、まずは、お茶でもどうぞ」と、紙コップにペットボトルの中身を注いでいった。


葉山三佐雄が『さくら館』で目撃したのは、とんでもない光景だった。

男女が、リビングのテーブルに突っ伏している。

はじめは、どういう状態なのかよく分からなかった。

うたた寝でもしているのか？　とも思った。

が、テーブルにちょこんと置かれているペットボトルを見たとき、なぜか直感した。

「毒殺だ！」

本来なら、そこで警察に電話するのがセオリーだ。

が、三佐雄はそれをやらなかった。

なぜなら、殺人鬼の強い視線を感じたからだ。

殺人鬼は、この家のどこかにいる。

そう思った瞬間、三佐雄の体はすでに走り出していた。


……はっ。また、あの夢を見た。三佐雄は、ソファーから体を起こした。

あの現場を目撃してからというもの、ずっと悪夢にうなされている。

もう、二〇二一年になったというのに。

「うなされていましたよ。また、あのときの夢ですか？」

生田夏海が、三佐雄を覗き込んでいる。いつのまに、来たんだ。……やっぱり、合鍵なんて渡すんじゃなかった。合鍵を渡した途端、まるで母親気取りで、毎日のようにこの部屋にやってくる。

いつか、絶対、追い出してやる。……が、その日が来るのは、遠い未来のことだろう。

当面は、この女の世話になるしかない。なぜなら、あの降霊会の日を境に、三佐雄のメンタルは粉々に壊れてしまった。だって、本物の死体なんて、見たのははじめてだ。しかも、五体の死体！　そのショックで、三佐雄は、ストレス障害に陥ってしまった。なにをするにも心臓がばくばく言って、特に対人恐怖症が激しく、デリバリーすら受け取ることができなくなった。唯一、症状がでない相手が、生田夏海だった。今は、彼女なしでは、生活はできない。

「結局、あの降霊会の殺人は、井上騎士と大鳥幸の犯行……ということで、警察は手打ちにしたようですね」

発売されたばかりの「週刊トドロキ」を見ながら、生田夏海が言った。

「つまり、無理心中？」

「そうです。井上騎士の口座には、多額のお金が振り込まれていたようです。持続化給付金詐欺グループの主犯だったようです。で、それに加担していたのが、『さくら館』のシエアメイトたち。でも、持続化給付金詐欺の追及がきつくなり井上騎士が音を上げた。一方、大鳥幸も精神的に追い込まれていた。で、仲間を道連れに、服毒自殺。現場に置かれていたカメラに、大鳥幸が毒を仕込んでいる様子が残っていたそうです」

「でも、あの場所にいたのは、大鳥幸、宮台楓、崎本貴子、神取純恋、そして井上騎士。……緑川愛子は？」

「それなんですよ。緑川愛子の話も聞こうとずっと探していたんですが、結局、見つからず。行方不明なんです」

「いずれにしても、『さくら館』の関係者は、みな、いなくなってしまったってことか。……あ、でも、ポエムは？　鹿島穂花の母親の」

「ああ。……実は」

生田夏海の顔が、微妙に歪んだ。「……なんだか、亡くなったようです。ついでに、おばあちゃんも。……先週のことです。火事で」

「えええ。じゃ、六億円は？」

「私も気になって。知り合いの行政書士に頼んで、鹿島家の戸籍謄本を取り寄せてみたんですが」

「マジか。それって、違法じゃないの？」

「まあ、限りなく黒に近いグレーですけど。……誰でもやってますよ」

「マジか……」

「で、戸籍謄本を見たら、鹿島穂花には、姉がいるんです」

「ああ、そういえば、詩子のインタビューでもそんなことを言っていたな。確か、小さい頃に施設に預けたとか？」

「でも、その子供の父親の欄には名前がなかった。認知もされていない」

「父親は松林友昭じゃないの？」

「実は、詩子と松林友昭とは正式に結婚していないようなんです。いわゆる、内縁関係。鹿島穂花は認知しましたが、その姉は認知しなかった。たぶん、自分の子ではないと思ったんでしょうね」

「え？　ということは。つまり、つまり、……六億円は？」

「法的には、鹿島詩子の長子であるその人物が相続することになります。〝鹿島絹子〟が。……生きていれば」

事の真相

二〇二〇年七月。

静岡の祖母の家に身を寄せていた鹿島穂花は、母親からあることを告白された。

「……実はね、あなたにはお姉さんがいるのよ」

が、穂花は、動揺することはなかった。高校生の頃、取り寄せた戸籍謄本で、自分には姉がいることを知ったからだ。その名も、〝鹿島絹子〟。

「施設に預けていたんだけど、あるときから行方不明。生きているのか死んでいるのかも分からない。死んでいたらちゃんと供養してやりたいし、生きていたらちゃんと謝りたい。……こんなパンデミックであの子は無事に暮らしているのか。……最近、夢ばかり見る」

そう言いながら、啜り泣く母。……金遣いが激しく、お金の無心ばかりする毒親ではあるが、こういう母親らしい面もあるのだなぁと、穂花の涙腺まで緩む。

そんなときだった。一本の電話が来た。女性だ。

女性は、言った。

「私、『ガラスの靴』の者です。このたびは、大変ご迷惑をかけました。弊社でお預かりしています初期費用をお支払いしたいので、『さくら館』にお越しください。お待ちしております」

穂花が『さくら館』に戻ったのは、その翌日だった。七月二十九日のことだ。

そこにいたのは、一人の女性。白いハットに白いサマーコート。

女は言った。

「私、鹿島絹子《シルク》と言います」

「シルク？」

「そう。キラキラネームなんです。おばあちゃんがつけてくれたみたいですよ。おばあちゃん、娘にはポエム、そして初孫にはシルクなんて名前をつけて。ロマンチックな人なんですね」

「初孫……」

「そうです。私は鹿島詩子の長女で、あなたの姉です。あなたより八歳上の、姉です。あなたが母のお腹にいる頃に、施設に預けられたんです」

そして女は、今までの人生を語って聞かせた。その人生は、あまりに凄惨で壮絶なものだった。

語り終えると、女はマスクをはずした。

右頬に大きな傷。それは口の端にまで届き、まるで裂けているようにも見える。

「これは、私が五歳のときに、父親につけられた傷です。整形で消そうと思えば消せるんですが、あえて、このままにしています。……父親を忘れないため」

女が、ロープを両手に持ちながら、じりじりと近づいてくる。

「父親にはずっと虐待され、母親にも捨てられた私は、嘘をつくことでここまで生きながらえることができました。嘘だけが、私の味方だったんです」

そう言いながら、女が穂花の首にロープを巻き付けようとする。後ずさる、穂花。

「あなたのことは、ずいぶんと前から知っていますよ。『世直しバニー隊隊長』こと『ほのぴょん』。あなたの動画、ずっとずっと見ていました。そして、ときどき、コメントも書き込んでいました。母の名前をとって、ポエムというハンドルネームで」

え！　ポエムって、あなただったの？　穂花の足が止まる。

「そう、ネットでは『君の名は』または『ポエム』で通っています。ポエムは、言うまでもなく母親の名前ですよ。ハンドルネームを母親の名前にしたのは、母親を忘れないため」

頬には父親がつけた傷を残し、そしてハンドルネームには母親の名前を。……それは深い傾慕なのか、それとも計り知れない恨みなのか。

穂花は、その怨念に屈するように動きを止めた。その首に、ロープが巻き付けられる。

「いずれにしても、私たちは姉妹なんですよ。だから、財産はシェア、しないとね」

女が、ロープをきりきりとしめつける。

薄れゆく意識の中、穂花が見たのは、天井の染みだった。

その染みが次第に赤ん坊の泣き顔になる。

ああ、この家は、やっぱり呪われている。

逃げなくちゃ、逃げなくちゃ、逃げなくちゃ……。

「安心して、穂花。一人では逝かせない。すぐに、お母さんとおばあちゃんが、穂花のところに行く。……だから、安心して地獄に落ちてね」

お父さん、お母さん、おばあちゃん、そして、妹の穂花。

地獄の居心地はどうですか？　家族仲良く暮らしていますか？

私は、元気です。おかげさまで、優雅に暮らしています。

あの六億円のおかげです。相続税やらなんやらをとられて目減りはしてしまいましたが、それでも、充分な額です。

そうそう、先日、逗子《ずし》に家を買いました。海が見える大きな洋館です。私ひとりでは広すぎるので、シェアハウスをはじめようかと思っています。

『さくら館』での暮らしが案外楽しくて、忘れられないんです。

みんなでわいわい言いながら、ひとつの目標に向かってなにかをするって、やっぱり素敵ですね。誰かとシェアするって、楽しいですね。

私、この歳になってようやく、生き甲斐をみつけた感じがします。

私、絶対長生きして、幸せになりますね。

地獄の家族たちへ

シルクより

《参考》
『続・全共闘白書』続・全共闘白書編纂実行委員会編（情況出版）
『にごりえ』樋口一葉（青空文庫）
ウィキペディア
不動産投資の楽待
https://www.youtube.com/channel/UCPMJKbrxtpARoTd1b49iUvA

図版／坂詰佳苗

二〇二二年　光文社刊

光文社文庫

シェア 諍《いさか》い女《め》たちの館《やかた》

著者 真《ま》梨《り》幸《ゆき》子《こ》

2024年10月20日 初版1刷発行

発行者 三宅貴久
印刷 堀内印刷
製本 フォーネット社

発行所 株式会社 光文社
〒112-8011 東京都文京区音羽1-16-6
電話 (03)5395-8147 編集部
8116 書籍販売部
8125 制作部

落丁本・乱丁本は制作部にご連絡くだされば、お取替えいたします。
ISBN978-4-334-10460-3 Printed in Japan

組版 萩原印刷

光文社文庫最新刊

眠れない町 赤川次郎	Jミステリー2024　FALL 光文社文庫編集部・編	春風捕物帖 岡本さとる	知恵の森文庫 おひとり京都の晩ごはん 柏井 壽